UNE MAISON
DANS LES ARBRES

DU MÊME AUTEUR

Deux Journées à Bassora, Milan
Le Deuil de l'image, Philippe Olivier
Le Vent mauvais, Lucien Souny
La Folie des justes, Lucien Souny
Les Caramels à un franc, Lucien Souny
La Rosée blanche, Albin Michel, GLM
Les Encriers de porcelaine, Albin Michel, GLM
Le Domaine de Rocheveyre, Presses de la Cité, GLM, Pocket
Les Vignerons de Chantegrêle, Presses de la Cité, GLM, Pocket
Jours de colère à Malpertuis, Presses de la Cité, GLM
Quai des Chartrons, Presses de la Cité, GLM, France Loisirs, Pocket
Les Compagnons de Maletaverne, Presses de la Cité, GLM, France Loisirs
Le Carnaval des loups, Presses de la Cité, GLM, France Loisirs

La Tradition Albarède :

1. *Les Césarines*, Presses de la Cité, GLM, France Loisirs
2. *Grand-mère Antonia*, Presses de la Cité, GLM

Jean-Paul Malaval

UNE MAISON DANS LES ARBRES

Roman

Production Jeannine Balland
Romans Terres de France

PRESSES DE LA CITÉ

ISBN 978-2-258-06809-4

1

Comme des serpents noirs posés sur l'ocre d'une terre meuble, sifflant, éructant, chuintant tout leur soûl, ils allaient et venaient autour des fosses profondes. Les hommes, ordonnant le mouvement des tuyaux gorgés d'air comprimé, semblaient des géants dans leur bleu de chauffe frappé aux insignes de la Compagnie des Eaux. Car il en fallait de la force pour contenir le souffle puissant du compresseur. Quels poumons pouvaient insuffler un tel accès sinon la surhumaine machine vrombissante à laquelle les serpents noirs étaient rattachés et qui leur prêtait vie ?

Sautant d'un bord à l'autre de la tranchée, les enfants n'osaient heurter du pied les intestins trépidants qu'on avait dévidés du ventre de la terre. Si leurs mains s'étaient déjà hasardées à s'en saisir, elles les avaient vite relâchés, effarouchées par les chaudes vibrations du caoutchouc.

Il était pire encore : l'âcre fumée blanche s'échappant des naseaux du marteau piqueur. Tandis que l'épieu tressautait sur son étrier, dans un assourdissant vacarme, l'homme jouait de tout son poids sur l'engin pour que le rocher cédât sous les chocs répétés. Ce rude combat avec le sous-sol prêtait aux ouvriers des statures de titans. La machine, que leurs poignes maintenaient à la verticale, ébranlait mains, bras, épaules. Les visages aussi, dont les traits se durcissaient à l'épreuve. Ils offraient des rictus effrayants, ces hommes, comme s'ils contenaient une souffrance dont rien ni personne ne pourrait les délivrer. Pourtant, les employés de la compagnie s'accordaient quelques moments de pause, le temps que leurs compagnons dégagent, à la pelle, les monceaux de roche éclatée qui encombraient les fonds de fosse. Durant ce court répit consenti, les figures des géants recouvraient une apparence humaine. Pour les enfants qui les observaient sans désemparer, soudain, ils rapetissaient à vue d'œil. Surtout lorsqu'ils jetaient en direction de la marmaille quelques éclats de terre pour la disperser, comme une volée de piafs.

– Plus tard, disait Moineau, je serai terrassier.

Et son proche voisin, David, rigolait fort en lui tâtant les biceps.

– T'as intérêt à manger du beefsteack, mon gars !

– Terrassier, reprenait Rémi, c'est nul. Moi, je voudrais être comme Jess, conducteur de Caterpillar.

Les gamins hochèrent la tête. C'était une perspective hautement appréciable. Car Jess était devenu, en moins d'une semaine, l'objet de toutes les convoitises. Les enfants de Rilhac, tous sans exception, s'étaient découvert un héros.

Qui était-il, ce fameux Jess Mangin ? Un grand gaillard à la peau brunie, au regard pénétrant, fort en gueule. Une allure de flibustier, avec son foulard noué sur la nuque. Une moustache taillée fine sur des lèvres gourmandes. A peine arrivé à Rilhac, il avait attiré aussitôt tous les regards sur sa personne, surtout celui des femmes.

Son titre de gloire, il l'avait obtenu dès le premier jour, en débarquant son bulldozer de la plate-forme d'un camion. La manœuvre était plutôt casse-cou, en l'absence de quai de débarquement. Aussi, les types de l'équipe s'étaient désistés, l'un après l'autre. La benne du camion, qui supportait le mastodonte de ferraille, avait été haussée en sa pente maximale. Désormais, l'engin était suspendu entre ciel et terre, dans une inclinaison elle aussi maximale. Il restait deux bons mètres à franchir pour atteindre le plancher des vaches. Seul un risque-tout pourrait jeter l'arrière de l'engin dans le vide, une fois les brides relâchées. Faute de volontaire, Jess s'était proposé pour l'opération. Dans toute la compagnie, il n'était que lui pour tenter ce coup. Aussi les hommes applaudirent-ils sa décision, l'encouragèrent-ils avec force claques sur les épaules. L'occasion était trop belle de montrer ce qu'il avait dans le ventre, lui, Jess Mangin. Il ne demandait que cela, être porté en triomphe, comme un héros. Et qu'importe le danger. Une réputation se gagne sur un coup de dés. La sienne s'était déjà jouée par des actions bien plus héroïques que cette misérable affaire.

Depuis que les travaux avaient commencé, courant mai 1959, la grande rue de Rilhac était devenue un terrain de jeux idéal pour tous les enfants. Une bien belle et grande entreprise. Les deux mille habitants seraient bientôt approvisionnés par l'eau de la ville. Et grâce à un château d'eau, la saison d'été ne connaîtrait plus les pénuries d'antan.

Rémi courait sur le môle de terre qui longeait la tranchée.

– C'est comme à la guerre ! cria-t-il sans se retourner.

Les autres le suivirent en prenant garde de ne pas provoquer des glissements de terre dans la fosse. Au croisement de la rue de la Serve, à l'endroit même où on avait juste amorcé le terrassement, ils se regroupèrent.

– Tu parles sans savoir, répliqua Moineau.

– Quoi ? Les tranchées, mon vieux, ça permettait aux soldats de se protéger de l'ennemi.

Et pour étayer son explication Rémi sauta dans le trou. Il posa son bâton de noisetier sur le déblai, pour montrer comment les poilus de 14 se préparaient à l'assaut. Il fit mine de tirer sur des assaillants imaginaires, en imitant les coups de feu, par des chuintements brefs. Moineau et David éclatèrent de rire.

– Il s'y croit ! fit David.

Vexé, Rémi se jucha sur le tuyau de fonte que les ouvriers avaient installé au fond de la tranchée. C'était interdit, mais il n'y avait rien de plus drôle que de jouer les équilibristes, en plaçant un pied devant l'autre.

– Si on allait à la cachette ? proposa Moineau.

David aida Rémi à sortir de la tranchée.

– Pour quoi faire ? demanda Rémi.

– Peut-être qu'on y verra Solange... répondit Moineau en rougissant.

Ses voisins se mirent à rire.

– Solange est trop grande pour nous, dit David.

– Parle pour toi ! s'exclama Moineau.

– Tu te sens assez grand et fort pour elle ? insista Rémi en s'emparant des bretelles du petit Moineau, qui gesticulait comme un diable.

– Tu oublies déjà comment nous t'avons sorti des pattes du Gniaf ?

C'était une vilaine histoire. Et il n'aimait guère qu'on la lui rappelle. Suffit-il d'être lâche une seule fois dans sa vie pour qu'une mauvaise réputation vous colle à la peau ?

– La prochaine fois, juré, fit Moineau, je tuerai le Gniaf.

Ses compagnons le regardèrent d'une drôle de façon. Se pourrait-il qu'il fasse sienne une telle résolution ? Et si c'était le cas, autant le mettre à l'épreuve au plus vite.

– Moineau, répète donc ce que tu viens de dire... reprit David.

Le garçon glissa une main dans la poche de sa culotte et en retira un Opinel. Il l'avait aiguisé sur la pierre, soigneusement. Rémi et David en vérifièrent le fil. Ce n'était pas de la blague.

– Crois-tu que le Gniaf mérite cette punition ? fit Rémi en haussant les épaules.

La mine renfrognée, Moineau serrait le manche du couteau.

– Il m'a battu. Et humilié, précisa-t-il. Ce qui est pire.

– Cette guerre, c'est pour rire, fit David.

– Moi, je ne rigole pas, insista Moineau.

Rémi lui fit signe de ranger son Opinel.

– Le Gniaf est à moitié fou, fit-il. Ce n'est pas une raison pour que nous le devenions aussi.

– Nous ne devons rien entreprendre sans l'avis de Maxime. C'est lui le chef, après tout, rappela David.

Moineau n'était plus de cet avis depuis que Maxime passait tout son temps au terrassement du château d'eau. N'y avait-il pas mieux à faire que de s'occuper des grandes personnes ? Reprendre le combat contre le Gniaf et le Chèche, par exemple...

– Maxime nous a lâchés, déplora Moineau. Ne le voyez-vous pas ? Depuis qu'il s'est mis en tête d'imiter Jess... Il veut devenir conducteur de bulldozer.

Rémi et David se regardèrent, incrédules. Où était-il allé pêcher cette dernière nouvelle ?

– Jess se fiche pas mal de nous ! releva Rémi.

– C'est depuis qu'il a descendu le bull du camion, en force... Ça l'a tellement impressionné...

– Comme nous tous, reconnut David.

La place portait encore les traces de l'exploit, l'éclatement des pavés sur deux mètres carrés au moins. Tous les habitants de Rilhac avaient défilé devant le prodige. Les uns pour exulter, les autres pour s'en émouvoir.

– Hier, le capitaine l'a fait monter à bord du Caterpillar et lui a montré le fonctionnement des commandes. Si vous aviez vu la fierté de Maxime, vous auriez tout compris, les gars...

David et Rémi baissaient la tête. Il y avait peut-être du vrai dans cette histoire. Pourtant, à l'avenir, qui serait de taille dans le village à tenir tête au Gniaf, si l'information se confirmait ? Sûrement pas Moineau avec son Opinel. Il n'était qu'à l'observer dix secondes pour voir qu'il n'avait rien d'un chef, avec sa petite taille et sa tête d'oiseau.

– On verra, conclut Rémi. Allons à la cachette.

Dans la ruelle du vieux canal, il se dressait un corps de ferme abandonné à tout vent, depuis que le propriétaire avait rendu l'âme. Nul n'avait encore songé qu'en faire, faute de descendants directs. Le maire avait apposé, sur la porte de la grange, un arrêté en interdisant l'accès. On pouvait craindre, à tout moment, la chute de quelques poutres ou d'un pan de mur. Personne ne se souciait du danger, par ces temps difficiles où les paysans avaient l'art de rafistoler les pires masures. La demeure Petit-Jean – c'est ainsi qu'on la nommait – était l'exemple même de l'insalubrité. En ville, on eût sans doute requis l'avis de quelques experts pour décider sa démolition, mais à Rilhac l'insouciance et la négligence tenaient lieu de religion. De surcroît, l'habitant possédait au cœur le goût des choses immuables.

La bande des Larrons en avait fait sa cachette, son refuge secret. Surtout la grange. La vieille maison d'habitation n'offrait aucun intérêt aux yeux des garnements. Il y régnait des relents de taudis, des odeurs de pourriture, des miasmes de fonds de souille. La grange était tout le contraire, avec ses restes de foins, de genêts, de bruyères, entreposés depuis des lustres, ses vieux outils rouillés, ses échelles pendues aux fenils et aux greniers. Et tout là-haut, près du faîtage, à hauteur des charpentes, les chantignoles, les fermes et les pannes servaient de juchoir, de vigie, de tour de guet. Aux heures de grand vent, on pouvait y rêver à quelque esquif ballotté sur une mer démontée. Du reste, la coque des toits ressemblait à s'y méprendre à celle d'un navire du temps de la flibuste. Les Larrons y étaient à l'abri des attaques vengeresses. Il suffisait de relever l'échelle. Le Gniaf et sa bande en étaient réduits à l'impuissance. Pour subvertir les lieux, il eût fallu démonter la masure, pierre par pierre.

« Comme larrons en foire » était le mot de passe, le sésame. Les filles laissèrent descendre l'échelle jusqu'au pavage de l'ancienne étable. Au dixième barreau, une trappe permettait d'accéder au fenil. Autrefois, Petit-Jean y entreposait son fourrage. Pour alimenter le bétail, il suffisait de faire tomber le foin par l'ouverture. Les Larrons suivaient toujours le même itinéraire, évitant les endroits où le plancher risquait de céder sous leur poids. On accédait au perchoir par une échelle meunière. Comme Moineau l'avait subodoré, Solange était bien dans les lieux, perchée sur une poutre maîtresse, les jambes pendant dans le vide. Elle avait envoyé Lucie pour manœuvrer l'échelle. Un savant mécanisme de poulies et de cordes.

La grande Solange avait l'esprit à commander, même les garçons, peut-être parce qu'elle frisait ses quatorze ans, et qu'elle avait maintes fois tenu tête au Gniaf. C'était une affaire qui valait tous les titres de la flibuste. Et même Maxime, qui avait l'âme d'un chef chevillée au corps, devait souvent s'abaisser devant elle.

Lucie était sa souffre-douleur. Un peu maigrelette dans ses robes amples, elle suivait cette grande sœur d'adoption comme son ombre. C'était une de ces amitiés fortes, scellées par l'exercice bizarre de l'autorité et de la soumission. La petite Lucie ne pouvait avancer une opinion sans l'acquiescement de sa larronne. Cet état de fait amusait les garçons. Pourtant, on ne connaissait pas d'exemple dans l'histoire de la piraterie où une femme fût flibustière. Sans doute devait-on ce prodige aux temps nouveaux.

– Moineau prétend que Maxime va nous lâcher, fit Rémi en époussetant le fond de sa culotte.

Solange se dressa sur la ferme, de toute sa hauteur, la chevelure frôlant la toiture d'ardoise. Ainsi, elle ressemblait à une trapéziste de cirque, prête à se jeter dans le vide.

– Maxime a toujours été un foie jaune, fit-elle d'une voix grave.

La lumière tombait d'un soupirail, formant un rai dans la poussière qui hantait le grenier. Rémi éclata de rire. Maxime était tout sauf un foie jaune. Mais avec la grande Solange, on pouvait tomber d'une heure à l'autre sous le couperet du discrédit, aussi aisément qu'un espion du roi.

– Tu ne crains pas sa réaction ? s'inquiéta David.

La larronne se laissa glisser en douceur sur le plancher du grenier, à l'endroit même où le vieux foin amortissait les chutes.

– Il y a une place de chef à prendre, et je suis volontaire, proposa Moineau.

Dans sa poche, il caressait le bois verni de son Opinel. C'était par lui – un cadeau de son grand-père pour tailler des fourches de lance-pierres – qu'il recouvrait tous les courages. Son contact le rassurait et le fascinait à la fois. Il était douteux qu'il dût s'en servir un jour, même pour se défendre contre le Gniaf, lui qui ne supportait pas même la vue d'un lapin qu'on écorche. Mais c'était sa manière d'impressionner les Larrons, dont il partageait les joies et les pleurs. Et il avait déjà noté, sous un angle favorable, les inquiétudes de ses compagnons lorsqu'il l'avait ouvert, ce couteau de guerre, tranchant comme un rasoir.

– Toi ? s'étonna Solange. Notre chef ?

Moineau l'observait dans le faisceau de lumière qui l'enveloppait tout entière. Elle portait une robe blanche, maculée par endroits de grains des pierres auxquelles elle s'était frottée dans ses pérégrinations.

Rémi et David se regardèrent, estomaqués. C'était donc cela. Le petit Moineau croyait son heure venue à la tête de la bande. Il y avait quelque chose de risible dans ses prétentions.

– Tu ne crois pas que tu vas vite en besogne ? releva David.

– Je ne crains pas les réactions de Maxime, si c'est ce que tu veux dire…

Il ne craignait que ça, la colère de Maxime. C'est pourquoi il avait préféré prendre les devants, annoncer ses intentions à ses camarades, histoire de voir comment sa proposition serait accueillie.

– Dis voir un peu ce que tu lui reproches ? fit Rémi.

Moineau baissait déjà la tête, sous l'œil soupçonneux de la grande Solange. Il n'y avait pas grande chance pour que son argument puisse l'emporter. Elle faisait partie du petit clan qui admirait Jess, ses coups de gueule, ses bravades lancées à la cantonade, sa témérité aux commandes du Caterpillar. Et sans doute aussi cette ténébreuse beauté qui ajoutait à son caractère un charme indéfinissable. A peine Moineau eut-il terminé, Solange le repoussa d'un geste vif.

– Pauvre idiot ! s'exclama-t-elle. Jess est notre modèle à tous ! Comment pourrait-on en faire le reproche à Maxime ?

Déjugé, Moineau disparut aussitôt, sans adresser un mot de plus. Seule Lucie tenta un geste dans sa direction pour le faire revenir. Elle éprouvait pour lui plus que de l'amitié, mais attendait, en vain, que le garçon se déclarât. Tout juste s'étaient-ils embrassés une fois, au cours d'une partie de cache-cache. Et encore, l'idiot, avait-il éprouvé le besoin de s'en excuser, en disant que ce n'était que pour faire comme les autres...

– Laisse donc, Lucie. Il reviendra ! N'est-ce pas, les gars, Moineau finit toujours par revenir ?

Les garçons éclatèrent de rire.

2

Les travaux de terrassement du futur château d'eau allaient bon train. Depuis deux jours, Jess Mangin s'activait sur sa machine. Déjà, une montagne de terre submergeait les haies de lauriers. Maxime n'en revenait pas, qu'une telle puissance mécanique pût bouleverser le paysage.

L'enfant courait aux musettes pour apporter un litron de rouge au capitaine. C'était une aubaine, l'occasion inespérée de mettre enfin les pieds dans la cabine, où régnait une chaleur d'enfer.

Dans l'après-midi, la pelle heurta du dur, par un raclement sourd qui ébranla le mastodonte. Jess stoppa la manœuvre en se cabrant sur les pédales.

– Déjà le rocher ! cria-t-il. Je le crois pas…

Il fit reculer l'engin de quelques mètres et revint à la charge en douceur. Le fond de pelle semblait avoir rencontré un obstacle hors du commun.

– Y a encore un bon mètre de mou, fit-il, avant la trame.

Lescurat hocha la tête.

– Qu'est-ce donc, alors ? demanda Jess.

Lescurat descendit de nouveau dans la fosse pour examiner l'obstacle. Avec la pointe d'un tournevis, il se mit à gratter le solide.

– Un os ! s'écria Jess en rigolant. On a trouvé un os. Même un sacré. Pour que ça bouscule mes trois cents chevaux, ça doit être comac.

Le Portugais rigolait, appuyé sur le manche de sa pelle.

– Eh, Diego, héla Jess, va donc me déterrer ça, au lieu de glander !

Lescurat lui fit signe de rester à sa place. Qui donc commandait les hommes, ici ? Sûrement pas le capitaine. Pour qui se prenait-il, au juste, ce bon Dieu de Mangin ?

– Alors, s'impatienta le conducteur, qu'est-ce qu'on fait ? On va tout de même pas aller chercher l'ingénieur pour si peu !

Soudain, pris d'énervement, Jess abaissa sa pelle au-devant même de l'obstacle, et engagea nerveusement ses trois cents chevaux. Sur le mur, où le petit Maxime avait pris place pour contempler son héros, l'excitation était à son comble. Le garçon venait de comprendre qu'un exploit allait encore s'accomplir sous ses yeux, un exploit dont il serait, cette fois, le seul spectateur. Il se mit à battre des mains, tandis que la pelle venait buter contre l'étrange écueil, sans succès. Jess tira les manettes en arrière et les chenilles de l'engin mordirent le sol meuble, jusqu'à projeter des paquets de terre alentour. Aussitôt, le Caterpillar repartit à l'assaut de sa citadelle imprenable. Cette fois, le choc fut tel que l'écueil s'ébranla et céda d'un coup, au point que le bull chassa de côté, comme sur une patinette.

Le petit Maxime s'était déjà porté devant la fosse, malgré les cris de Lescurat. Diego repoussa le gamin d'un geste énergique. C'était une plaie, pour toute l'équipe de la Compagnie des Eaux, que la présence de cette marmaille sur le chantier. A tout moment, on frisait l'accident. Et rien ne pouvait les tenir éloignés du théâtre des opérations. Même l'ingénieur s'en était mêlé, le maire de Rilhac aussi. On avait fait passer le tambour pour exiger des familles qu'elles gardent leur progéniture à la maison. Mais c'était une mise en garde inutile, en période de grandes vacances.

A la vérité, Jess n'entendait plus les vociférations de son chef, le regard pointé sur l'objet qu'il venait de mettre au jour.

– Moi qui parlais d'os ! s'écria-t-il. On en a notre content !

Lescurat sursauta de surprise.

– Qu'est-ce que tu racontes, Jess ?

Le capitaine arrêta le moteur. Puis il sauta sur la masse de pierre qui gisait contre la pelle, à demi versée.

– Nom de Dieu ! s'écria Lescurat. Un sarcophage.

Diego s'approcha aussi. Lorsqu'il vit ce que contenait le volumineux monument funéraire, il se signa et recula, pris de peur.

– C'est quoi, Jess ? demanda Maxime.

Le capitaine ricanait en auscultant l'intérieur de la tombe.

– Il est pas frais, notre client, fit-il.

– Oh ça va ! répliqua Lescurat. On a assez de problèmes comme ça sans faire de l'humour.

Jess tripatouillait les os. C'était surtout le crâne qui l'intriguait. Il le prit d'une main, en veillant à ne pas détacher les mandibules. Le bonhomme avait acquis de l'expérience en la matière. Ça se démontait toujours par les mâchoires. Et quelquefois aussi, au moindre choc, le crâne s'en allait en mille éclats, comme une noix de coco brisée. Mais celui-ci avait l'air d'être bien conservé. Alors, Jess l'extirpa de sa cachette de pierre et le leva, fièrement.

– Etait-ce un prince, un roi, un manant, un scélérat ? fit-il.

Maxime n'en croyait pas ses yeux. Ce Jess, décidément, possédait toutes les audaces. Les vivants, les morts, c'était tout un, une question qu'il avait intégrée dans la philosophie de son existence. Et dans sa manière provocatrice de montrer son trophée, il y avait comme une sorte de défi lancé au ciel. L'indifférence qu'il semblait témoigner ainsi rejoignait les excès de témérité dont il faisait preuve dans le maniement de son Caterpillar.

Comme Jess s'apprêtait à reposer le crâne à sa place, dans la cavité funéraire, il dit à Lescurat, un peu en retrait :

– Un manant, sans doute. Nous ne voyons guère d'or dans cette tombe. Hélas. Mille fois hélas, déplora-t-il.

Il se tourna vers le petit Maxime.

– Apporte donc de quoi boire, mon garçon ! J'ai le gosier sec.

Sur le chemin longeant l'église et menant au pré communal où le Syndicat des eaux de la Sévère avait décidé d'édifier le surpresseur, aucun détail de la scène n'avait échappé à Manciet, l'ingénieur en chef. C'était son heure d'inspection, celle où il allait établir sa fiche journalière sur l'avancement des travaux.

– Où avez-vous trouvé cet Hamlet de pacotille ? cria-t-il en direction de l'attroupement.

Lescurat accourut au-devant de son patron. Un spectacle à lui seul, avec son large chapeau de toile, ses lunettes noires, un costume de drap blanc sur une chemise parme.

– Vous parlez sans doute de notre conducteur d'engins ?

L'ingénieur le désigna de la pointe de sa canne.

– Oui, cet olibrius qui philosophe sur le crâne d'un chrétien. Pour qui se prend-il ?

– Mais, monsieur... balbutia le chef de chantier. Nous avons fait une drôle de découverte...

Manciet hocha la tête.

– Vous pouvez le dire, confirma-t-il. Une empoisonnante découverte. Autrefois, ajouta-t-il, c'était l'usage d'installer les cimetières autour des églises. Et celle-ci n'échappe pas à la règle.

Jess prit la pelle et tira les paquets de terre qui recouvraient encore le sarcophage. Diego se tenait à distance, craintivement.

– Allons ! ricana l'ingénieur. Dans l'état où il est, notre client, il ne vous sautera pas à la figure.

Mais le Portugais, bouche bée, ne se pouvait décider à approcher de la sépulture, laissant à Jess le soin de terminer le travail. Quand Manciet jugea le terrain assez dégagé, il se porta au bord du coffre de pierre, en tendant son chapeau à Lescurat. Et contre toute attente, cet homme distingué, chez qui le mépris pour les événements ordinaires de la vie courante tenait lieu de philosophie, se mit à tripoter le squelette, déplaçant les os, un à un. Ses épaules enveloppaient l'auge de pierre, comme une dame blanche posée sur un charnier. Soudain, son visage se redressa dans la pleine lumière de l'été, empreint de contentement.

– Une fibule ! s'écria-t-il. Voyez-vous ça. Une jolie fibule en bronze.

Manciet tint la pièce d'orfèvrerie dressée à hauteur de son regard afin de mieux l'observer dans la transparence du soleil. Puis il redescendit dans la fosse, hardiment. Sa main avait déjà glissé l'objet dans la poche droite de sa veste. L'ingénieur s'en voulait d'avoir exprimé à haute et intelligible voix sa découverte. Mais, en promenant son regard sur le visage de ses voisins dubitatifs, il parut rassuré. Ce n'étaient pas ces quelques témoins qui pourraient l'inquiéter sur son tour de passe-passe.

– Qu'avez-vous trouvé ? s'inquiéta Lescurat.

– Oh, rien. Un petit fermoir, ou plutôt un fermail de gonelle.

L'ingénieur remonta sur le chemin d'un pas alerte.

– Il s'agit d'un sarcophage mérovingien, en granit. Sans grand intérêt archéologique. D'une facture ordinaire. Sans inscription particulière. On doit cette auge à quelque atelier local. Sur les parois intérieures, on peut voir les traces de l'outil qui a servi à la tailler. Cela forme de grossiers chevrons. Tout laisse donc à penser que l'occupant était un type ordinaire. Ni seigneur ni manant. Un modeste, précisa-t-il, qui vécut entre 450 et 500 de notre ère, sous le règne de Clovis, et qui peut-être consacra son dernier sou à s'offrir une telle sépulture, dans l'espoir de se préserver intact jusqu'au jour du Jugement dernier...

D'une chiquenaude, Manciet ordonna à son chef de chantier de lui rapporter son chapeau. Lescurat s'exécuta, un peu confus.

– Nous attendons les ordres, fit-il d'une voix hésitante.

– Quels ordres ?

– Faut-il mettre le sarcophage à part ?

Manciet fut pris d'une subite colère. Quel triste privilège, pensa-t-il, que de devoir diriger des ouvriers aussi stupides !

– Quoi ? Vous voudriez peut-être que j'avise les sociétés archéologiques ? Afin que tous les érudits locaux s'en viennent gloser sur notre affaire ? Il nous faudrait alors interrompre le chantier pour Dieu sait combien de temps. Ah non ! Motus et bouche cousue, les gars. Par pitié. Fourrez-moi ça dans un endroit où on ne le retrouvera pas avant mille ans au moins. Ce pauvre type a bien droit au repos éternel, non ?

Maxime venait de vivre un instant extraordinaire, aussi extraordinaire que le jour où le capitaine avait descendu en force le bulldozer de sa plate-forme. En rejoignant ses compagnons, il essayait de construire le récit dans sa tête, sans omettre aucun détail. Il s'agirait de ne pas trop exagérer l'événement. Décidément, ces gens de la Compagnie des Eaux étaient un monde à part. Et il avait bien du mal à en cerner les caractères.

– Tu as encore imaginé ça ! soupçonna David. Nos disparus sont tous au cimetière.

Seul Maxime ne riait pas. Il dit que le squelette datait du temps de Clovis. C'était le nom qu'il avait retenu, dans la conversation.

– Celui du vase de Soissons, ajouta-t-il.

Mine de rien, il avait pris le temps de vérifier dans son bouquin d'histoire. Une gravure représentait le chef franc exécutant à la hache le fameux briseur de vase sacré. Les Larrons se regardèrent tour à tour, éberlués par les explications de Maxime.

– Un compagnon de Clovis, le roi des Francs, dans notre village ? Ça, c'est une sacrée nouvelle, fit Lucie.

Solange haussa les épaules.

– Personne n'en sait rien.

– En plus, l'ingénieur a trouvé un objet dans la tombe. C'est un savant, cet homme-là. M'est avis qu'il a pu dater le mort grâce à sa découverte.

David était triste. Il aurait tant voulu partager ce moment. Pourquoi avait-il suivi Moineau, plutôt que de rester près de l'église ?

La chaleur, lourde et moite, du milieu d'après-midi chassa les Larrons de leur repaire. Ils descendirent dans la venelle. C'était l'endroit le plus frais de Rilhac. Il s'y glissait toujours un petit courant d'air, une fraîcheur de vieille cave. Au fond de l'étroit passage, pavé de petits galets gris et noirs, il se trouvait une entrée de cave voûtée, et des marches taillées à même le grès rouge. Jamais aucun garnement ne s'était risqué au bas du cellier ; celui-ci était inondé, été comme hiver. On y avait surpris des salamandres jaune et noir, répugnantes avec leurs yeux globuleux, des crapauds géants et lymphatiques. Et la voûte en pierre était tapissée de chauves-souris, qui attendaient la tombée du jour pour s'égailler par les rues.

Il n'était que le Gniaf pour se risquer dans ces souterrains. Le Gniaf n'avait peur de rien, ni des crapauds qu'il faisait fumer jusqu'à ce qu'ils crèvent, ni des salamandres qu'il écrasait sous son talon. Tant de cruauté ne se pouvait comprendre que par le souci de s'affirmer dans la violence. C'était d'elle qu'il tirait toute l'autorité d'un petit chef de bande. Il possédait pour fidèle lieutenant un voisin de son âge, le Chèche.

Un dénicheur de première, qui faisait commerce de pies, de merles, de geais, de mésanges, de rouges-gorges. Et si nombre de cages de Rilhac recelaient en captivité ces oiseaux communs, on le devait au Chèche. Il n'était guère de voix pour s'élever contre ce trafic, tant l'usage de posséder un tel captif s'était généralisé dans le bourg corrézien. On se rassurait en se disant que les oisillons n'avaient jamais connu la liberté de voler à leur aise, par monts et par vaux, pour avoir été cueillis au nid, et qu'ils se trouvaient heureux dans leur réduit grillagé. Ainsi, la petite bande du Gniaf avait hérité du nom de Dénicheurs. Si bien que Rilhac se trouvait partagée en deux. La cité basse était le territoire des Larrons, et celle du haut celui des Dénicheurs.

Par les hauts de Rilhac, il fallait entendre les terrains vagues qui s'étageaient autour des ruines du vieux château. C'était un pays de ronces, de buissons noirs et d'églantiers. Le Gniaf régnait donc sur ce domaine, sans partage. Malheur à qui s'y aventurait. Toute intrusion ouvrait immédiatement les hostilités.

Le bruit se répandit donc, jusqu'aux oreilles du Gniaf, que les Larrons avaient déniché le tombeau d'un prince, et que leur chef Maxime avait mis la main sur ses attributs : une armure et, qui sait, une épée magique, et plus encore, des diamants, des perles...

Deux jours après la fameuse trouvaille, le Gniaf convoqua ses ennemis. On discuta ferme autour de Maxime sur l'opportunité de se rendre au château. Moineau et Solange étaient les plus décidés au conciliabule. A l'heure dite, les Larrons grimpèrent sur les hauts de Rilhac, dans l'écrasante chaleur d'une après-midi. Alentour, la nature n'était plus que bourdonnements d'insectes, stridulations de grillons.

Maxime menait sa troupe, armée de bâtons de buis. C'était leur arme de défense favorite. Certains y avaient taillé dans l'écorce des arabesques, signes sans doute de quelque appartenance à une chevalerie fantasque. Seul Moineau prenait l'affaire très au sérieux, serrant au fond de sa poche l'Opinel de son grand-père.

Les Larrons s'assirent sous un prunellier. Ce n'était pas l'endroit le plus confortable, hormis l'ombre salvatrice qui se dégageait des feuillages couleur lie-de-vin. Les fruits peuplaient le sol, dans une odeur sure, activant des régiments d'abeilles et de guêpes venues se gorger de sucre. Mais c'était l'usage. En cet endroit, proche du château dont les restes s'étalaient en léger contrebas, comme une dent cariée enchâssée dans son socle de terre rude, on avait déjà scellé des paix provisoires, déclaré des guerres fratricides. Et aussi, sans doute, recueilli coups et horions.

Moineau s'était juché sur une vieille souche pour surveiller le sentier. Ce lui prêtait quelque importance de jouer la sentinelle. Pourtant, il n'y avait pas péril en la demeure. Le Gniaf, tout sauvage qu'il était, respectait d'ordinaire ses promesses. Aujourd'hui serait un jour de paix entre les Dénicheurs et les Larrons.

Les brigands tombèrent sur leurs visiteurs, comme une volée de corbeaux, en poussant des cris sauvages. Le Gniaf arrêta aussitôt, d'un geste autoritaire, la démonstration de force. Les mains posées sur les hanches, la chevelure broussailleuse, le sourire forcé, plutôt grimacier même, il attendit que Maxime se fût levé. Mais ce dernier n'entendait pas lui offrir ce plaisir. Les Dénicheurs s'amusaient à faire siffler dans l'air leurs fines épées de noisetier. Il n'y avait pas plus redoutable que ces fleurets de bois écorcés lorsqu'ils venaient cingler les visages, les jambes. Mais les lourds bâtons de buis avaient aussi l'avantage de les rompre, à coups répétés.

– Qu'est-ce que tu veux, le Gniaf ? demanda Solange. La guerre ou quoi ? Ça ne te passera jamais.

– Je parle pas aux filles, répliqua le chef des Dénicheurs.

– Je suis encore capable de te baisser le froc, cancrelat !

Les Larrons éclatèrent de rire.

– Tu fais la fière, parce que tu as ton chien de garde.

Maxime haussa les épaules.

– Tu as dit que tu voulais nous parler, dit-il. On t'écoute. Mais notre patience a ses limites.

David, Guy et Rémi se levèrent en exhibant leurs bâtons, frappant au creux des mains, en cadence. C'était un signal convenu entre eux pour se préparer à l'assaut. Moineau, un peu à l'écart, avait ouvert son Opinel. Il tenait la longue lame enfermée dans son poing. Lucie se mit à crier, soudain, comme prise d'une crise de nerfs :

– Si c'est pas malheureux de jouer à des jeux aussi stupides ! Quand est-ce que ça finira, toutes ces histoires de garçons ? Et toi, Solange, je trouve que tu devrais apporter un peu d'intelligence dans toute cette affaire, plutôt que de les exciter. Tu les connais, ces idiots. Ils n'attendent que ça. Un mot de travers pour se ficher des coups.

Solange affichait un hautain mépris. Elle n'avait jamais craint le Gniaf et sa bande. Et cette haine, qu'elle vouait, du reste, en priorité à leur chef, était dictée par une longue et tenace tradition. Le Gniaf était fils de Choisne. Et tous les Choisne étaient ennemis de sa famille. A Rilhac, il n'y avait pas plus honni que les Choisne. Des petits paysans arriérés, dont la lignée n'avait fait que chaparder, marauder, déplacer les bornages des propriétés pour jeter la zizanie dans le village. Quant à son lieutenant, le Chèche, c'était tout comme, la même sorte de gens, à ses yeux. Des vignerons cupides. Des hâbleurs. Des buveurs de gnôle et des chicaneurs de bals. On avait élevé ces enfants dans cette sorte de mépris, qu'il ne fallait fréquenter ni les Choisne ni les Bouvier. Et elle éprouvait de la peine pour Violette, d'avoir rejoint cette engeance querelleuse. Mais Violette se tenait à l'écart, dans sa petite salopette qui lui prêtait l'allure d'un garçon manqué. Qu'est-ce donc qui pouvait l'attirer dans cette bande ? Quelle fascination éprouvait-elle pour le petit Choisne, dans ses oripeaux de traîne-ruisseau ? Un long regard s'échangea entre elles. Violette baissa les yeux la première.

– Maximo, qu'est-ce que t'as trouvé dans la tombe du seigneur ? demanda le Chèche en prenant le garçon au col.

Maxime éclata de rire.

– Tu voudrais bien le savoir ? Mais pourquoi on vous le dirait ? Qu'est-ce que nous aurions à y gagner ?

– Mais rien, rien du tout ! s'écria Lucie. C'est des affaires de la Compagnie des Eaux, tout ça...

Moineau plaqua sa main sur les lèvres de la petite, d'autorité.

– Tu vas te taire, idiote. Oui, c'est nous qui avons trouvé le trésor, réaffirma-t-il.

Maxime passait et repassait une main dans sa chevelure ébouriffée. Décidément, cette petite affaire prenait des tours insoupçonnés. Mieux vaut paraître plus riche qu'on n'est, se dit-il. Et si j'avais trouvé la fibule, moi, au lieu de rester en dehors, comme un lâche, au moins aurais-je la preuve de ce que Moineau avance, imprudemment.

– Quoi ? s'écria Jâlet. Un trésor ? Vous avez un trésor ? Tu entends, le Gniaf ? Faut les faire parler. Y a qu'à leur prendre la petite Lucie. Nous la ferons causer. Viens là, grognasse, j'vas te faire jacter, moi...

A l'instant où le gros Jâlet allait mettre sa menace à exécution, Moineau pointa son Opinel.

– Si tu la touches, je te perce comme une outre.

Tous observaient le garçon, la mine effrayée.

– Ferme ce couteau, ordonna Solange. C'est que de la rigolade, notre affaire.

– Je rigole pas, moi ! s'écria le larron. Vrai que tu rigolais pas, hé le Gniaf, lorsque tu m'as posé la culotte...

– Tu nous as fait bien rire, fils de Guilleton.

– Les Guilleton t'emmerdent ! jura Moineau, le visage empourpré par la colère.

Le Gniaf n'aimait pas du tout l'œil noir de Moineau et désirait en finir au plus vite, au risque de perdre la face dans des discussions venimeuses, sans fin.

– On a parlé d'une épée, fit-il.

Maxime et Solange se regardèrent à la dérobée. Ils avaient compris, tous deux, ce qui intriguait le chef des Dénicheurs, l'existence de cette épée aux pouvoirs surnaturels. Mais Maxime avait du mal à réaliser qu'une idée aussi fantaisiste ait pu ainsi impressionner un type comme le Gniaf. N'était-ce pas le moment de profiter de sa crédulité pour enfoncer le clou, marquer sa supériorité ?

– Oui, admit-il, faussement modeste, nous avons eu beaucoup de chance. Et là où nous l'avons mise à l'abri, elle exerce son pouvoir. Désormais, nous nous sentons protégés, tous, et unis.

Moineau ne pouvait retenir son rire.

– Alors, je peux ranger mon couteau, maintenant.

– Tu peux, insista Solange.

Dans l'air chauffé à blanc, où l'ombre elle-même n'offrait plus aucun bien-être, il se fit un grand silence, seulement troublé par le bourdonnement des guêpes excitées. Les Dénicheurs ne montraient plus que des visages abattus où se lisait le désappointement. Et tant d'écœurement n'était pas sans ravir les Larrons.

Seul le Chèche voulut fronder un peu :

– Nous la trouverons, cette épée, je te le jure, Maximo ! Et ce jour-là, le pouvoir changera de camp !

Mais sa voix se perdit sans effet, dans l'abattement général.

3

La nouvelle avait fait le tour de Rilhac, s'était répandue aux hameaux les plus éloignés. Il n'était plus une maison, une ferme, où ne se racontait l'affaire. On disait, et répétait à l'envi, que les ouvriers de la Compagnie des Eaux avaient déterré un trésor. Pour les uns, c'était un sac de pièces d'or. Pour d'autres, la couronne d'un prince ornée de diamants et de rubis. Et les enfants, bien sûr, ne parlaient plus que de ça aussi, l'épée d'un chevalier.

Au fil des jours, la rumeur prit une telle importance que le maire de Rilhac se décida à convoquer l'ingénieur pour lui demander des explications. C'était un comble qu'il fût le dernier informé. Un comble, encore, que monsieur Manciet eût jugé inutile de lui montrer le sarcophage. Déjà, il avait mené son enquête, cuisiné les enfants, dont le petit Maxime Baudrie, qui avait été témoin de l'affaire. Il avait été rassuré assez vite de savoir que l'auge mortuaire ne contenait qu'un squelette, et non point, contrairement à ce qui se répétait partout, de précieuses reliques. Qu'importe, Léonce Dandrey en faisait une question de principe. Il était le premier magistrat de cette commune, et rien de ce qui s'y déroulait ne pouvait lui être caché effrontément.

L'ingénieur se présenta à son bureau, débonnaire, et amusé même qu'un tel événement pût émouvoir les familles de Rilhac. Mais il confirma à Dandrey ce qu'en avait dit Maxime, que le sarcophage ne contenait rien d'intéressant. Bien sûr, il passa sous silence la précieuse fibule, dont l'importance archéologique eût entraîné, sans nul doute, le déplacement des autorités régionales.

– Auriez-vous souhaité, monsieur le maire, que nos équipes interrompent leur travail ? J'ai l'habitude de ces choses. On ne sait jamais où ça peut conduire… Vos gens sont impatients de voir couler l'eau au robinet de leurs cuisines. Alors, n'y mettons pas trop d'embrouilles inutiles. Je gage que le contretemps finirait par retomber sur vous. Moi, vous savez, je ne crains rien. Mais vous ? Les maires sont en première ligne quand il s'agit de chercher des poux dans la tête de quelqu'un…

L'argument de l'ingénieur était habile. Un peu flatteur sur les bords. Mais hypocrite en diable.

– Le hasard a voulu qu'un gamin ait été témoin. Et que n'ont-ils pas colporté, ces satanés garnements ! dit le maire. Des balivernes. Une épée. Une armure. Que sais-je encore ? Des pièces d'or, des diamants…

L'ingénieur riait sous son chapeau, sa main tripotant le nœud de sa cravate.

– Ça participe à la légende. Chez ces ignorants qui peuplent votre bourg, mon cher Dandrey, ça remplace le cinéma. Les petits Français ont le goût du péplum. N'avez-vous point vu ces films de Cecil B. DeMille ? On y présente les dieux antiques sous les traits de bateleurs de foire, de bonshommes musclés comme Milon de Crotone. Tout cela relève du vulgaire moderne, de la parodie gobe-mouches...

Le maire hochait la tête, convaincu par autant de faconde. Il ne se sentait guère de taille à rivaliser avec la culture de cet homme.

– Vous me conseilleriez de tordre le cou à ces sornettes ? Par un avis, peut-être... Un avis à la population...

Manciet leva les bras au ciel.

– Surtout pas, mon brave. N'écrivez rien. Contentez-vous de railler. Cela suffira. Ecrire, c'est se compromettre. Et il se trouvera, alors, un esprit plus tordu que la moyenne, un de ces fanfarons de bibliothèque, un savant de canton, pour porter l'affaire en haut lieu.

Léonce Dandrey se grattait le menton, sceptique. Il était une idée qui lui trottait dans la tête, et dont il ne pouvait se défaire. Cela l'avait occupé une partie de sa nuit, à se tourner et se retourner sur sa couche.

– Avouez, monsieur l'ingénieur, hasarda-t-il, que ça ferait plutôt bien, dans notre église, un sarcophage mérovingien ? Nous avons besoin de ces reliques anciennes pour attirer le touriste. Le touriste, monsieur l'ingénieur, c'est l'avenir de nos villages, insista-t-il.

Manciet quitta son siège, instantanément. Il voulait montrer qu'il avait mieux à faire de son temps que le disperser dans des conversations fumeuses.

– Vous rêvez, mon brave ! s'écria-t-il en récupérant sa canne dans le porte-parapluie qui encombrait l'entrée du bureau. Un sarcophage, ce n'est rien, rien du tout. A Chèveroche, nous en avons déterré une trentaine, au moins. Ça a fait le bonheur des paysans. Y a rien de mieux pour faire boire les vaches.

A l'instant de prendre congé, l'ingénieur sentit qu'il y avait encore de la réticence dans cette caboche. Dandrey tardait à tendre sa main en signe d'au revoir. Il se pouvait aussi qu'une illusion perdue fût plus douloureuse que de devoir passer pour un imbécile.

– Quoi donc, cher monsieur le maire, s'étonna Manciet, ne vous ai-je point convaincu du peu d'importance de notre affaire ?

– C'est Choisne qui m'inquiète...

Manciet chercha dans sa mémoire la signification de ce nom, et n'y parvint pas. Il avait signé et contresigné un fagot de « servitudes », sans prêter guère attention aux noms qui y étaient inscrits.

– Choisne, dites-vous... C'est un fermier ?

Il ne risquait guère de se tromper. Quatre-vingts pour cent de la population de Rilhac étaient liés à l'agriculture. Et cela justifiait d'autant plus la grande œuvre engagée, apporter l'eau dans les fermes, souvent distantes de plusieurs kilomètres. Il fallait traverser moult propriétés et obtenir pour ce faire les autorisations adéquates. Ces conventions de servitude sur le tréfonds avaient occupé deux années pleines de palabres, de négociations, de marchandages, où Léonce Dandrey avait mis tout son poids de maire. Sans lui, on eût couru à l'échec, car un refus d'un des propriétaires terriens eût signifié une procédure d'expropriation, longue et coûteuse.

– Choisne, reprit le maire, a changé d'avis. Il ne veut plus que les tuyaux, comme il dit, traversent ses champs.

– Il a signé.

– Oui, reconnut le maire. Sa femme a signé la servitude du tréfonds. Mais Choisne s'en fout. Plutôt, il se fout de ce que sa femme a signé.

L'ingénieur haussa les épaules.

– Moi, ça me suffit. Une signature est une signature.

– Mais si les tuyaux passent sur sa terre, il promet des coups de fusil, prévint Dandrey.

Manciet traversa la cour en évitant les rigoles de purin qui suintaient d'une plate-forme à fumier. En professionnel de la salubrité publique, il repéra aussitôt l'emplacement du puits. C'était un petit cabanon délabré jouxtant la porcherie. De quoi attraper toutes les dysenteries de la terre, se dit-il. Mais cela n'arrive jamais. Comme quoi, l'espèce des ruraux est plus résistante que la moyenne.

– Je cherche monsieur Choisne ! cria-t-il, la main en porte-voix. Monsieur Choisne est-il là ? Je voudrais lui parler, insista-t-il.

Les aboiements du chien couvraient sa voix, malgré qu'elle fût assez haussée à son goût. Il persista encore. Soudain, la porte de la cuisine s'ouvrit et Manciet vit apparaître une jeune femme dans un tablier à fleurs. Elle avait noué sa chevelure noire en queue-de-cheval, et offrait un front bien dégagé, harmonieusement proportionné, un visage bien dessiné. L'ingénieur demeura quelques secondes interdit. Il avait une opinion désastreuse des femmes de la campagne.

– Je suis madame Choisne, dit-elle dans un éclair d'inquiétude.

L'ingénieur comprit aussitôt qu'on l'avait pris pour quelqu'un d'autre, un annonciateur de mauvaises nouvelles, peut-être. Il se présenta, vivement, et la jeune femme parut rassurée.

– Nous avons votre signature. Mais il paraît que monsieur votre mari se désolidarise de vous, insista Manciet.

Elle baissa le visage. Un pli d'ennui s'était dessiné sur son front.

– Je sais, murmura-t-elle. Il ne veut pas que vous passiez sur ses terres.

Manciet nota au passage qu'elle avait employé, sans doute à dessein, « ses terres », comme si elle se jugeait étrangère sur son propre domaine. Ce détail lui évita de poser quelques questions qui lui brûlaient les lèvres.

– Croyez-vous que je pourrais le convaincre avant lundi ?

Elle haussa les épaules. Et à cet instant, il lui parut qu'elles étaient bien chargées de tracas et de souffrances. Il détourna les yeux, ostensiblement, pour ne pas ajouter à son désarroi.

– Vous ne pourriez pas m'y aider un peu ? suggéra-t-il.

L'ingénieur regretta aussitôt sa question. Car elle l'obligerait à révéler quelque secret ennui. A sa grande surprise, il vit son visage se durcir dans une colère contenue.

– Si vous connaissiez mon pistolet ! fit-elle. Un misérable outil à désespérer un régiment...

Manciet reposa son chapeau sur sa tête pour prendre congé.

– Savez-vous où je pourrais le trouver ?

– Comme d'habitude ! s'écria-t-elle. Au bistrot. Ça tète plus qu'un veau, mais ça rapporte moins.

L'homme éclata de rire, s'en excusa aussitôt. Au contraire, madame Choisne l'encouragea à poursuivre. Puisqu'elle se mit à rire aussi, avec lui. Et instantanément, elle retrouva le visage plaisant qu'il avait entr'aperçu dans les premières secondes de sa visite.

– Il ne me reste que ça, cher monsieur, le droit de rire. Vous me comprenez, n'est-ce pas ?

L'ingénieur hocha la tête. Qu'est-elle venue faire ici, cette gentille petite femme ? se demanda-t-il. Et qu'est-ce donc qui l'empêche de prendre la poudre d'escampette ?

A l'instant où son regard d'homme se voulait attendrissant pour ce trait d'humour qu'elle lui avait offert, il sentit qu'elle s'éloignait dans son silence. Fatale solitude où elle sommeillait depuis des lustres, déjà. Et qui donc pourrait l'en sortir ?

Ce ne serait pas la peine de lui tendre la main, si c'était pour la reprendre aussitôt.

L'ingénieur baissait la tête, déjà. Ce n'était pas son genre, de se résigner aussi promptement. Il avait tant de questions à lui poser, encore. Mais se pouvait-il qu'il s'éloignât ainsi de son sujet principal, qui consistait à obtenir une signature sur un contrat ? Elle l'avait donnée, cette signature, sachant sans doute qu'elle ne comptait que pour du beurre. Car, dans son royaume, l'opinion d'une femme avait peu d'importance. Les hommes, seuls, régnaient sans partage, par la violence et le mépris.

– Je ne peux observer longtemps un beau visage comme le vôtre, hasarda Manciet, et ici dans ce bocage où la laideur domine, sans être tenté d'y inscrire un petit nom. Me le direz-vous ?

Elle le fixa avec une certaine gravité. Ce n'était pas courant qu'un homme lui parlât de la sorte, avec tant de préciosité. D'ordinaire, les gestes précédaient les paroles, ou plutôt l'autorité du geste dispensait de la parole. Cela n'avait guère d'importance, puisqu'il s'agissait toujours d'ordre, de vindicte, d'injonction.

– Adée, fit-elle.

Il la fit répéter. Ce n'était pas un prénom ordinaire. Et il sut, dès lors, qu'il ne l'oublierait pas.

Sa seconde visite aux Régâts, l'ingénieur l'accomplit le soir même, avec Léonce Dandrey. Il avait besoin du maire pour conforter sa position. Sans gaieté de cœur. Par instinct, les deux hommes ne s'aimaient guère. Mais la force des choses les avait condamnés à s'épauler, et pour l'heure à taire leurs ressentiments. Ils avançaient vers l'étable, côte à côte, d'un pas égal.

Les feux du crépuscule rougeoyaient à l'horizon. C'était une belle aquarelle de vert sombre, de jaune creusé d'ombre, de rose exsudé. En d'autres circonstances, Manciet eût sans doute pris le temps d'observer ce visage du soir, sur son dévers déclinant, mais son esprit était tout entier absorbé par sa mission. Et il enrageait de voir son temps accaparé par une médiocre querelle.

Dandrey pénétra le premier dans l'étable. Aussitôt, des cris fusèrent. La bête fulmine, pensa Manciet, lorsqu'on veut la sortir de sa tanière. Faudra-t-il user de la force ? Que signifie la diplomatie avec ces gens ?

Soudain, la tête de Firmin Choisne émergea.

– Mais c'est-y point môssieu l'ingénieur que v'là ?

– En effet, mon brave, fit-il avec une grimace forcée. La situation exige enfin une réponse claire.

Choisne était tel qu'il l'avait imaginé. Une caricature de pécore, avec son béret délavé sur le crâne, fiché comme un plat à barbe. C'est-à-dire si large qu'il retombait un peu sur ses oreilles décollées. Le visage était grisé par une barbe de huit jours. Et le nez, aquilin, forgé comme un bec de perroquet, ajoutait un peu de rudesse à l'ensemble.

Manciet le dévisagea plus attentivement qu'il ne le faisait d'ordinaire. C'était là son ennemi, et il désirait tout comprendre de lui. La lèvre inférieure était épaisse, gourmande et sensuelle. Le menton plutôt fuyant. Ça traduit plus la paresse que l'irrésolution, se dit-il. Nous avons là un portrait conforme à la situation. Ça joue les fiers-à-bras, mais une ferme autorité aura bien vite raison de ce caractère, se dit-il.

Sa main se tendit vers Choisne, qui la refusa en bombant le torse. L'ingénieur projetait de lui comprimer les phalanges, pour lui montrer que sous l'habit du chef se cachait une force résolue.

– Il me faut absolument votre accord pour passer sur vos terres. Une fois les travaux achevés, nous vous les rendrons aussi nettes qu'auparavant.

– J'veux point de vos conneries de tuyaux chez moi, fronda l'autre en forçant la moue, lippe en avant.

Se détournant, il cracha par terre. Dans le langage de Choisne, cela signifiait qu'il ne faisait pas plus de cas de cette requête que de son glaviot.

– Allons, Firmin, fais donc un effort. Tu me mets dans une sale situation...

– Ah ! Ah ! grimaça-t-il en dévisageant ses solliciteurs. On est venus en force, à ce que je vois : môssieu l'ingénieur et not' grand con de maire... Et quoi encore ? Un ministre, même ? Que ça me f'rait pas plus d'effet. J'veux point de vos conneries de tuyaux !

Manciet respira profondément, pour expurger la colère qui lui comprimait les côtes.

– Ça ne vous tente pas, monsieur Choisne, de disposer de l'eau potable dans votre maison ?

– L'eau ? releva-t-il. C'est pas ce qui manque. On a toujours eu d'l'eau à Rilhac, à revendre, nom de Dieu. Plus qu'il en faut. Chaque ferme a son puisard. Eh oui, môssieu l'ingénieur, on a pas attendu le génie rural pour se démerder, sinon y a longtemps qu'on serait crevés, la gueule ouverte. Et ça continuera bien jusqu'à perpète.

– Il ne vous viendrait pas à l'esprit que cette eau puisse couler sur votre évier, simplement en tournant la poignée d'un robinet ? insista Manciet.

– D'l'eau ? Pour ce qu'on en fait ! Y en a bien d'reste. Même que j'suis point un gros consommateur. Mis à part pour baptiser le Pernod...

– Ma patience a ses limites, s'enflamma soudain l'ingénieur. Je représente la loi. Il n'est pas nécessaire d'avoir un képi et un uniforme pour se faire obéir.

Choisne riait ouvertement, sa langue épaisse parcourant sa lèvre inférieure, l'humectant de salive, selon une manie qui lui était propre, à moins qu'il ne s'agisse d'un tic. A l'observer, l'ingénieur éprouvait un sentiment de répulsion physique.

– Ne te fais pas plus méchant que tu n'es... implora le maire. Tu as bon fond. Tu l'as prouvé cent fois. Et je ne connais pas un seul de nos compatriotes qui n'ait su faire passer ses sentiments personnels en arrière-plan.

Les yeux de Choisne se mirent à papilloter. Il était sensible, cet homme, aux compliments. Mais, au raclement de la pelle dans l'étable, Adée se rappela à lui. Ce qu'elle avait accordé, il ne pouvait l'accepter. On aurait dû venir me voir d'abord, me convaincre, moi, et personne d'autre, parce que je suis le maître des Régâts, pensa-t-il. Et soudain, son regard atteignit une fixité douloureuse. La colère s'était emparée de son esprit, obscurcissant le monde alentour. Il était au cœur même de sa tempête personnelle. Il y allait de son honneur, de son autorité d'homme. Machinalement, sa main se porta à sa braguette. Choisne se tenait les couilles pour montrer qu'il en avait à revendre, de cette force virile, et qu'elle gouvernait son existence.

Enfin, elle trouva à se révéler encore plus, au moment où Adée apparut, la chevelure ceinte d'un fichu bleu. Cette parure mettait en valeur le front lisse et bombé de la jeune paysanne, ajoutait à son regard on ne sait quoi de doux et de triste à la fois. L'ingénieur s'approcha d'elle, détaillant son visage. Il songea à un portrait de Vermeer et en fut troublé sur l'instant.

– Ne vois-tu pas que tu gâches la vie de tout le monde ? s'écria-t-elle. A quoi te sert-il de faire le fanfaron ? On le sait, bon Dieu oui, que tu es le maître ici. Et sur ce point, ta chère terre, tu peux l'adorer, autant que tu veux... Moi, je la hais. Vois-tu ce qu'elle a fait de moi ?

Firmin Choisne oscillait sur ses jambes, cherchant dans l'air chaud et moite de la fin du jour un point d'équilibre. Et s'il n'était Dandrey pour le tenir par le coude, il eût chuté peut-être, pris de boisson comme toujours. Sa vie s'enfuyait de la sorte, par à-coups répétés de colère, dans l'abrutissement coutumier. Il allait d'un état à l'autre, usant ses forces dans des accès d'autorité. Puis s'effondrait aussi promptement, dans la torpeur. Là, à cet instant, Choisne sentit qu'il lui fallait faire face. Et la fureur le reprit. Puisqu'elle lui tenait tête, Adée, il importait de la rabrouer au plus vite :

– Retourne au cul des vaches, femme ! cria-t-il en la bousculant.

Ce n'était pas avec une méprisante injonction qu'elle allait céder. Manciet éprouva un sourd besoin de la protéger. Il voulut attirer le paysan vers lui, mais sa main le repoussa, vivement.

– Choisne, ne faites pas l'idiot, dit-il. Votre femme n'y est pour rien. S'il est une colère à passer, c'est sur moi, voyez-vous. Et comptez que vous aurez fort à faire. Je suis aussi coriace que vous...

Mais le paysan s'empara de sa femme, de force, et la traîna sur le quai de l'étable, là où elle avait commencé à rassembler le fumier. De là, il la propulsa vers les bêtes, d'une bourrade.

– Je vas te dresser, moi, fille de garce ! hurla-t-il.

L'ingénieur et le maire avaient suivi le mouvement. A l'intérieur, la pénombre rendait les formes fantomatiques. Seule une lampe à pétrole éclairait la scène. Manciet mit quelques secondes à accommoder son regard au clair-obscur. Il craignait que ce vilain bonhomme ne portât quelque mauvais coup à son épouse.

– Faut pas nous occuper de leurs petites affaires ! conseilla le maire. Et si j'avais un conseil à vous donner, ajouta-t-il en lui adressant un regard implorant, ce serait de vider les lieux au plus vite...

Choisne s'était emparé d'une fourche, qu'il planta hardiment dans le fumier. Lorsqu'elle fut bien chargée, il la dressa devant Adée.

– T'vas voir ! balbutia-t-il.

La malheureuse n'eut pas le temps de se dégager, coincée entre les culs des vaches. Elle reçut la fourchée de fumier en plein visage. Puis Choisne éclata de rire, en se tapant sur les cuisses. Léonce Dandrey s'était détourné vers la sortie, soucieux de préserver sa neutralité.

– Vous êtes fou, Choisne ! dénonça l'ingénieur. Vous mériteriez une correction !

L'autre s'arrêta de rire tout net. Sa main chercha le manche de la fourche qu'il avait abandonnée.

– Bon Dieu ! Manquerait plus que ça, qu'on vienne me menacer chez moi… Môssieu l'ingénieur s'prend pour l'bon Dieu. Saloperie !

Et il fit mine de le mettre en joue, agitant l'index pour montrer qu'il n'hésiterait pas à tirer à la première occasion. Manciet haussa les épaules. Il n'avait pas peur de Choisne. Mais lorsqu'il voulut avancer vers Adée, qui s'était réfugiée près des crèches, à l'endroit le plus sombre de l'étable, le paysan se mit à botter le fumier dans sa direction. L'ingénieur esquiva les paquets de bouses en reculant. C'était tout ce que voulait Choisne, que son contradicteur refluât vers la sortie.

– Madame Choisne ? appela Manciet. Avez-vous besoin de nous ?

Une petite voix lui parvint, affectée par les larmes :

– Je vous en prie, monsieur, partez. Partez. Je ne veux pas que l'on me voie dans cet état, ajouta-t-elle, suppliante.

Le maire faisait les cent pas sur le pavé de la cour. Lorsque l'ingénieur le rejoignit, il poussa un grand soupir.

– Maintenant, on peut faire une croix sur notre signature, déplora-t-il.

– On s'en passera. Celle de madame Choisne me suffit. Et si ce fou résiste, nous ferons donner la maréchaussée !

4

Deux orages successifs – point secs, comme souvent en Corrèze, et que l'on nomme ici des orages de chaleur – grossirent les eaux de la Sévère, si bien qu'il devint urgent de poser quelques lignes là où les barbeaux pullulaient. L'afflux d'eau vive, souvent chargée d'embâcles, avait poussé les poissons blancs à quitter leurs trous habituels.

Comme de juste, les deux bandes rivales s'étaient partagé le territoire. Les Dénicheurs occupaient les digues du vieux moulin de l'Aspet, et les Larrons le vieux pont romain. Ainsi, occupant les rives opposées de la Sévère, ne risquaient-ils pas de s'affronter. Il y avait assez de poissons pour tout le monde. Mais on ne pouvait espérer des pêches royales, tant le matériel des gamins était sommaire. Il se prenait plus de goujons à la bouteille et au filet qu'à la ligne. Seul Maxime avait acquis une certaine adresse pour piéger les chevesnes à la main, sous les racines des ormeaux et des chênes qui bordaient la rivière.

Et ce matin-là de juin, en voyant crever en surface des bulles d'air, le chef des Larrons s'était jeté à l'eau sans hésitation. Il connaissait les fonds comme sa poche. Les zones pierreuses et les endroits ensablés. Les recoins poissonneux et les trous dangereux. Les autres avaient jeté les lignes et ne s'en occupaient guère. Il y avait fort à parier que les appâts, des vers de terre flottant entre deux eaux, seraient mordillés jusqu'à l'hameçon sans qu'un de ces gros poissons s'en vienne se prendre. Et puis, la patience n'était pas le fort de la fine équipe. Ça courait, piaillait, sautait, chahutait le long des berges, sans précaution. On ne pouvait rien espérer de tels pêcheurs. En vérité, on comptait surtout sur l'agilité de Maxime pour ramener le repas de midi.

Cela faisait une heure déjà que le garçon barbotait dans l'eau. Et chaque fois qu'il se relevait dans le courant de la Sévère, c'était pour pousser un cri de désarroi. Sa main s'était refermée sur la proie, un temps trop tard. Pourtant, il en serra deux, de belle taille. Mais ils parvinrent à lui glisser entre les doigts, à l'instant où il les sortait de l'eau. La faute en était, sans doute, que les chevesnes étaient trop vifs pour la saison, gavés de criquets et de sauterelles.

Maxime remonta bredouille sur la berge, rejoignit Solange, qui paressait sur un carré de trèfles. Une douce lumière filtrait à travers les feuillages des ormes, formant sur le tapis de verdure des taches ocellées. L'air autour d'eux semblait immobile, maintenant que la chaleur avait épuisé l'humidité du sol. Et l'herbe fleurait bon sa fin prochaine, lorsque les faucheuses viendraient à la verser, en longues bandes régulières. Le trèfle surtout, dont les fleurs roses, festonnées, exhalaient une senteur sucrée. Solange aimait à s'y rouler, comme une couleuvre, puisant sa fraîcheur molle sur la peau. Et parfois, son visage s'enfouissait dans les touffes grasses pour en humer la sève qui exsudait, blanche et mousseuse. C'était ce qu'elle aimait le plus dans les longues journées d'été, le mélange des arômes qui suintaient de la terre. Les inépuisables parfums, quêtés près de la rivière et sous les arbres, dans les chemins creux, sur les collines éblouies de boutons-d'or, le long des haies subtiles gorgées de mûres, l'enivraient comme une abeille.

Maxime porta sous ses narines une gesse des prés à gousse jaune. Solange releva la tête, les yeux papillotants. Il éprouvait pour elle plus que de l'affection, mais n'avait encore osé l'embrasser. Pourtant, c'eût été facile de profiter de sa somnolence. Il craignait sa réaction, qu'elle le repoussât, ou, pire encore, qu'elle le raillât, comme elle en avait l'habitude avec Moineau. Le garçon s'attarda à contempler son visage. Cela ne suffisait pas d'être gentil ou prévenant avec elle, cela ne suffisait pas d'avoir des gestes amicaux, d'adresser des sourires de connivence. Ces artifices ne faisaient guère évoluer ses affaires. Tout juste de l'amitié. Mais ce n'était pas ce qu'il désirait d'elle, l'amitié, ou partager la vie aventureuse d'une petite bande. Parfois, Solange proposait qu'on joue au mari et à la femme. C'était une bien belle entreprise, pourvu qu'il fût choisi, lui, dans le rôle du mari, et non qu'elle lui préférât Moineau ou Rémi, comme on pouvait le craindre. Mais, aussitôt, elle changeait d'avis, jaugeant les garçons d'un regard sévère. « Et puis non, c'est une mauvaise idée. Vous êtes trop petits pour moi... »

Alors que Maxime s'empêtrait dans ses hésitations et que Solange paressait comme une couleuvre, une vive agitation se fit entendre du côté du pont romain. Les cris de guerre de Moineau surpassaient le lot. Car Guilleton ne ratait jamais l'occasion d'affirmer sa mâle autorité de chef, pouvoir que les Larrons lui refusaient obstinément. On avait voté plus d'une fois sur cette question. Et à chaque coup, Moineau avait essuyé le martyre.

– Voyez ce que j'ai trouvé, les gars !

Rémi et David tenaient ferme leur prisonnier. Un petit sauvage capturé près de la voie ferrée. On lui avait passé une cordelette autour des poignets. Et on le traînait ainsi, comme un animal. Le captif ne semblait guère s'en émouvoir.

Solange se leva aussitôt, époussetant sa robe, rajustant les faux plis.

– D'où vient-il ? On ne l'a jamais vu chez nous, fit-elle en le dévisageant attentivement.

– C'est un étranger, dit David.

– A moins que ce ne soit un espion du Gniaf. Vous ne trouvez pas qu'il a l'air d'un espion ? dit Moineau.

Les garçons se mirent à rire. A quoi cela pouvait-il ressembler, un espion du Gniaf ? Aucun ne savait répondre à une telle question. Du reste, il n'y avait aucune raison pour que les Dénicheurs espionnent le territoire des Larrons. La paix avait été conclue depuis le commencement des travaux à Rilhac.

– Il veut savoir où nous avons caché l'épée magique ? suggéra Moineau.

Maxime haussa les épaules.

– Qui es-tu, toi ? fit-il en s'adressant au captif, impassible.

La placidité du prisonnier avait de quoi surprendre. On s'attendait plutôt à des cris, des pleurs, des suppliques. Mais rien. Comme si l'étranger se refusait à entrer dans cette querelle. Maxime vint l'interroger de nouveau.

– Qu'on me détache d'abord, fit-il.

– Qui nous dit que tu ne vas pas t'enfuir ? dit Rémi.

L'étranger sourit.

– C'est vous, les sauvages ! jura-t-il.

Malgré les défenses de Moineau, Maxime fit signe à Rémi de lui ôter ses liens.

– Il a raison, ajouta David. Après tout, il ne nous a rien fait.

– Si ! s'opposa Moineau. Il a pénétré dans notre territoire sans autorisation.

– Ce que tu peux être con, mon pauvre Guilleton ! lança Solange.

L'étranger se massait les poignets avec insistance. On n'avait pas lésiné sur la cordelette, en la serrant comme celle d'un gigot.

– Vous êtes fous ! fit-il. Vous êtes tous fous, dans le village.

Près du pont romain se dressaient des chênes centenaires. Sous l'un d'eux, les Larrons avaient pris l'habitude de tenir conseil, comme ils disaient. Vieille réminiscence d'une leçon d'histoire : Saint Louis rendant la justice. Ils s'assirent en cercle, obligeant l'étranger à se maintenir en son centre. Le garçon hésita à s'asseoir. Pourtant, on lui accorda ce privilège, ce qui était un bon point pour lui.

A l'écart, Lucie était occupée à rassembler des brindilles de bois sur des galets formant un foyer à l'ancienne. Pour un oui pour un non, les Larrons allumaient un feu, été comme hiver. On y faisait cuire les fruits de la pêche, ou à la morte-saison quelques grives ou merles. Et dans les périodes plus maigres, des châtaignes. Par ces rituels, la bande affirmait son indépendance face à la société. Chacun voulait prouver qu'il était capable de se débrouiller, sans recourir aux denrées familiales.

Solange expliqua en deux mots les règles qui régissaient la compagnie des Larrons. L'étranger gardait la tête baissée, comme si cette histoire, au fond, ne le concernait guère. Peut-être voulait-elle lui faire comprendre qu'il était dans les pouvoirs des lois de la tribu d'intégrer ce nouvel arrivant, pourvu qu'il fît montre d'un peu de soumission.

Soudain, le garçon leva la tête, se mit à dévisager chacun de ses voisins, attentivement. Ils lui parurent tous plutôt sympathiques, mis à part Moineau, fort excité.

– Je m'appelle Cyril, dit-il. Cyril Fontenois. Et je viens d'arriver à Rilhac.

– Un nouveau ! s'exclama David. Personne ne nous a rien dit.

Et tous désapprouvèrent cette manie des grandes personnes, de ne point annoncer l'arrivée des étrangers à Rilhac. D'ordinaire, cela se faisait plutôt à l'école communale, où l'institutrice présentait les nouveaux à la classe.

– J'habite chez mes grands-parents, les Ponchelle...

– Milou ! fit Maxime. C'est le petit-fils de Milou !

– Emile et Armande Ponchelle, reprit Cyril, qui n'acceptait pas qu'on nommât trivialement son grand-père.

Moineau se leva pour prendre la parole.

– Tu dois choisir ton camp. Ici, on est du parti des Larrons ou des Dénicheurs...

Un silence se fit sous la chênaie.

– Les Larrons ou les Dénicheurs, comme vous dites, moi, je m'en fiche, répliqua le garçon.

Solange éclata de rire. A la vérité, elle se trouvait déjà un peu vieille pour jouer encore à ces jeux. Elle eût tant aimé qu'on mît un terme à ces rivalités entre le haut et le bas du bourg de Rilhac. Et la réflexion de l'étranger, toute innocente et pertinente aussi, n'annonçait-elle pas la fin d'un épisode de leur enfance ? Elle posa ainsi le dilemme et se vit contestée, fort unanimement, et par Maxime lui-même, dont elle attendait pourtant un peu plus de sagesse.

– Les étrangers restent des étrangers, fit Cyril. Et on m'avait prévenu que ce serait difficile de me faire des amis.

– Tu viens de la ville ? demanda David.

Le garçon hocha la tête.

– C'est un Parisien, au moins, flaira Moineau. Ah bon Dieu ! Y pouvait rien arriver de pire. Un Parisien, tête de chien. Un Parigot, tête de veau, chanta-t-il.

Pour la retraite, les Ponchelle avaient mis leurs dernières économies dans l'achat d'un petit pavillon, à la sortie de Rilhac. Une maison carrée, plutôt haute et coiffée d'un toit de tuiles rouges. Elle détonnait un peu avec les bâtisses communes du village, pierres roses et couverture d'ardoise. Mais elle avait l'avantage d'être entourée d'un jardin. Emile Ponchelle, avec sa petite retraite de contremaître dans une usine de machines-outils à Sevran, avait promis à sa femme de tenir un jardin afin de disposer de légumes frais. Ce serait autant d'économisé. Et il apprit bien vite tous les secrets des jardiniers. D'autant qu'à Rilhac le terrain était plutôt léger, sableux, favorable à la production des primeurs. Il se risqua même à planter des griffes d'asperges, obtenant des résultats qui faisaient pâlir ses voisins.

Emile se fit quelques amitiés solides dans le voisinage, en offrant des plants de poireaux, de tomates, de laitues, d'ail et d'oignons. Dès son installation à Rilhac, il avait compris qu'il lui faudrait donner beaucoup pour recevoir peu. C'était le traitement réservé aux étrangers, qu'ils fussent tenus pour ce qu'ils étaient, c'est-à-dire des citadins exilés dans un monde qui ne serait jamais le leur. Cet état de fait ne le dérangeait guère. Emile passait le plus clair de son temps dans son pré carré, à désherber, bêcher, biner, tailler. Au fil des années, il avait vu ses arbres grandir, des lilas, des tilleuls, des seringas, et même un peuplier d'Italie, dont le développement racinaire commençait à menacer les murs de sa maison. Il s'offrit une tonnelle de muscat et de bacco pour paresser aux beaux jours dans une chaise longue.

Cette vie tranquille et sans histoire ne convenait guère à sa femme, Armande. Elle avait accepté à contrecœur de quitter la région parisienne, d'abandonner les amitiés d'une vie. Mais comment eût-elle pu refuser ce choix à l'homme qui partageait son existence, et auquel elle vouait un amour profond ?

La vie leur avait donné une fille, Florence. Une jolie brune, qui était tout le portrait de sa mère. Elle avait fait de solides études à Paris, au lycée Henri-IV, qui leur avaient coûté bien des sacrifices. Puis, sur sa lancée, elle avait préparé HEC. C'était son rêve de petite fille, devenir attachée de direction dans une importante firme. « Si j'échoue, disait-elle souvent pour taquiner ses parents, je ferai au moins une bonne dactylo. » Mais Florence n'avait pas échoué. Et forte de son diplôme, elle put entrer à la banque Worms pour y occuper le poste qu'elle avait tant convoité. Trois ans plus tard, l'enfant prodige – qui était toute la fierté de son père – vint leur présenter à Sevran, dans leur petit appartement de la rue Voltaire, l'homme qui serait son futur mari. C'était un jeune cadre dynamique, qui avait créé un office de publicité. Dans ces années-là, en France, on commençait à comprendre qu'il ne suffisait pas de produire des biens de consommation, mais qu'il fallait aussi les bien vendre, y compris sur les marchés étrangers. Guillaume Fontenois possédait ce talent, si particulier, d'inventer deux à trois slogans par jour, de créer des images vendeuses, aussi bien dans la presse que dans les cinémas.

Le couple Fontenois vivait sur un grand pied : voiture de luxe, appartement dans le XVIe, vacances d'hiver à Chamonix, week-ends prolongés à Deauville, périples à Venise, Florence, puis aux Etats-Unis. Contre l'avis même de son mari, fort occupé et un brin égoïste sans doute, Florence batailla pour obtenir un enfant. C'était son vœu le plus cher. L'argent et ses plaisirs avaient fini par cesser de l'étourdir. Son besoin de maternité l'emporta, et Cyril naquit, la veille de Noël 1949. Dès lors, l'existence des Fontenois prit un tour singulier pour l'époque, où les divorces étaient encore faits rarissimes.

Guillaume, voulant étendre les activités de sa société de publicité aux Etats-Unis, s'éloigna peu à peu de Florence. Les avocats, les notaires entrèrent en scène. On négocia les décombres d'une belle et prometteuse union, âprement. De guerre lasse, Florence finit par accepter l'inéluctable. Elle s'en retourna à la banque Worms, où elle possédait encore de solides appuis, puis acheta un duplex au Quartier latin. En grandissant, l'enfant réclamait souvent son père. En vain. Comment comprendre la désertion d'un père ? Sinon pour un grand rêve américain.

Pour les confitures, c'était une absolue nécessité, la bassine de cuivre. Emile riait aux larmes. Pourtant, il n'en avait pas le cœur, depuis l'arrivée de Cyril. Mais la vie continue, se disait-il.

– Armande, c'est démodé tout ça. Maintenant, on se doit d'être moderne. N'as-tu pas entendu parler de l'aluminium ? On fait des récipients autrement plus commodes que nos vieilles bassines de grand-mère...

Armande ôta ses lunettes pour essuyer la buée qui s'était déposée sur les verres.

– Est-ce que je m'occupe de ton potager, moi ? Crois-tu que ce soit bien raisonnable de bêcher la terre ? On a inventé des motoculteurs. Il paraît que ce sont de délicates machines, réglées comme de l'horlogerie. On peut tout faire : labourer, défricher, biner, sillonner... J'ai vu la réclame dans *Le Chasseur français*. Ça a l'air bien maniable. Surtout pour notre petite surface. Et au moins nous attirerions la curiosité des voisins.

Elle prit la passoire et la plongea dans la confiture qui bouillonnait à peine, juste ce qu'il fallait pour qu'elle ne brûle pas. C'était une méthode qu'elle tenait de sa mère, petit feu et longue patience. Armande racla en douceur le fond de sa bassine de cuivre pour vérifier que sa préparation ne prenait pas. Il y avait encore trop de jus, en surface, et peut-être que les fruits – des cerises – n'avaient pas encore dégorgé toute leur eau.

– Tu veux parler de ces Cocotte-Minute qui sifflent comme des locomotives. Ah, mon Dieu, quelle horreur ! Crois-tu qu'on puisse faire de la bonne confiture dans des autoclaves ? Ce monde moderne ne sait plus quoi inventer. C'est comme ton gendre... Te souviens-tu ? Il n'avait que ces idées-là en tête, faire de la réclame pour ces choses nouvelles dont personne ne veut. Peut-être chez les Américains, soupira-t-elle. C'est un pays comme ça, envieux de toutes les inventions. Mais chez nous ça ne prendra jamais. Et du reste, il a préféré partir... L'ingrat.

Emile referma vivement le journal, avec une envie de le chiffonner, ce *Courrier de la Corrèze* que tout le monde, ici, à Rilhac, s'obligeait à lire. Surtout la rubrique des avis d'obsèques. Emile disait : « Ils ne sont contents que lorsqu'ils apprennent la mort d'une vieille connaissance. A croire que ça les rassure... »

– Pourquoi ? Mais pourquoi ? murmura-t-il, le regard perdu.

– Pourquoi quoi ?

– Toujours parler de ça. De ton gendre. C'est une obsession. Même nos confitures nous ramènent à lui.

Il alla humer la vapeur chaude qui circulait autour de la cuisinière. Emile avait une opinion sur les confitures. Surtout celles à la cerise. Une gageure. Trop liquides. Trop sucrées. Tout compte fait, il n'aimait que les confitures à la reine-claude, à la fraise. Et surtout à l'abricot. Mais les abricots, c'était un luxe que les Ponchelle ne pouvaient plus s'offrir depuis qu'ils avaient quitté Sevran. Il eût fallu pour cela descendre s'installer dans le Midi, à

Perpignan ou Montpellier. L'idée l'en avait effleuré, un temps, mais il n'avait pas trouvé de demeure à un prix raisonnable.

– Ton gendre est le dernier de mes soucis, insista Armande. Par contre, c'est lui qui m'inquiète, fit-elle en baissant la voix.

De la main, elle désigna l'étage où dormait le petit Cyril. Le visage d'Emile se crispa de tristesse. Ce n'était pas l'arthrose qui le faisait le plus souffrir, mais l'histoire malheureuse de sa fille. Se détachant de sa femme, sa main effleurant les rondeurs de sa taille, il se retira sous la tonnelle.

Il y avait excitation d'abeilles dans l'air. Mes petites bêtes sont travailleuses, se dit-il. Ça n'a pas d'états d'âme. Ça remplit sa fonction, et ce pour quoi elles ont été créées. Et ainsi, ça meurt, l'ouvrage accompli. Pour l'utilité de l'essaim. Car ce qui n'est pas utile à l'essaim n'est pas utile à l'abeille.

Emile poussa les coussins du fauteuil. Il aimait sentir le contact dur de l'osier contre sa peau. Surtout pour réfléchir. Du reste, il n'était pas nécessaire qu'il s'adossât, qu'il s'abandonnât. Il se tenait le buste en avant, les mains jointes sur ses cuisses. Cyril s'adaptera à sa nouvelle situation, comme les abeilles lorsqu'il faut réparer un essaim dévasté. Il est rare que le petit peuple des travailleuses quitte le navire, pensa-t-il. La fuite en avant n'arrange rien. Nous devons bâtir là où nous sommes, même si le ciel est contre nous, le ciel et le destin. Et Cyril bâtira sa vie où le destin l'aura posé.

Tout en réfléchissant, Emile hochait la tête, par un étrange mouvement de balancier. Il ressemblait à ces adorateurs, dans les mosquées ou les synagogues, comme si le mouvement lancinant du corps devait rythmer la douceur des paroles divines. Mais, à la différence des adorateurs, Emile souffrait intérieurement de ne pouvoir défaire le nœud qui jugulait sa vie. Un nœud gordien. Nulle force divine ne le trancherait à sa place. Et sa religion, toute simple qu'elle était, n'avait pas de réponse à lui fournir, sinon, comme toujours, l'illusion de la patience. Lui, il se sentait plutôt, comme les abeilles, réduit à l'utilité d'un essaim. Et s'il les observait tant et tant, ses petites bêtes – comme il disait –, c'était parce qu'elles avaient plus à lui apprendre que la fourberie, la lâcheté, la futilité des hommes.

Au fond du jardin, Ponchelle avait bâti, de ses mains, une serre, avec des pièces de récupération. L'alignement de fenêtres formait un mur de verre où la lumière entrait à gros bouillons. Quant au reste, ce n'était que planches disjointes et toiture de fortune, en tôle ondulée et ajourée de verre cathédrale. Les orages de grêle et les bourrasques dépareillaient souvent son abri, mais Emile était comme l'abeille, il reconstruisait sans cesse.

– Comment expliques-tu cette histoire des Larrons et des Dénicheurs ? demanda Cyril.

L'enfant tenait de lourdes cisailles pour trancher la tôle ou le zinc. C'était l'outil préféré d'Emile. L'objet miracle. Ainsi, par petits bouts de boîtes de conserve, découpées et matées, rapiéçait-il les avaries de son navire. C'était Cyril qui avait eu l'idée de nommer ainsi ce lieu. Et cette comparaison avait plu au grand-père. Une arche de Noé, au fond du jardin, où logeaient mille plants, utiles aussi bien qu'inutiles à la conservation du monde. Mille petits pots ou godets contenaient de quoi repeupler les friches du jardin. Il y avait des pensées, des tomates, des gentianes, des volubilis, des poivrons, des géraniums et des chicorées... Bric-à-brac de serre. Pour la plupart, ces spécimens seraient sacrifiés dans des observations interminables. Cruel destin pour des espèces vivantes, se disait-il, mais la nature est autrement cruelle dans ses sélections.

Emile se fit expliquer l'histoire des deux bandes rivales. Et comment les petits villageois s'étaient emparés de Cyril... L'histoire fit sourire le grand-père. Il y a du grégaire au fond des campagnes, pensa-t-il. Mais n'est-ce point ainsi, par des rituels initiatiques, qu'on fait passer à l'âge adulte les enfants dans certaines tribus africaines ? Il devait en aller de la sorte aux temps anciens, songea Emile. On entre dans la vie par des épreuves. On est reconnu par les siens pour ses capacités d'endurance. Parfois, aussi, on est rejeté. Le progrès a voulu gommer ces rites chevaleresques. Et tant d'autres, tout aussi cruels, les ont remplacés.

– Alors, grand-père, tu me conseilles, toi aussi, de choisir mon camp ?

Le vieux parut hésiter. Il n'avait pas le conseil facile, cet homme. Il savait mieux que quiconque ce que les mots veulent dire, et surtout qu'il ne faut point en user à la légère, même s'agissant de jeux innocents.

– Cela voudra dire que si je me range du côté des Larrons je devrai me battre contre les Dénicheurs ? Ils ne m'ont rien fait. Je ne les connais pas encore. Pourquoi épouserais-je une cause à laquelle je ne comprends rien ?

Emile détourna le visage. Il sentait poindre une larme, qu'il n'avait pas envie de montrer. Tant d'intelligence le flattait, et l'effrayait aussi. Tant de perspicacité l'émouvait.

– Demande-leur alors les raisons de la querelle...

– Mais je l'ai fait ! On m'a répondu que c'était un jeu. A ce que je crois, c'est une habitude qui date de leurs grands-pères au moins. Dans ce village, on se range dans des bandes ennemies. Et peut-être que cela se perpétue, bien au-delà de l'enfance ? Etait-ce ainsi pour toi, jadis ?

Le grand-père ne sut répondre. Ou alors il eût été contraint – ce qui n'était pas dans ses habitudes – à évoquer sa guerre, et son engagement dans un conflit qu'il n'avait pas choisi non plus et dans lequel tant d'hommes étaient morts.

– Tu ne veux pas me répondre ? Je sens bien qu'on me tient à l'écart. Même maman écarte mes questions. Ce n'est pas normal. J'ai l'âge de comprendre. Et si l'on fait mystère de tout, c'est bien pire encore. N'as-tu pas remarqué, toi aussi, que le silence est pire que la vérité ?

Emile prit Cyril contre lui, le serra bien fort.

– Je suis avec toi, mon petit. Et tout viendra en son temps.

L'enfant se détacha de son grand-père, vivement.

– Qu'est-ce que ça veut dire ? « Tout viendra en son temps »...

Le vieux parut réfléchir. Ce n'était pas aisé d'esquiver la question. Il ne l'avait point tranchée lui-même. Au contraire, elle le harcelait des nuits durant, le poursuivait jusque dans le sommeil. Il n'est dans la part d'ombre que l'attente de la lumière qui nous rassure et nous effraie à la fois. Car on ne sait ce qu'elle va nous révéler.

Le grand-père chahuta quelques pots, nomma ses plantes, expliqua ce qu'il attendait d'elles. Cyril le suivait, pas à pas.

– C'est à cause de mon père ? Tu as des nouvelles, toi ? Moi, je n'en ai pas. Pourtant...

Emile se sentait étouffer, dans sa serre. Aussi éprouva-t-il le besoin d'en sortir au plus vite.

– Lorsque j'en parle à maman, elle refuse de répondre. Elle dit qu'il est en Amérique, qu'il gagne beaucoup d'argent. Tous les Américains sont riches. Tu le savais, ça ? Moi, un jour, je voudrais bien être américain. Ça ne t'a jamais tenté, toi ?

– Moi ? J'ai peur de l'argent. Devenir riche, c'est comme perdre la raison.

– Alors, mon père a perdu la raison. Il ne sait plus que nous existons, ma mère et moi.

– C'est une explication comme une autre.

Ils longèrent l'allée, frôlant les touffes d'iris. Cyril chercha la main de son grand-père et la trouva, sèche et dure, comme celles de tous les travailleurs. Il en fit la remarque.

– Mon père disait, autrefois, qu'il n'aimait pas serrer la main des ouvriers, parce qu'ils avaient la peau usée...

Le vieux éclata de rire.

– Pour qu'il y ait des riches, il faut que des pauvres travaillent pour eux. Et à mon avis, il serait plus charitable que les riches, enfin, ignorent leur répugnance.

– Maman a les mains douces, et pourtant, je ne crois pas qu'elle soit riche.

– La richesse du cœur vaut tout l'or du monde, mon petit. Et je crois, moi, dur comme fer, que le cœur est plus important que tout.

Dans sa cuisine, Armande touillait sa confiture. Sans se lasser. C'était une observance absolue, si l'on ne voulait pas qu'elle caramélisât. De temps à autre, elle vérifiait la couleur, la texture, en prélevant une louche et en la laissant filer.

– Ton petit-fils prétend que tous les Américains sont riches, dit Emile.

Armande haussa les épaules. Elle en voulait aux Américains, depuis que Guillaume Fontenois séjournait aux Etats-Unis. Et par commodité, elle voyait en tout Américain un riche panel des travers de l'espèce humaine.

– Ils nous ont bien aidés pendant la guerre, reconnut-elle sans lever les yeux de sa bassine de cuivre. Ensuite, nos rapports se sont gâtés. Avec ce plan Marshall. Un drôle de général, celui-là. Ils nous ont vendu à prix fort tout ce dont ils ne voulaient plus.

– Alors, grand-père, demanda Cyril, que dois-je faire avec les Larrons ?

– Choisir ton camp, répondit-il évasivement. Tout homme doit choisir son camp. C'est le prix à payer pour mériter ses amis.

Cyril courut apporter sa réponse. Il retrouva la bande dans les bois de Vidale. Les pêches infructueuses avaient incité les Larrons à d'autres jeux. Tous éprouvaient une fascination pour les grands arbres. Il y avait ceux qui bordaient – comme nous le savons – la route du pont romain. Ceux-là étaient domestiqués. La main de l'homme les avait ainsi placés en cet endroit pour apporter de l'ombrage à la route. Sans doute avaient-ils connu le temps des coches, des routiers et des brigands, la grande peur de la Révolution. On pouvait parier, sans risque de se tromper, que ces chênes avaient abrité le sommeil de générations de soldats, manants et manouvriers, et qu'à fouiller le sol alentour on eût peut-être déniché quelques traces de ces lointaines processions, un denier, un fer à cheval, un vieux coutelas, un mors de harnais... Puis il y avait les autres chênes, ceux qui avaient poussé à la diable, là où les écureuils avaient essaimé les glands dans leur économe pérégrination. Ils avaient dû batailler dans un monde hostile pour gagner le ciel, se frayer un passage entre les acacias, les frênes et les châtaigniers. Dans ce lent élancement vers la vie, il en était plus d'un qui payait de ne pouvoir atteindre la lumière. Que de baliveaux sacrifiés, voués aux insectes peuplant la nuit souterraine des forêts. Et pour cent arbrisseaux, deux ou trois seulement atteignent les sommets salvateurs. Dans les bois de Vidale, il en était quelques-uns, de ces grands et beaux chênes, qui avaient conquis leur puissance en étouffant la végétation alentour. Ils faisaient vingt ou trente mètres de hauteur. Pour en cerner le tronc, trois gamins n'eussent pas suffi.

Les Larrons les visitaient régulièrement, même au moment des pluies. C'était un ravissement d'entendre l'eau tambouriner sur le feuillage. Et il fallait bien une heure au moins, de petite pluie incessante, pour qu'on perçût enfin, sur la peau, les premières gouttes. Aux fortes chaleurs, l'ombre était lourde et empesée de silence. Le soleil dans les ramures enluminait la voûte végétale. C'était une marqueterie de vert tendre et de jaune, mouvante comme une voile. Les gamins s'allongeaient au pied, sur la mousse et la fougère, le regard captivé par les hautes cimes où se dessinaient des arabesques de lumière, comme au travers d'un vitrail.

Cyril découvrit ainsi les Larrons, faisant cercle autour du chêne, allongés à même le sol, tous sur le dos, les yeux rivés vers le dôme végétal.

Pensant à ce que lui avait dit, le matin même, son grand-père, il attribua cette disposition à quelque mystérieuse cérémonie. Et il se tint coi, pour ne pas troubler le rite. Néanmoins, Lucie annonça son intrusion, d'une voix criarde. Tous les regards se tournèrent vers lui. Moineau, à son habitude, se voulut menaçant, mais Maxime le retint.

– J'ai bien réfléchi, dit Cyril. Je me rallie à vous.

Tous vinrent lui serrer la main. Désormais, les Larrons comptaient un membre de plus.

– Qu'est-ce que vous regardiez ? demanda Cyril, intrigué.

– Notre arbre, dit David.

– Votre arbre ? s'étonna Cyril. Il est à vous ? Tout ça vous appartient ?

– On se fiche de ça, ajouta Rémi. Les bornes, les limites de propriétés, c'est des histoires de grandes personnes.

– Nous avons choisi ce chêne rouvre parce qu'il est le plus haut, le plus droit, et le plus fort de tous les chênes du bois de Vidale.

Solange montra l'inscription faite au couteau dans l'écorce : *Les Larrons*. Celle-ci commençait à disparaître sous la cicatrisation de l'écorce.

– Avec le temps, notre signature sera recouverte. Mais elle sera toujours là, gravée. Dans le bois de l'arbre. Et dans deux cents ou trois cents ans, en fendant le tronc, des bûcherons la retrouveront, intacte.

Cyril parut dubitatif. Ces petits paysans croient au père Noël, se dit-il. Mais Maxime lui montra une bille de bois fraîchement coupée.

– En partant du cœur, tu peux compter les cercles. Autant de cercles, autant d'années. C'est comme ça. Celui-là, fit-il, avait quarante-neuf ans.

Cyril voulut vérifier. Il était des zones ligneuses plus épaisses que d'autres.

– Ça veut dire qu'il y a des années meilleures que d'autres. Celles où les arbres profitent plus parce que la pluie est abondante. Et celles où la sécheresse ralentit la croissance, expliqua David.

Le nouvel arrivant fut impressionné par autant de savoir.

– Tu viens de la ville, toi. Tu sais rien de tout ça, fit Moineau avec dédain.

– Je ne savais pas, reconnut Cyril, qu'on pouvait adorer un arbre.

– C'est moins bête que de s'agenouiller devant des statues, fit Maxime.

La réflexion laissa Cyril indifférent. Il ne connaissait rien à la religion, bien moins que ces petits paysans qui suivaient par obligation les cours de catéchisme de mademoiselle Lauret.

– Nous graverons tous nos initiales dans l'arbre, promit Lucie. Même toi, tu auras l'autorisation, maintenant que tu es des nôtres.

Moineau ouvrit son Opinel, dont il était si fier, au point de ne jamais rater l'occasion de le montrer. Mais, lorsqu'il voulut entailler l'écorce, Maxime le retint.

– On a tout le temps pour ça.

Le bois de Vidale s'étendait sur plusieurs hectares, épousant en certains endroits un relief tourmenté. Les Larrons en connaissaient tous les chemins, toutes les sentes, jusqu'aux falaises d'Epeiche. C'était le lieu le plus sauvage, avec ses hautes fractures dans la roche rouge. Les renards, les martres, les sangliers y logeaient en sécurité. Les gamins ne s'y aventuraient guère, parce que le Gniaf en avait fait son terrain de chasse favori.

Cyril se fit montrer les falaises. Mais on lui déconseilla de s'y rendre seul, surtout depuis qu'il venait de choisir son camp. Il demanda quelques explications sur le Gniaf. Moineau lui brossa un portrait terrifiant du personnage, comme s'il s'agissait d'Attila.

– Pourquoi ne pas faire la paix ? suggéra Cyril.

– Pour l'instant, fit Maxime, nous ne risquons rien. On a conclu un traité, partagé les territoires.

Moineau éclata de rire.

– Depuis que nous avons trouvé l'épée magique du chevalier, tout est changé...

– Quelle épée magique ? questionna Cyril.

Solange répondit que c'était une invention des Larrons pour exciter la convoitise du Gniaf.

– Seul l'ingénieur a découvert le trésor, dans la tombe du chevalier, reconnut Maxime. Un petit objet, un bidule, avec des diamants sertis.

– Un bidule ? Quel bidule ? insista Cyril.

Maxime ne sut répondre. Mais, après un long silence, il estima que l'ingénieur avait bien mérité ce trésor, pour avoir osé fouiller la tombe d'un mort.

– Jess aurait pu le faire aussi, ajouta Solange.

– Jess, reprit Maxime, a pris dans ses mains le crâne du chevalier et l'a dressé en l'air, en rigolant. Et puis une partie de la mâchoire s'est détachée. On aurait dit que le mort rigolait aussi. Et c'est là que l'ingénieur est venu visiter le coffre de pierre. C'était incroyable. Nous avions tous peur. Surtout les ouvriers. Diego, le Portugais, faisait des signes de croix.

– Et Jess ? demanda Solange.

– Lui, il regardait, sans rien dire. Ça ne lui faisait ni chaud ni froid. Il aurait tout aussi bien pu fouiller dans la tombe. Mais il ne l'a pas fait. Et lorsque l'ingénieur a glissé le bidule dans sa poche, après l'avoir astiqué avec le revers de sa manche, Jess a eu une moue de dépit. A mon avis, ça ne lui est pas venu à l'esprit, l'idée du trésor. Il avait voulu impressionner les ouvriers. En agitant le crâne. Et ça, c'était plutôt réussi.

– Jess est ainsi, expliqua Solange. Montrer qu'il n'a peur de rien.

Pour s'en revenir à la Sévère, les compagnons prirent l'étroit chemin qui longeait la falaise. Tantôt grimpant, tantôt descendant, il était plutôt malaisé, avec ses éboulis de pierres. Les buissons noirs et les églantiers formaient des remparts menaçants, si bien que les Larrons avançaient prudemment, à la file indienne. Et c'est sans regret qu'ils quittèrent le pied des falaises pour prendre la route du moulin. C'était une route fort bien entretenue, régulièrement utilisée par les charrois et les troupeaux de vaches. Poudrée de terre jaune, elle se faufilait sous de hauts chênes qui dessinaient des taches d'ombre sur le sol. Les enfants profitaient du moindre périmètre ombragé pour s'arrêter un peu, tant le soleil tapait sur les prés alentour. Certaines parcelles avaient été rasées par les faucheuses, le foin déjà engrangé. Et il se devinait, sur les bas-côtés, quelques traces de fenaison, des paquets d'herbes sèches arrachés aux charrettes par les branches basses. Au moment d'atteindre les plates prairies qui bordaient la Sévère, les enfants s'attardèrent à cueillir des mûres. Il y en avait profusion dans les talus, où les ronces étendaient leurs hampes griffues.

Moineau se moqua de Cyril lorsqu'il mordit dans une baie rouge.

– Faut qu'elles soient noires, les mûres. Bien noires, insista-t-il. Sacré Parigot, va.

Maxime en tendit une poignée à Solange, qui renâclait à se frotter aux épines. Elle accueillit ce présent comme une marque d'amitié. Sans y prêter guère d'attention. Lucie fit de même avec Moineau. Mais Moineau en parut vexé, jugeant sans doute qu'il était assez grand pour les cueillir lui-même. Et elle les jeta dans la haie, de rage. Cyril observa la scène avec un vague sourire sur les lèvres. Comment ne voit-il pas qu'elle est un peu pincée pour lui ? se dit-il. Je ne sais peut-être pas ce que sont des mûres, mais sur cette question, je lui en remontrerais au petit Moineau, se dit-il.

On ne pouvait dire que Lucie était jolie. Trop petite, et trop maigre, estimait Cyril. Mais il appréciait surtout sa timide réserve. Elle ne participait guère aux jeux de ses camarades, se maintenant en retrait, comme si elle se jugeait supérieure. Sans doute était-ce une fausse impression. Elle était par trop obéissante à Solange pour une telle indépendance. Elle avait besoin de cette grande fille frondeuse, autoritaire, garçon manqué. Cette compagnie effrayait Cyril plus qu'elle ne le rassurait. Pourquoi donc Lucie se laissait-elle dominer ainsi par cette sorte de grande sœur ? Que pouvait-elle lui apporter ? Ne prisait-elle point en Solange tout ce qu'elle n'osait être, et que sa petite stature lui interdisait ?

Il naviguait dans cette réflexion, traînant le pas à l'arrière de la troupe, lorsqu'il fut soudain saisi par l'angoisse. Depuis son arrivée à Rilhac, chez ses grands-parents Ponchelle, il n'avait guère eu le temps de s'interroger. Avant de quitter Paris – par le train où sa mère l'avait remis entre les mains d'une hôtesse –, il avait ressenti cet éloignement comme une menace sur sa propre destinée. A sa question « Quant te reverrai-je, maman ? » il avait vu luire sur son visage les traces d'une larme contenue. Et nulle réponse.

Les Larrons dépêchèrent Moineau pour lever les lignes, près du pont romain. Aucun barbeau n'avait été assez fou pour se suicider sur les misérables hameçons bricolés. Décidément, la pêche se révélait un désastre, cette saison. Au moins eût-il fallu y porter une attention plus soutenue. Il n'y avait aucune raison qu'elle soit fructueuse, en laissant ainsi les lignes au fil de l'eau, sans surveillance. Et lorsque Moineau s'en revint au rapport, au pied du fameux chêne sacré, il entendit bien des reproches qu'il ne méritait guère. Mais on l'avait chargé de cette mission, et il devait en assumer les conséquences.

– Trop chaud ! défendit David.

– Avec cette canicule, les poissons font la sieste, ajouta Rémi.

– Il n'y a que Maxime pour les capturer sous les souches, dit Solange.

Le chef des Larrons ne put dissimuler sur son visage une pointe de satisfaction. Mais on ne savait au juste si la grande Solange se moquait ou si elle flattait le garçon. Elle n'avait guère d'intérêt pour ces jeux. Tout juste se contentait-elle d'être là, promenant un regard las sur l'agitation alentour, lorsqu'elle ne cherchait pas un coin d'ombre tranquille pour somnoler.

– Moi, je trouve qu'on manque d'imagination, déplora Lucie.

– Je préfère encore quand nous sommes en guerre avec les Dénicheurs, dit Moineau. Au moins, ça nous fait bouger un peu. Si je m'écoutais, j'irais bien les provoquer, histoire de mettre de l'animation...

– Je te l'interdis ! jura Maxime. Qu'il soit bien entendu que c'est pas nous qui commencerons.

Moineau baissait la tête. A quoi peut-il servir d'être chef, si on est dépourvu d'esprit de conquête ? pensait-il.

– Maintenant que nous avons trouvé notre arbre, suggéra Lucie, il nous faudrait l'habiter.

– L'habiter ? répéta David. Je ne comprends pas.

– Autrefois, lorsque les conquérants s'emparaient d'une île, la première chose qu'ils faisaient, pour montrer leur possession, c'était d'y planter un drapeau. Je le verrais bien, un grand et beau drapeau, accroché sur la plus haute branche.

Les Larrons contemplèrent les vertigineuses frondaisons du chêne. C'était un arbre qui possédait de fortes ramures, étagées. Il avait poussé hautement, pour conquérir le ciel, droit comme un *i*. Puis il avait gagné en circonférence pour asseoir sa domination sur la forêt. Peu de branches mortes. Au contraire, dans l'étage supérieur, les ramées s'étaient épaissies pour cueillir la lumière. En cet endroit, les feuillages étaient denses, au point qu'on ne distinguait plus un seul coin de ciel.

– Je ne vois pas où on pourrait accrocher un drapeau, fit Moineau.

– Mais qui te parle d'accrocher un drapeau ? fit Lucie.

– Tu parles pour rien dire, alors, reprit David.

Maxime s'était reculé de plusieurs pas, jusqu'au milieu des baliveaux, dans la fougère.

– J'ai compris, dit-il. J'ai compris ce qu'elle veut dire.

Solange s'était adossée au tronc majestueux, vigoureux, de l'arbre. Même en se faisant la courte échelle, on ne pourrait atteindre les premières fourches. Pourtant, elle était la plus grande de la bande.

– Moi, je n'ai pas compris, avoua David.

Maxime lui fit signe de le rejoindre.

– Regarde là-haut ! ordonna-t-il. Il y a cinq grosses branches. Ça forme comme une assise. On pourrait s'y installer, tous, sans difficulté. Je vous le dis, moi. J'ai vu ça, déjà, sur les grands mâts des voiliers.

– Comme si l'arbre ressemblait à un bateau, ricana Moineau.

– Le tronc irait bien. Droit comme il est ! s'exclama David.

– Et la mer ? questionna Rémi. Du plus haut que l'on monte, on ne verra rien d'autre que le ciel, et les collines alentour, et la Sévère.

– Ça ne fait rien, dit Maxime. On pourrait toujours imaginer la mer.

Cyril s'était assis au pied du chêne et plumait, du bout des doigts, de petits paquets de mousse.

– Ça s'appelle une hune, fit-il en montrant la plate-forme. J'ai déjà vu des plans de voilier dans un livre. C'est construit sur le mât principal. Et ça sert de poste d'observation. La grand'hune, ajouta-t-il. Ça serait une chouette idée...

– Ça serait comme une maison dans l'arbre, ajouta Maxime. Un endroit où personne ne pourrait venir nous embêter. Là-haut, ce serait notre « chez nous », bien protégé. Un solide abri. Je vous le dis. Ça ferait naître des jalousies. Et même de sacrées, à ce que je crois. Vous voyez de qui je veux parler ?

Il pensait au Gniaf. C'était devenu une obsession que de bâtir un refuge imprenable. Toutes les querelles entre les deux bandes avaient pour origine des cachettes conquises de haute lutte.

– Tu te mets le doigt dans l'œil, ricana Moineau. Nos ennemis ne sont pas les Dénicheurs pour rien. Surtout le Chèche. Il monte aux arbres comme un écureuil. Je l'ai vu déloger des oisillons au sommet d'un tilleul. Celui derrière le château, qui fait au moins vingt mètres de haut !

– A nous de rendre notre maison imprenable ! s'écria Maxime.

– Et de la défendre, en jetant des pierres et en tirant des flèches, renchérit Rémi.

Lucie, assise aux pieds de la grande Solange, rêvait encore à des jeux pacifiques.

– Une maison dans l'arbre, fit-elle d'une petite voix, ça peut aussi être un endroit confortable, pour regarder la nature autour de nous. Pourquoi toujours la guerre, la guerre, la guerre ? Nous avons passé l'âge, maintenant. C'est stupide de se battre.

Cyril l'observait avec un sourire attendri. C'était la première parole intelligente, depuis son entrée dans le clan des Larrons.

– Je propose qu'on construise notre grand hunier, dit-il, avec du bois de récupération. Ça ne manque pas, au village, dans toutes ces maisons en ruine...

Moineau était vexé qu'un petit Parisien vienne dicter sa loi. Certes, il faisait maintenant partie de la bande, au même titre que Rémi ou David, mais il désapprouvait sa façon de se ranger aussi perfidement du côté des filles, comme s'il voulait se les mettre dans sa poche. C'était une vieille histoire, les rapports avec les filles. Une règle ancienne qui avait toujours cours et selon laquelle on devait les maintenir dans un rôle subalterne.

Maxime hocha la tête. Le projet était séduisant, pour occuper les grandes vacances. Il y avait eu le chantier des eaux, mais on s'était vite lassés, à parcourir les tranchées sous les cris des ouvriers. L'intermède Jess avec son bulldozer... Mais le trésor leur était passé sous le nez. Il restait la maison dans l'arbre. Comme une hutte au sommet d'une île. Et à tout bien réfléchir, le ciel, l'immensité du ciel, donnerait le change.

5

Charles Manciet avait donné les ordres en conséquence. Avant que le coq chante, tu disposeras l'engin. Et sans attendre l'angélus, tu lanceras le moteur. Puis, résolument, tu franchiras la route, à pleine pelle. Et sans prendre garde, tu briseras les clôtures... Ces commandements avaient sonné aux oreilles de Jess comme ceux d'un dieu sur la montagne. Car, en vérité, l'ingénieur de la compagnie était une sorte de dieu, impérial et implacable, comme le sont tous les dieux de la tragédie antique.

Avant les premières lueurs de l'aube, le Caterpillar avait déjà raboté deux talus, versé un bosquet d'arbres, dont de vieux prunelliers, et enfoncé la clôture. Le conducteur n'avait pas pris la peine de prendre des cisailles pour couper les barbelés. Il avait tout jeté à l'avant dans un imbroglio de terre, de bois et de roches. La première attaque des Régâts s'était déroulée dans une sorte de précipitation, à pleins gaz, sans autre dessein que de porter une entaille profonde dans les terres de Choisne. Puis Jess avait remis son bull en ligne, histoire de fignoler le travail, de préparer le terrain pour les ouvriers. L'application demandait du temps, des mouvements avant et arrière, et tant de manœuvres excitaient Jess. Il avait hâte de voir enfin les réactions de ce coup d'audace. Puisque le maître des lieux avait promis des volées de plomb.

Le capitaine avait vite compris que, pour cette besogne, les gars de la Compagnie ne se bousculeraient pas au portillon.

« Si le fou te menace, demi-tour ! » avait conseillé Lescurat. Sur cette question, l'entrée en force sur les terres de Choisne, le chef de chantier désapprouvait l'ingénieur. Le passage d'une canalisation d'eau ne méritait pas qu'on mette la vie des hommes en péril. Mais Jess ne connaissait qu'un seul dieu sur cette terre, son patron, et qu'une seule détermination, son goût naturel pour les coups risqués.

Aussi, juché sur son Caterpillar, il jubilait, ce diable d'homme, comme il avait jubilé lorsqu'il s'était agi de descendre le mastodonte de la plate-forme. Et, pour ce qui était de la colère de Choisne, il n'y croyait guère. « Ces pedzouilles n'ont que la gueule ! » disait-il.

Pourtant, un brin de lumière scintillait au fenestron de l'étable. Ça voulait dire que Firmin Choisne était là, à cent pas, prêt peut-être à faire parler la poudre. Cette singulière situation lui rappelait quelques heures tragiques dans les Aurès. De vieilles histoires sinistres dont il n'aimait guère parler. Lorsque son engin fut à même le pré, en plein cœur du domaine des Choisne, et qu'il coupa les gaz, il se fit autour de lui un grand silence. Même silence dans les Aurès, avant l'embuscade. Ses mains tremblaient, mais sûrement pas de peur. Jess n'avait pas peur. Tout juste les vibrations de la machine, qui avaient imprimé à ses muscles ce reste de trémulation. Il fit jouer ses doigts, les ouvrant, les fermant, alternativement, jusqu'à ce qu'ils retrouvent le calme, qu'ils soient en accord avec son esprit.

Soudain, sur le milieu du pré, il distingua une ombre qui dansait. Il respira un grand bol d'air, se sentit prêt à faire front. Il était seul, comme l'avait souhaité Manciet, seul pour accomplir le coup d'audace. Les gars de la Compagnie étaient loin en arrière, avec leurs pelles et leurs pioches, et l'ingénieur encore plus loin, dans sa voiture, les mains posées sur le volant. Des mains gantées, à coup sûr. Ils attendaient tous. Quoi donc, au juste ? Une déflagration ? C'était peut-être ce que souhaitait Manciet pour faire donner la gendarmerie. Un mauvais coup. Un geste irréparable. Et c'en serait fini des prétentions de Firmin Choisne.

L'ombre s'en venait vers lui, d'une lente reptation. L'aube était trop incertaine, encore, pour qu'il pût voir distinctement ce que signifiait cette menace. Son cœur battait fort, et il s'en voulut. Car Jess n'avait qu'une obsession dans la vie, tout contrôler en lui, les rumeurs du corps, les tourments de l'âme, les défaillances de la machinerie interne. Et plutôt qu'attendre, les bras croisés, devant la pelle de son bull, il décida d'avancer vers le spectre.

Un éclat de rire tonitruant secoua le silence. A l'arrière, les oreilles se dressèrent. Etait-ce l'ultime instant de l'affrontement ? Et qui donc riait ainsi, assuré de sa force, dans l'équilibre précaire de l'aube ?

Dans sa limousine, l'ingénieur observait le rougeoiement du ciel. C'était un horizon rêvé pour une telle scène. Comme dans la tragédie classique, lorsque Aurore se lève de son lit et s'en va porter la lumière aux Immortels comme aux humains[1]... Le héros sera-t-il à la hauteur de son destin, maintenant que nous lui avons préparé un champ de bataille digne de lui ? songeait Manciet, tandis que ses mains caressaient le volant de la voiture. Il avait pris soin d'éteindre ses phares pour mieux se fondre dans la pénombre de la campagne. L'attente le remplissait de sérénité, puisqu'il avait parié sur la victoire du progrès.

Jess riait, riait aux éclats, nerveusement, maintenant que le danger semblait écarté. Et l'ingénieur comprit que son scénario tournait, décidément, en eau de boudin. Son visage s'en vint taper la colonne de direction, à coups répétés. Comment ai-je pu me fourvoyer à ce point ? déplorait-il. Alors que je me croyais dans une tragédie antique, me voici plongé jusqu'au cou dans le burlesque. Signe de notre époque. On chausse le cothurne pour jouer le bouffon, et le socque pour le tragique.

Soudain, le rire du capitaine se figea. Le spectre venait de se révéler à lui, ainsi qu'un papillon ouvrant ses ailes pour exposer le chatoiement de ses couleurs. Et tout Jess qu'il était, de pur granit, anguleux, il fut immédiatement hypnotisé par le visage

1. *Iliade*, chant XI.

qui s'ouvrait à lui. Sourire vague, et lointain, aussi éloigné de sa peur qu'il pouvait l'être. Sans doute eût-elle apporté la mort, la belle Adée, d'un vigoureux coup de poignard, qu'il l'eût accueillie sans un cillement du regard. C'était mérité, après tout. Une telle intrusion en terre ennemie n'avait-elle pas valeur de sacrifice ? Ainsi que ces éclaireurs que les généraux envoient à l'avant pour tâter la résistance de l'ennemi. Mais Jess comprit aussitôt que la femme de Choisne n'occupait point ce rôle, qu'elle n'était pas née pour accomplir les desseins de son mari. Tout juste venait-elle en éclaireuse, pour s'inquiéter des mouvements aux frontières du domaine.

– Vous ne craignez pas la colère de mon mari ! fit-elle. Ignoreriez-vous qu'il détient un fusil, chargé à chevrotines ? Pourtant, j'avais prévenu votre chef. Il n'a pas tenu compte de mon avertissement. Cet homme est bien téméraire.

– Téméraire avec la peau des autres, oui, ricana Jess.

Adée se tourna vers l'horizon qui blanchissait. C'était une pâleur du jour, froide et inhospitalière. Un frisson d'aube. Il regarda aussi dans la même direction. Et tous deux comprirent à quoi le destin les condamnait.

– Venez avec moi.

Jess resta immobile, les mains enfouies au fond de ses poches. Elle lui fit signe à nouveau de la suivre.

– Où est-il ? s'inquiéta le capitaine.

– N'ayez crainte. Il cuve tout son soûl. Comme de juste.

Jess se tourna vers les hommes qui patientaient sur la ligne de front. Il avait envie de leur crier que, désormais, tout danger semblait écarté, mais ne le fit pas. L'appel d'Adée était plus fort que sa vanité. Du reste, tout le monde savait déjà que Jess n'avait point molli devant le danger, qu'il avait gagné la bataille, seul, avec de l'audace. C'était l'arme décisive des braves, sans compter que les cimetières étaient garnis d'audacieux. Et qu'il eût pu, lui aussi, tomber, de la sorte, sans qu'aucun chœur de pleureuses s'en vienne sur sa dépouille.

D'un pas alerte, derrière Adée, il jubilait à l'idée que son dieu de patron devait se lamenter, à cette seconde. Il fixait le déhanchement de la vestale. Bien belle femme pour un sinistre personnage. Quel gâchis. Où va se nicher la bizarrerie de l'existence ? pensait-il.

Par le sentier étroit, elle le mena dans la grange, puis rabattit la porte. Une lampe tempête éclairait son visage.

– Que faites-vous ici ? Dans cette misérable ferme…

Adée éclata de rire.

– L'ingénieur m'a posé la même question.

Jess hocha la tête.

– Et que pensez-vous de Manciet ?

– Il veut la peau de Choisne. Et ce n'est pas pour me déplaire.

Le capitaine fixait les larges dalles de pierre grise.

– Ça aurait bien arrangé vos affaires, qu'il me tire comme un lapin…

Elle lui toucha le visage du bout des doigts. Une seconde, elle imagina le héros dans la fixité de la mort.

– Pourquoi ne pas l'avoir réveillé ? insista Jess. Il serait venu vers moi, et c'était fait. Ensuite, les gendarmes. Et la prison à vie. Ou, qui sait, la guillotine. Il n'est pas un juré qui se serait dressé pour lui éviter la peine de mort. Je connais cela, moi.

Quelques larmes lointaines scintillaient dans son regard.

– Je n'ai pas envie que vous mouriez, Jess. Comprenez-vous cela ?

– Pourquoi ? Je ne suis rien pour vous. Un inconnu... Surtout avec des chevrotines. Ça ne me laissait aucune chance.

– Je ne sais pas, murmura-t-elle.

– Choisne apprendra, tôt ou tard, ce que j'ai fait. Et il me le fera payer. En définitive, c'est Manciet qui tire les ficelles. Je sers d'appât.

– Il ne vous arrivera rien, défendit-elle.

De nouveau, Adée passa les doigts sur le visage de l'intrus. Fermant les yeux, elle poursuivit ses investigations, à l'aveugle.

Jess lui prit vivement le poignet. La caresse éveillait en lui un émoi qui le submergeait. Sans parvenir plus longtemps à contenir ses pulsions, il la prit dans ses bras. Sa belle proie se débattit à peine. Du reste, Adée n'avait jamais appris à se défier des hommes. Ainsi Choisne l'avait-il possédée. Dans une étreinte sauvage et brève. Mais lorsque Jess l'embrassa, fougueux, Adée éclata en sanglots. Le capitaine en fut décontenancé. Il s'attendait plutôt à ce qu'elle renchérît, la vestale. Mais non, elle versait des larmes, comme s'il l'eût fouettée au sang.

– Pourquoi pleures-tu ?

– Je ne sais pas.

– C'est Choisne qui te demande de pleurer ?

– Il n'a pas besoin de me le demander.

Alors, le capitaine se recula dans un mouvement lent et contempla à souhait sa conquête immobile. Je n'ai jamais connu aucune femme qui ne me résiste, se dit-il, hormis celles qu'on paye. Et celle-ci m'est donnée aussi simplement.

Jess effleura ses genoux, là où le tablier boutonné bâillait sur ses cuisses ouvertes. La caresse furtive la fit tressaillir. Sans doute lui eût-il été loisible à cette seconde de s'emparer d'elle. Mais il retint son geste, en songeant à Choisne.

– Est-ce que je te plais ? demanda-t-il.

Adée fixait le rai de soleil qui filtrait par le fenestron. Aucune trace d'émotion sur son visage lisse. Il n'osa recommencer la question. Pourtant, il avait besoin de savoir.

– Au moins, murmura-t-il, Choisne me tuerait pour une raison valable.

Le capitaine avait longtemps hésité devant l'entrée de la cuisine. Forcer la clôture de Choisne était une chose, franchir la porte de sa maison en était une autre, de nature franchement provocatrice. L'intention dépassait le cadre de sa mission. Mais comment résister à l'invitation d'Adée ?

Vais-je me fourrer dans un guêpier, sans réfléchir ? pensa-t-il. Et soudain lui revint en mémoire l'histoire de la petite Berbère. Il avait répondu à son invitation, bu l'eau qu'elle lui tendait. Pourtant, l'homme l'attendait, dans son réduit obscur. A peine le temps de dégoupiller une grenade et de bondir par-dessus un muret de torchis... La poussière lourde, chargée de sable et de soufre, avait mis un temps infini à se dissiper.

– Adée, se défendit-il, tu m'obliges. Est-ce raisonnable ?

Elle lui rendit un sourire forcé. Ce n'étaient pas des mots qu'elle avait l'habitude d'entendre.

– Il cuve, mon pistolet, fit-elle. Comme un bienheureux.

Le ronflement, au loin, le rassura. Enfin, le capitaine se résolut à s'asseoir en bout de table. Il restait encore quelques miettes de pain et un verre taché de gros rouge, et quelques flaques vineuses autour d'un litron vide. Ça sentait le café bouilli. Elle lui en versa un gros verre. Il trempa ses lèvres dans le liquide brûlant, avec un haut-le-cœur.

– Sais-tu où est son fusil ? demanda-t-il.

Elle montra l'armoire. Il ouvrit les portes. Elle désigna le sommet du bahut. Il monta sur une chaise, le trouva enfin derrière la corniche. Aussitôt, Jess retira les cartouches. Deux douilles en acier. Les glissa dans sa poche. Puis il jeta l'arme sous une banquette, près de la cheminée.

– Tu peux l'emporter si tu veux, ça me débarrassera, fit-elle.

Le capitaine haussa les épaules. Le fusil de Choisne ne lui appartenait pas.

– Ou t'en servir pendant qu'il dort, renchérit-elle.

– Ça te débarrasserait aussi ? ajouta Jess d'une voix attristée.

Adée se leva pour fermer la porte de la chambre. Sans doute pour ne plus entendre les grognements de Choisne. Peut-être n'était-ce pas exactement la raison. Ce qu'elle avait à lui dire ne supportait aucune indiscrétion. Puis elle retourna s'asseoir à la même place, dans la même pose, comme si elle n'avait pas bougé.

– Maintenant que tu sais où est le fusil, tu ne risques plus rien, fit-elle.

Jess s'étira en bâillant.

– Je ne crains pas Choisne. Je ne l'ai jamais craint, du reste. Sinon, crois-tu que j'aurais obéi à l'ingénieur ? Personne ne pouvait me forcer. Je suis libre de mes actes.

Elle sourit, légèrement. Adée n'en croyait rien. Tout le monde à Rilhac craignait Firmin Choisne. Surtout lorsqu'il avait bu. Cet homme était capable de toutes les cruautés. Et ce n'était pas sans raison que les gendarmes lui rendaient fréquemment visite, en lui posant toujours la même question : « Alors, Choisne, comment te sens-tu ? » Comme si l'on redoutait de lui, à tout instant, un mauvais coup.

– Alors si tu ne le crains pas, renchérit Adée, qu'est-ce qui t'empêche de le fiche au bas de son pucier et de le traîner aux clôtures pour lui montrer le boulot de la Compagnie ?

Le capitaine amorça de la main un geste las.

– Je n'ai pas reçu d'ordre en conséquence.

– Tu attends le feu vert de ton ingénieur ?

– Choisne se rendra bien compte assez tôt…

Adée détourna le regard. Une inquiétude figeait ses traits. Jess avait envie de la prendre dans ses bras. Histoire de vérifier si elle éprouvait de l'attirance pour lui. Bien qu'elle n'eût pas répondu à sa question, il émanait d'elle, de tout son être, un désir trouble. Le capitaine possédait trop bien l'expérience des femmes pour passer à côté de cette évidence.

– Tu as des enfants ? demanda-t-il.

– Un fils, soupira-t-elle. Un vaurien comme son père, qui passe tout son temps à traîner au lieu de me donner la main.

Jess fixait le bois de la table maculé de taches graisseuses. Il comprenait enfin qu'Adée l'avait conduit dans sa maison pour affronter le maître des lieux. En un sens, elle voulait lui voir jouer le rôle que Manciet lui avait déjà assigné : faire plier les épaules au trublion jusqu'au cœur de son domaine. Il but le café d'un trait, reposa bruyamment le verre sur la table.

– Je vais reprendre mon travail, fit-il en se levant.

Elle se dressa aussitôt pour ouvrir la porte de la chambre. C'était une aubaine ; Choisne commençait à se réveiller. Il poussa quelques grognements, émit des jurons, toussa à plusieurs reprises, expurgea un glaviot. Rengaine habituelle. On entendit encore un bruit de bouteilles versées. Certains s'endorment avec des livres de chevet, des revues, des journaux, Choisne avec des litrons de pinard. C'était dans l'ordre des choses.

Le capitaine glissa ses mains dans ses poches, l'œil rivé à l'entrebâillement de la porte d'où s'échappaient dans une moiteur sure des odeurs acides d'alcool et de sueur. Adée accompagna son regard d'un sourire en coin. Se pouvait-il que cette jolie femme partageât sa couche, dans ce réduit enfumé de miasmes ? Une seconde, il imagina les mains du bonhomme pétrissant les formes épanouies d'Adée. Il en éprouva une vive contrariété. Pourtant, elle n'était encore rien pour lui. Mais pour combien de temps ? Car leurs regards ne pouvaient se tromper.

Il eût voulu lui poser une question, assez indiscrète en vérité, mais le propriétaire ne lui en laissa pas le temps.

Choisne émergea de sa torpeur, hâve. Ses petits yeux clignaient, surpris par la violence de la lumière. Il portait une liquette en coton écru, dont l'encolure était largement dégagée sur sa poitrine velue. Ses jambes étiques semblaient flotter dans la camisole.

– Qu'est-ce qui fait, çui-là ? Dans ma cuisine ? Hein ! Adée, nom de Dieu ! D'puis quand t'invites des marlous ?

Il dressa la main sur elle avec la ferme volonté de l'agripper à la chevelure et de la secouer, selon son habitude. Mais son intention se débanda aussitôt. Pris de vertige, il lui fallait un petit gorgeon pour se remettre sur pied. Sa femme, qui connaissait ses vieilles manies, lui apporta un verre de rouge. Il l'avala prestement, suçant la dernière goutte avec avidité. Sa main passa sur ses lèvres.

– T'as ramené ce fainéant ? Pourquoi ? T'vas répondre, oui ou merde…

– Choisne, dit le capitaine, on a commencé les travaux sur tes terres.

Le paysan le fixait, l'œil torve, dubitatif. Puis il se mit à ricaner.

– T'aurais pas fait ça ? Hein, Jess ? T'aurais pas fait ça ? Dis-moi que t'aurais pas osé ?

Le capitaine hochait la tête.

– L'ingénieur m'a donné l'ordre.

– L'ordre de quoi ? Chez moi ? Ça va chier, bon Dieu. Oh que oui…

Il alla à l'armoire, monta sur une chaise pour chercher le fusil.

– Tu ne feras rien, Choisne. La signature de ta femme nous suffit. On est dans notre droit.

– Où qu'il est, ce putain de fusil ? Je vas étendre tout le monde. Et moi, en dernier. Comme j'te l'dis !

Jess sortit de sa poche les deux douilles et les lui montra.

– C'est c'te garce qu'a tout combiné ! hurla Firmin.

Adée se recula contre la cheminée. Elle avait compris que Choisne allait lui faire un mauvais sort. Les mains levées pour se protéger le visage, elle attendait les coups. Choisne la frappa vigoureusement au ventre. Elle ne poussa pas le moindre cri. C'était son honneur de souffrir en silence. Mais la douleur était si vive qu'elle se laissa choir au sol, hébétée. Alors, il commença à la frapper, des poings et des pieds.

L'engagement fut de courte durée. Car le capitaine avait pris le paysan au colback et le tirait en arrière, jusqu'au milieu de la cuisine.

– Calme-toi, Choisne ! Laisse ta femme hors du coup ! Si tu as envie de corriger quelqu'un, je suis ton homme.

Firmin s'était relevé, les yeux injectés de sang, bavant, éructant. Et Jess, qui avait l'habitude des rixes, tentait de contrôler la violence qui montait en lui. Si je frappe, par malheur, je le tue, pensait-il. Car l'adversaire était de petite constitution, ravagé par l'alcool, brûlé jusqu'à l'os. Un rien suffirait à l'abattre. Mais Choisne avait déjà ouvert le tiroir de la table et en tirait un couteau effilé, un stylet propre à égorger les cochons. Il le pointa, résolument, sous le nez de Jess.

– J'vas t'crever. T'saigner comme un veau !

Mais Choisne n'était pas assez vif pour porter un coup décisif. Il reçut la botte du capitaine au bas-ventre. La douleur lui fit lâcher l'arme. Adée se précipita pour la ramasser. Puis elle la tendit à Jess.

– Vas-y, Jess ! Qu'on en finisse. Fais donc ce que je n'ai jamais eu le courage de faire. On dira qu'il est tombé dessus. Ça arrive, des fois, dans les bagarres. Délivre-moi ! Et tu auras tout ce que tu désires de moi. Tout ! fit-elle.

Le capitaine s'était reculé jusqu'à l'évier. Il regarda le poignard que son poing serrait ferme.

Ça ne te regarde pas ! se dit-il. Cette affaire n'est point ton affaire. Et si tu la désires, cette femme, tu l'auras quand même. Tu l'auras quand tu voudras. Choisne ou pas. C'est sans importance. L'avorton n'est qu'une punaise. Un rien suffirait pour l'écraser.

Il jeta l'arme au-dehors, par la porte grande ouverte.

Ainsi, tu n'auras pas à t'en servir.

Mais le paysan revint à la charge, agrippant le capitaine par les bretelles. Jess lui flanqua trois ou quatre gifles. C'était une correction suffisante. Juste de quoi lui remettre les idées en place.

– Lâche ! cria Adée. Tous des lâches !

Et elle sortit aussitôt.

Jess releva Choisne et l'assit sur une chaise d'autorité. Puis il alla chercher un verre dans le placard et ils burent deux gorgeons, coup sur coup.

– T'aurais pu m'saigner, grand con, dit Firmin. Pourquoi qu'tu l'as pas fait ? T'as vu la chienne ? T'as entendu, hein, Jess ? Elle voulait que tu m'assassines. Et après, t'aurais pu tout avoir, la bouquiner à ton aise. Bon Dieu, oui. C'est tout pareil, c't'engeance. Des femelles...

– Arrête, Choisne ! Ce n'est rien que de la colère. Tu n'as pas le droit de la martyriser, ta petite femme.

– Ah oui, qu'tu crois. Faut montrer qui est l'maître. Sinon, ça te marche dessus.

Pris par un grand abattement, il repoussa le verre qui versa sur la table. Puis son regard de chien battu se leva sur Jess. Il se sentait soudain plein d'admiration pour son voisin.

– C'est ta force, Jess, qu'y m'faudrait pour corriger le monde. Ah bon Dieu oui, ça filerait doux...

– J'ai fait que me défendre, dit le capitaine.

– Je sais, Jess, je sais. T'es un chic type. T'aurais pu m'saigner, et t'l'as pas fait. Ça, c'est une preuve. J'te l'dis. T'es pas comme les autres. T'as d'la morale. Et dans ce putain de pays, y a rien qui vaille. Tous des putassiers. A zieuter mes terres ! Mon Adée... Y z'attendent que ça... Que j'crève. Quant à mon petit, c'est un sournois. Je l'torgnole à mon aise, vain Dieu. Mais ça n'y fait rien. Pas d'morale. Rien. Qu'du sournois. Jusque dans l'regard. Et ça pense : Crève donc, charogne ! Oh mais, j'suis pas né d'la dernière pluie. J'sais c'qu'y pense, mon Gniaf ! P't-êt' l'est du côté d'sa mère. Et encore. Mieux vaut élever des chiens... Au moins, ça fait l'beau pour une caresse. Mais les gniards, mon gars, c'est qu'de la déception en vue. Voilà. Voilà.

Et l'attaque accomplie, au rapport tu viendras, dare-dare.

Tel était le dernier commandement de l'ingénieur.

Jess passa devant les hommes, sans leur adresser la moindre parole. D'instinct, les foies jaunes se mirent au garde-à-vous. C'était déjà un miracle qu'il s'en revienne sans éclats. Tous avaient parié que le capitaine serait truffé de plombs aux aurores. Mais la déesse en avait décidé autrement. Ainsi naissent les héros, de la mansuétude des dieux. Ils les proclament, les sacrifient, parfois les exaucent. Mais, toujours, leurs desseins demeurent obscurs.

Manciet était resté dans sa berline, à l'abri. En vain il avait attendu les coups de feu. Maintenant, il faisait la moue, impavide. Jess vint s'asseoir à côté de lui. C'était une faveur incroyable. Une grâce accordée au vainqueur. Rien de plus. Car l'ingénieur n'aimait guère qu'un de ses ouvriers s'en vienne poser le cul sur ses sièges en cuir.

– Bravo ! fit-il. Comment avez-vous fait ?

– Rien. Je n'ai rien fait de plus que ce que vous m'avez ordonné.

– Où était-il, l'animal ?

– Dans sa tanière, à cuver son vin.

– J'aurais parié qu'il se tenait sur ses gardes, déplora Manciet. Décidément, on ne peut plus compter sur personne.

Le capitaine éclata de rire. Et Manciet se tourna vers lui pour examiner autant de bêtise en un seul homme.

– Vous avez la baraka, mon brave.

– C'était comme ça, en Algérie. Déjà...

– Vous passiez à travers les balles ?

– Non. Je tirais le premier. Ou bien... (il parut réfléchir), ou bien je me tirais des pattes le premier.

L'ingénieur goûta fort la nuance, par un hochement de tête.

– Je ne vous décorerais pas, mais le cœur y est.

– Je trouverai ma récompense tout seul.

Manciet se gratta le front. Ce n'était pas son habitude de se mettre à la portée d'un plus petit que soi. Néanmoins, la réflexion l'intrigua.

– Vous voulez dire ?

– Je me paierai sur la femme.

– Celle qui s'appelle Adée ?

Le capitaine confirma d'un mouvement de tête, puis sourit à pleines dents.

– Elle vous désire, bien sûr.

– Comme vous dites…

L'ingénieur le contempla avec attention. D'un point de vue féminin, ce Jess était plutôt bien fait de sa personne, avec la peau hâlée des grands aventuriers et une musculature de gladiateur. Etrange affaire que celle des hommes de peine. Le labeur leur anoblit la carcasse, tandis qu'il leur abâtardit l'esprit. Quoi qu'en dise D. H. Lawrence, dans son long couplet contre l'esclavage industriel, c'est bien l'homme de peine que choisit lady Chatterley pour faire des galipettes. Et non quelque lord dégénéré par le dilettantisme et l'oisiveté, chroniques dans la société victorienne.

– Vous avez remarqué aussi ?

– Quoi donc ? demanda Jess.

– Une bien belle femme.

– Je suis de votre avis.

– Et le mari ? Que faites-vous du mari ?

– Je l'ai sous ma coupe. Après une bonne raclée.

L'ingénieur dodelinait de la tête. Nous ne saurons plus le tenir maintenant que nous lui avons ouvert barrière et montré carrière, ironisa-t-il.

– Craignez la colère du mari trompé. C'est vieux comme Hérode, fit Manciet. Nous envahissons son territoire pour quelques malheureux tuyaux, comme il dit, et, de plus, vous conquérez sa femme. Il y a de quoi prendre un coup de bambou.

Le capitaine rigolait ouvertement.

– Et alors ? Où est le mal ?

– Que de désordre en perspective, mon brave. Mais je vous laisse à vos aventures, pourvu que vous me teniez Choisne au col, et les épaules basses. Ce que je veux, c'est passer sur ses terres. Le reste ne me concerne pas. La romance pastorale. Le beau Jess et la triste Adée, c'est une histoire imprévue, un impromptu des reins et des cœurs.

Jess ne se laissait guère impressionner par le discours de son patron. Tout au plus le tenait-il pour un original. Lorsqu'il comprit que le moment était venu de prendre congé, il poussa la portière de la limousine d'un coup d'épaule. Mais Manciet le retint encore. De sa poche, il tira un portefeuille, y arracha un gros billet de cinq mille francs.

– Je veux que vous le mainteniez en état d'ébriété permanente, Choisne. Notre homme a ses habitudes au café Brunet. Rincez-le. Qu'il ne sache plus faire la différence entre l'aurore et le crépuscule. Et ainsi, nous pourrons accomplir, tous deux, nos desseins, en toute quiétude.

Le capitaine hésita à prendre le billet. Se moquait-on de lui ? Car l'ingénieur, avec ses cinq cent mille francs mensuels, n'avait pas la réputation d'être généreux. Bien au contraire, il payait ses hommes au compte-gouttes, à cent dix balles de l'heure. Une misère. Jess avait dû batailler, menacer, tempêter, pour obtenir une rallonge de cinq francs. Et voilà qu'il lui attribuait une prime rondelette pour ses frais d'estaminet... C'était la farce la plus incroyable qu'il lui avait été donné de vivre.

6

Cyril occupait l'ancienne chambre de sa mère – Florence était venue trois ou quatre fois à Rilhac, avant la naissance de son fils, au début de l'installation des Ponchelle. C'était une longue pièce mansardée, avec une fenêtre ouverte sur les toits. En se haussant des pieds, on pouvait voir la colline d'en face, avec les ruines du vieux château. Au soleil couchant, les derniers feux enluminaient la crête de Rilhac et ses maisons étagées, étiraient l'ombre des grands arbres. Puis la montée du soir s'imposait en quelques minutes. La nuit dévorait le ciel, et ne demeurait de ce singulier festin que des traînées sanglantes sur l'horizon. Enfin, elles s'estompaient, aussi vite, dans le buvard de la nuit. Alors, Cyril allait s'allonger sur son lit étroit. Il n'avait pas encore osé caresser les objets que sa mère avait laissés dans ce havre de repos. C'étaient de petits portraits d'elle, enfant puis adolescente, saisis sur la terrasse d'une maison blanche, à bicyclette, ou encore avec un père Noël. Ce cliché l'amusait plutôt, tant sa petite maman paraissait intimidée par l'homme à la longue barbe blanche. Cyril pouvait imaginer ce qu'avait dû être la conversation, en ce temps-là. Bien sûr, le père Noël avait promis que les cadeaux seraient au rendez-vous. Comme toujours. Et avec sa frimousse grave, la jeune Florence s'était obligée à prendre cette promesse au sérieux. Car il ne faut pas défier les porteurs de présents, au risque de les détourner de leur mission divine. Il y avait aussi un réveille-matin dans son écrin de porcelaine, avec les aiguilles phosphorescentes pour voir l'heure la nuit, et un porte-encrier en cuivre, dont la tablette était rehaussée de nénuphars stylisés. Pourquoi maman n'a-t-elle pas jugé utile d'emporter ses trésors d'enfance dans notre appartement de Paris ? se demandait Cyril. Peut-être ne les aimait-elle pas ? A moins qu'elle ne les estimât appartenir à un monde qui n'était plus le sien, et dont elle était sortie depuis longtemps ? Moi-même, se disait Cyril, est-ce que j'attache de l'intérêt à mes premiers camions de pompier, mes jeux de construction – comme cette cabane canadienne en bûchettes emboîtables, dont j'ai semé les pièces dans tous les recoins de notre demeure ?

Accaparé par ses réflexions, Cyril s'était abandonné au tapis qui recouvrait l'angle de la chambre. Etendu sur le dos, il contemplait le plafond où miroitaient les ombres et les lumières ; ainsi se résumait, en taches mouvantes, l'activité du monde alentour, celle de la rue voisine, avec ses lampadaires, ses enseignes de magasins, ses arbres agités par la brise nocturne. Soudain, son attention se porta sur un gémissement qui montait de la cage d'escalier. Quelqu'un sanglotait au-dessous. Ce ne pouvait être que sa grand-mère Armande. Car la plainte était portée, à ce qu'il paraissait, par une voix fluette.

Cyril entrouvrit la porte pour mieux entendre. Ce n'était pas dans les habitudes d'Armande de pleurer, encore moins de geindre. Même lorsque papa est parti aux Amériques, il y a eu chez elle une vive colère, plutôt que des larmes, pensa-t-il. L'enfant se glissa sur le palier, en évitant de faire craquer la boiserie.

Maintenant, Cyril percevait, distinctement, les pleurs de sa grand-mère. C'était comme une plainte de chiot continue.

– Rien ne nous sera épargné, fit-elle, la voix blessée.

Pourtant, elle faisait mille efforts pour surmonter sa détresse. Mais la douleur semblait plus forte que la retenue qu'elle tentait de s'imposer. Et à côté d'elle, le grand-père allait et venait, marcheur infatigable lorsqu'il se mettait ainsi à tourner en rond. Son pas était un peu traînant, avec ses semelles de pantoufles raflant le linoléum de la cuisine. C'était sa manière de geindre, à lui, une manière qui lui était propre.

– Même cette horreur... ajouta-t-elle. Faut-il qu'il soit contre nous ! Pourtant, ce n'est pas faute d'avoir prié mon aise...

Le grand-père Emile parut soudain agacé. Et sa voix porta sèchement :

– Tu crois encore à ces bêtises ! Ces bêtises d'un autre siècle !

– On se raccroche où on peut. Quand il n'y a plus…

Sa voix s'interrompit, assaillie par les larmes.

– Plus d'espoir, acheva Emile. C'est ce que tu veux dire ?

Cyril abandonna le poste d'observation, honteux. Ce n'était décidément pas correct d'épier ainsi ses grands-parents. Il s'en voulut de sa curiosité. Mais les mots qu'il avait surpris, bien malgré lui, ne cessaient de le hanter.

Se pourrait-il qu'il y ait un rapport entre ma présence ici, à Rilhac, et cette énigmatique conversation ? se demanda-t-il.

Un petit vent chahuta les rideaux de la chambre. Un souffle d'air bienfaisant qu'il accueillit avec ravissement. Cyril approcha de la fenêtre ouverte. La nuit était vaste, comme sur une mer calme. Ce lui fut aisé de s'imaginer sur le grand hunier, à l'heure de veille. Les corvettes ennemies patrouillaient au courant portant, et c'était un jeu d'enfant, en définitive, que de déceler leurs fanaux. Cyril avait roulé entre ses doigts une feuille de papier en forme de porte-voix. Et lorsqu'il distingua enfin les lumières pâles du vieux château, il ne put s'empêcher de lancer l'alerte, en imitant la voix grave des vieux loups de mer. Sur le pont, c'était un tel vacarme. On se préparait au branle-bas de combat. Cyril roula de nouveau sa feuille de papier, jusqu'à ce qu'elle formât un long cylindre. Il la porta à l'œil, comme il l'eût fait d'une longue-vue. Ainsi balaya-t-il les obstacles de la nuit. La haute façade d'une maison, appuyée au flanc de la colline, et qu'on distinguait des autres grâce à un lampadaire qui éclairait ses trois étages, lui parut être l'arrière d'un vaisseau à trois ponts. Mieux vaut lui voir l'étambot que l'artimon. Ça prouve qu'il décampe, devant nos soixante-dix canons.

– Sus ! sus ! marmonna-t-il en gesticulant sur sa dunette comme un beau diable.

La suite de l'histoire ne dit pas si le brick parvint à rejoindre la corvette anglaise. Bien que le vent soufflât de bâbord, il y avait assez de voilure pour le doubler et tirer quelques boulets. Mais Cyril pensait trop à sa petite maman, qu'il avait abandonnée sur le quai d'Austerlitz, pour s'engager plus avant dans sa fable. Elle avait promis de lui écrire, et n'avait sans doute pas trouvé le temps.

C'est que nous possédons une mère fort occupée, se dit-il. Surtout depuis que papa est aux Amériques... Nous devons travailler pour deux.

Il se prêtait au jeu des grandes personnes, se livrant à lui-même quelques réflexions d'adulte : Que de charges sur mes deux épaules ! Bon Dieu, oui. Alors que notre cher papa gagne beaucoup d'argent. Croyez-vous qu'il nous enverrait un peu de ses dollars ? Mais non ! Quel égoïsme, les hommes ! Ça ne changera jamais...

D'imiter sa petite maman le rapprocha d'elle. Et il se répéta ainsi, dans son charabia personnel, ces fameuses litanies, jusqu'à ce que les larmes lui vinssent aux yeux. Oh comme je voudrais être près de toi. Vois-tu, ma chère maman, je n'ai pas encore l'âge où l'oiseau tombe du nid. Bientôt, certes, je volerai de mes propres ailes. Mais il n'est pas que les oiseaux qui volent. Il y a aussi les nuages. A quoi cela ressemble-t-il, les bébés nuages ? Sont-ce ces tout-petits, floconneux, qui accompagnent les gros, ventrus ? Ils volent en troupeau. Jusqu'à ce que les grands vents les séparent. Une fois, j'en ai vu un, esseulé. Et j'ai éprouvé de la peine pour lui. Je me suis dit : Voilà un petit nuage qui a perdu ses parents. Dans l'immensité du ciel pour solitude. Il naviguait lentement sur sa mer. Sans trop savoir où aller. Mais qu'importe. Les nuages ne sont pas maîtres de leurs voyages. Ils vont où les vents les poussent. Triste destin, quand même, de ne pouvoir choisir sa direction dans la vie.

Le lendemain, Emile et Cyril, la main dans la main, descendirent à l'étang. Sans ligne. Le vieux Ponchelle n'aimait ni la pêche ni la chasse. Il avait trop de respect pour la nature et surtout pour la vie. Lorsque Armande s'employait à exécuter un lapin, il s'enfuyait dans sa serre. Elle en riait ensuite. Tant de crainte, pour un animal domestique, qu'on dégustait ensuite en se léchant les doigts. C'était une comédie de trop. Une sensiblerie inutile. Pourtant, tel était Emile, à ses heures, plein de pitié et de compassion pour l'espèce animale.

L'étang des Chassagnes faisait partie de ses promenades favorites. Tout naturellement, il avait voulu le montrer à son petit-fils, partager avec lui les joies simples du promeneur solitaire. A leur approche, les canards tracèrent un sillon affolé sur l'eau moirée, comme un tranchant de ciseaux sur la soie. Puis ils prirent l'envol, lourdement, avant de disparaître derrière les bosquets de frênes et d'ormes. Cette fuite rassura Emile. Les canards sauvages avaient appris à craindre la présence de l'homme. Leur singulière vigilance était encore la meilleure recette pour survivre dans un monde hostile et carnassier.

Le grand-père montra les huttes couvertes de roseaux et de massettes, et expliqua à Cyril que les chasseurs de Rilhac y venaient tirer les canards aux premières lueurs de l'aube. C'était une chasse brève et cruelle, qui ne laissait aucune chance au gibier, sinon la fuite dans un claquement d'ailes épouvanté.

– Je ne serai jamais un chasseur, dit Cyril.

Emile serra la main de son petit-fils, comme pour le remercier de sa promesse. On ne verrait jamais un Ponchelle ou un Fontenois s'adonner à l'art de la cynégétique. Ils traversèrent un champ de roseaux, épais. Emile ouvrait le passage avec son bâton de noisetier. Parmi la végétation, ils repérèrent un réseau compliqué d'étroites sentes. Toutes convergeaient vers les berges basses, sablonneuses et instables.

– Nous sommes dans le territoire favori des rats, fit-il en plantant son bâton à l'orifice d'une galerie.

Cyril se pencha pour observer la profondeur du passage. Les ragondins étaient détestés dans le pays pour la dévastation des berges. Cette population contribuait régulièrement à l'écroulement des digues, à l'envasement des rives. Au pays, les gens s'employaient à les massacrer pour ce seul défaut, car il n'est rien de plus pacifique qu'un ragondin, avec ses airs empotés de grosse boule velue.

– Ça ne se nourrit que de roseaux. Et ce n'est même pas peureux, vois-tu. Si bien qu'on les tue comme des bisons. Tandis que l'un tombe, raide mort, son voisin continue à grignoter sa pitance, comme si de rien n'était. On ne peut trouver animal plus stupide.

Emile ramassa deux douilles et les tendit à Cyril.

– On apprend même aux enfants à tirer sur ces cibles. On leur enseigne à tuer, comme s'il n'y avait pas mieux à faire, dit le grand-père d'une voix coléreuse.

Emile avait décidé de mener Cyril jusqu'à l'eau stagnante, dans le bras perdu de l'étang. En cet endroit, la terre et l'eau ne faisaient plus qu'un. Mais Emile en connaissait parfaitement la géographie, ainsi évitait-il de s'enliser dans les vases, de tomber dans les trous d'eau. Il était une végétation flottante qu'un novice eût pu confondre aisément avec la terre ferme. Les taches jaunes des nénuphars dansaient mollement parmi les renoncules d'eau à fleurs blanches.

Ils trouvèrent un môle tapissé de joncs contre lequel l'eau venait s'ébattre, dans des frisottis de lumière. Le soleil dardait à plein sur l'étang, l'air s'excitait de mille bruissements d'insectes. Cyril comprit que son grand-père avait l'habitude de venir ici, pour observer l'éveil de la nature. C'était un miracle sans cesse renouvelé. Un bonheur d'homme libre, amoureux du silence.

– Des renoncules, des rubaniers, des sagittaires, énuméra le vieil homme en désignant du doigt la végétation alentour. Et là, sur l'eau, les lentilles, dont les racines plongent jusqu'au plus profond de l'étang.

– On pourrait presque marcher dessus, fit Cyril.

Emile éclata de rire.

– Pour cela, il faudrait n'être pas plus grand qu'une libellule ou un gerris.

– C'est quoi, un gerris ?

Le vieux les montra, effilés comme des cousins, avec leurs longues pattes, filant sur la soie minérale par à-coups. Il montra aussi les dytiques d'allure pataude, comme les hannetons, mais nageant avec une étonnante dextérité.

– Là, entre deux eaux, agrippée à une utriculaire, comme un scorpion, une larve de dytique.

Emile ramenait au creux de sa main chacun de ces insectes d'eau, puis les rejetait aussitôt.

– Le dytique est un carnassier redoutable. Il tue les têtards, avant que les grenouilles ne les dévorent à leur tour. C'est ainsi, dans l'ordre de la nature. Mais il en est d'autres tout aussi cruels, ressemblant à une punaise, les pattes avant comme celles d'une mante religieuse, la nèpe ou la ranatre. Ces insectes des étangs possèdent des armes redoutables : des pattes comme des couteaux, des trompes perforeuses, des griffes mobiles, des crochets qui injectent une salive toxique. Sous cette eau, en apparence dormante, se livrent des combats sans pitié. Il n'est aucune autre loi que celle de survivre, quitte à dévorer des membres de sa propre famille. On ne peut faire cohabiter deux larves de dytiques dans un même aquarium, par exemple. Elles s'entre-déchirent et, le plus souvent, le vainqueur succombe après coup aux morsures qui ont injecté le suc mortel.

Cyril écoutait son grand-père avec une attention soutenue. Tant de savoir n'allait pas sans l'émouvoir. A croire qu'il l'avait amassé dans le seul but de le transmettre un jour à son petit-fils. Et ce jour avait fini par arriver. Ça tombait plutôt bien, puisqu'il se sentait plus que jamais disponible pour cette noble et grande tâche. Peut-être sa mère l'avait-elle confié à Emile pour l'aider à comprendre la complexité du monde ?

Du bout des doigts, l'enfant malaxait la terre argileuse qui bordait le môle. Le grand-père contemplait les dernières floches de brume qui glissaient sur l'eau étale. Sans que le moindre vent fût perceptible – car on s'acheminait vers une chaude journée d'été –, le brouillard matinal s'estompait dans cette vaste éponge. Il rôdait sur les roseaux échevelés, où il semblait se dissoudre, goutte à goutte. C'était un des prodiges de la nature qu'il avait bien souvent observé, en venant aux Chassagnes avant la montée du jour. Rien ne pouvait plus le surprendre, sur l'étang et alentour. Il en connaissait tous les mystères, à chacune des saisons. Seule la couleur des eaux et du ciel différait, et aussi l'odeur des vases. Au vent d'hiver, au vent d'orage, il n'était paysage plus changeant, dans l'affrontement des eaux mortes et des éléments perturbateurs. Que ce fût la neige, la grêle, la tempête, les giboulées capricieuses ou les torrentielles averses, l'étang exultait ses humeurs contrariées.

Emile eût voulu être peintre pour rendre ces infinies variations. Mais qu'importe, il lui suffisait de guetter le passage des ombres, l'explosion des lumières, pour que sa curiosité fût satisfaite.

Tandis qu'ils rejoignaient le bosquet de chênes et d'ormes, Emile apporta quelques détails sur ses observations de promeneur solitaire. Cyril avait glissé sa main dans celle du grand-père. Il était fier de cette force-là, dont l'absence lui avait tellement fait défaut. Mais s'il se sentait plutôt rassuré par cette présence, un nuage esseulé, gris-blanc, trottait dans son esprit. Il avait nom une conversation subrepticement entendue, dans l'entrebâillement d'une porte.

Solange et Lucie décrétèrent, presque d'autorité, devant le brouhaha et la confusion, que Maxime serait le grand architecte. Moineau désapprouvait, bien sûr – et David, assez timidement –, que toutes les décisions de la bande fussent concentrées en un seul larron. Il voulait que l'affaire fût celle de toute l'assemblée, mais les filles connaissaient trop bien les rivalités entre les garçons pour accéder à cette demande.

– Depuis quand les filles décident ? se révolta le petit Moineau.

– Si c'est comme ça, Lucie et moi, nous préférons quitter les Larrons.

La menace fit hurler Rémi. Lui non plus n'envisageait pas les jeux sans les filles.

– La grande Solange vous mène par le bout du nez, insista Moineau.

Lucie redoubla de chatteries pour calmer la colère de son petit amoureux. Mais Moineau était insensible aux caresses. Plus belliqueux que sentimental. Ou plutôt, le jeune garçon, encore impubère, croyait que la force et la violence seules étaient de nature à séduire les filles. Lucie l'embrassa effrontément, et contre toute attente il en éprouva de la honte, alors qu'il eût dû en tirer gloire.

– Laisse donc ! railla Solange. Tu vois bien que ça l'intéresse pas encore. C'est comme ça, les garçons, à l'âge ingrat.

Les autres se détournèrent pour ne pas rire. La grande Solange avait tapé si juste que Moineau s'était arrêté de fulminer, tout net.

– Ça lui a coupé la chique ! nota Rémi.

David lui fit signe de se taire. Ce genre de conversation ne pouvait mener qu'à la discorde. Et tous les Larrons n'avaient qu'un seul désir, construire une maison dans l'arbre.

– Elle a des nénés comme ça, fit Moineau à voix basse en désignant Solange. Et du poil… Je te le dis.

Cyril l'écoutait, tête baissée.

– Comment tu sais ça ?

– Demande-lui, elle te les montrera.

– Elle te les a montrés ? reprit Cyril.

Moineau ne répondit pas.

Au pied du grand chêne, les filles écoutaient attentivement les explications de Maxime. Il avait tracé au crayon sur une feuille quadrillée un plan sommaire de la future installation. Il haussa la voix pour attirer l'attention de ses camarades. Cela l'embêtait plutôt qu'ils fussent distraits par les conciliabules de Moineau. Et Cyril comprit à ses accents de colère qu'il devait se rapprocher du chef. Bien sûr qu'elle a déjà des seins, la grande Solange, se disait-il. Quant à les montrer, ça, mon vieux, c'est une autre affaire. Moi, je ne m'y risquerais pas. C'est une question compliquée avec les filles, une preuve d'amour. Il vint s'asseoir à côté de Maxime. Solange se balançait d'un pied sur l'autre, pour tromper l'attente. Cyril l'observait à la dérobée. Ce n'est pas de la blague, pensait-il. Ça pointe ferme, sous le tissu de sa robe. Et un fou rire s'empara de lui, aussitôt. Maxime parut offusqué par sa réaction. Déjà, Solange le regardait avec un drôle d'air, comme si elle avait deviné le fond de sa pensée. Est-ce possible qu'elle ait deviné ? Non. Ce n'est pas Dieu possible, se rassura Cyril. Mais il se souvint de ce que lui avait dit sa mère sur les femmes, qu'elles possédaient plus d'intuition et de clairvoyance que les hommes. « Les hommes, avait ajouté sa mère, ne sont que de grands enfants. Combien d'années leur faut-il pour devenir enfin des adultes ?... »

– Quoi ? se dressa Maxime. Mon plan ne va pas ?

– Oh si ! affirma Cyril. Il est parfait, ton croquis. Et ce sera une chouette cabane.

Solange vint s'asseoir, à son tour, à côté de lui, le buste adossé à l'arbre. Elle avait basculé la tête en arrière pour contempler les hauteurs du chêne où miroitait la lumière.

– Tu aurais le courage de monter là-haut, mon petit Cyril ?

– Je ne sais pas. Je ne l'ai jamais fait. Tu le sais bien, je ne suis qu'un Parigot.

Elle éclata de rire.

– Moi si. Mais je ne le ferai pas, aujourd'hui.

– Pourquoi ?

– Parce que je n'ai pas de pantalon, fit-elle.

Cyril lui sourit avec un petit hochement de tête. Cette étrange réflexion ne m'est pas adressée par hasard, pensa-t-il. Comme pour me faire comprendre qu'elle a lu dans mes pensées. Il se mit à rougir. Et malgré qu'il tentât de cacher son trouble en enfouissant son visage dans ses bras repliés, elle vit son embarras avec délectation.

– Laisse donc faire Maxime, murmura-t-elle à son oreille. Après tout, tu n'as rien à prouver...

Ce n'était pas ce qu'il avait envie d'entendre de Solange. En vérité, il avait tout à prouver pour gagner l'amitié des Larrons, non seulement grimper au sommet du grand chêne, mais affronter le Gniaf, ou, mieux encore, accomplir un haut fait qui susciterait l'admiration de la bande. Jusqu'alors, il n'avait fait que suivre le mouvement, deux pas en arrière, et subir les railleries de Moineau en faisant mine de ne rien comprendre.

Les Larrons avaient été prévoyants en emplissant un sac d'outils. Il y avait des scies, des haches, des marteaux, des pointes à chevron, des tenailles, ainsi qu'une longue corde de chanvre. Chacun avait puisé dans les réserves familiales pour ramener ces indispensables ustensiles, sans lesquels on ne pourrait construire la fameuse cabane. Pour l'heure, il importait de trouver l'emplacement idéal, c'est-à-dire l'assise des branches maîtresses sur laquelle viendrait prendre place le plancher. Selon les estimations de Maxime, les apprentis charpentiers pourraient compter sur une plate-forme de dix mètres carrés au moins. Il faudrait bien cela pour contenir toute la bande.

David lança la corde par-dessus la première branche basse. Il la fit coulisser et la noua solidement. Maxime cracha dans ses mains et l'agrippa fermement. Le premier palier se situait à trois mètres au moins du sol. Cinq fortes ramures formaient la base solide du chêne centenaire. Une fois atteintes, Maxime n'avait plus besoin de corde. Il suffisait d'escalader, de branche en branche, dans les hauteurs de l'arbre. Le garçon était des plus habiles à ce jeu, entraîné à visiter les nids de pies ou de geais. Les tilleuls, les frênes, les chênes étaient d'un accès facile. Rien n'était plus traître, en comparaison, que les acacias, aux écorces épineuses et aux ramures cassantes comme le verre, les noyers, dont les fourches étaient trop difficiles à atteindre, et les trembles, dont le bois était trop tendre pour supporter la moindre charge. Les vieux chênes offraient donc la meilleure commodité, avec leurs larges assises, leurs branches noueuses, leurs feuillages fournis. Il fallait juste se garder de mettre le pied sur le bois mort, assez fréquent au cœur, mais aisé à repérer à la saison des feuilles.

La bande s'était assemblée au pied du tronc majestueux et suivait, bouche ouverte, la progression de Maxime. Il grimpait attentivement, en prenant soin de vérifier ses prises. L'ampleur et la densité des ramures faisaient du chêne une île de verdure idéale. C'était aussi simple, à leurs yeux, que de grimper un chemin escarpé.

Maxime avait pris soin de nouer la grosse corde à sa taille. Ainsi s'envolait-elle avec lui, vers l'emplacement choisi. Lorsqu'il l'eut enfin atteint, le chef des Larrons poussa un grand cri de victoire. Peut-être était-ce une manière d'évacuer sa peur. Bien plus que de chuter, celle de ne pas atteindre le but assigné. Il repéra d'un regard circulaire la fameuse assise. Il y avait cinq points d'ancrage, à peu près de niveau. Plus qu'il n'en fallait. Il leva la tête vers le sommet du chêne. Les plus hautes branches s'élevaient encore à trois mètres au moins au-dessus de lui. Mais elles lui parurent si frêles qu'il hésita à poursuivre son ascension. Pourtant, il portait autour de la taille un drapeau qu'il comptait bien voir flotter au plus haut.

Avant de tenter quoi que ce soit, Maxime passa la corde sur une branche maîtresse et la fit coulisser vers le bas.

– Ça nous fera un treuil pour monter les bois, marmonna-t-il.

Il héla ses camarades pour qu'ils récupèrent l'embout de la corde de chanvre. David s'en empara, puis la tira à lui pour vérifier qu'il restait une longueur suffisante.

Le garçon n'avait pu résister au plaisir de grimper encore, de s'élever vers la cime feuillue qui vibrait au vent du ciel. Un mètre encore, et il pourrait voir la mer verte alentour dansant dans la lumière vive. Comme Maxime l'avait imaginé, le chêne dominait le bois de Vidale de cinq coudées au moins. Mais l'ascension était rendue plus hasardeuse par le resserrement des branches. A ce jeu, on se griffait le visage, déchirait la chemise. Pire encore, le bois fléchissait sous le pied. Ici, l'arbre était tendre, le feuillage vernissé et rare. Assis sur une fourche, suant sang et eau, le garçon arrima son drapeau. Il l'avait découpé dans un vieux drap et peint aux armes des Larrons. Une vague ressemblance avec l'oriflamme de la flibuste : de noir et de rouge, tibias croisés et tête de mort. Quand il eut terminé, Maxime se laissa glisser vers des appuis plus sûrs. Il n'osait regarder au-dessous par crainte du vertige. Pourtant, il n'y avait rien de plus sûr que cette armature de bois au milieu de laquelle se faufiler.

– L'île est à nous ! cria-t-il. A nous, fiers Larrons !

Des applaudissements et des cris lui répondirent dans les abîmes sombres de la forêt. Et une même pensée leur traversa l'esprit : le Gniaf n'osera jamais s'emparer du drapeau. Nous garderons le fortin, même au péril de notre vie !

L'architecte avait gagné son titre de gloire en parvenant le premier à la cime de l'arbre. Désormais, chacun lui obéissait au doigt et à l'œil. Même Moineau, le plus réticent des Larrons, avait fini par se ranger à l'évidence, que le grand projet tenait la corde. Les Larrons s'étaient mis d'accord sur l'idée qu'on devrait accéder à la cabane aisément. Il fallait que les filles puissent y monter à discrétion, sans difficulté.

Ainsi se formèrent des équipées pour préparer l'ouvrage. La forêt recelait assez du matériau nécessaire à la construction de la cabane. David et Rémi, armés de haches, ramèrent une dizaine de barres de châtaignier ébranchées. Longues et droites, elles serviraient à fabriquer les échelles. De leur côté, Cyril et les filles s'employèrent à scier les rondins pour confectionner les barreaux. Enfin, Guy et Moineau assemblaient les pièces et les clouaient à la demande. Chacun apportait mille attentions à sa tâche. Selon les recommandations de Maxime, l'équipe tenait à ce que l'ouvrage fût solide et harmonieusement monté. A vrai dire, les garçons se révélaient adroits dans cet exercice. Il n'en était aucun qui n'ait déjà travaillé le bois, avec les pères surtout. Construire un appentis, bâtir une clôture, cela faisait partie de leur lot quotidien. Seul Cyril faisait figure d'amateur au milieu de la bande. Et chaque fois que le Parisien tordait une pointe, ou ratait une encoche à la hachette, les railleries s'élevaient autour de lui. Il n'était au reste que Solange pour prendre sa défense. Elle possédait une indulgence toute féminine, comme ces mères qui pardonnent les fautes de leur progéniture. Néanmoins, ses réactions ne cessaient de l'intriguer. Pourquoi une telle connivence entre eux deux ? Après tout, il n'était qu'un étranger, un petit Parisien. Il n'avait rien de commun avec le reste de la bande. Tous étaient des fils de paysans. Lui, il faisait figure d'ignorant et de maladroit, perdu en terre inconnue. C'était peut-être là qu'il lui fallait chercher la réponse.

Au soir, les Larrons eurent fini de poser les échelles. La première permettait d'accéder au nœud vital du chêne, la seconde à la plate-forme. Pour ne point abîmer l'arbre, ils arrimèrent leurs constructions avec du fil de fer torsadé, aux tenailles. Il était convenu qu'on ne planterait ni clous ni pointes dans le bois vivant. Le vieux chêne méritait, à leurs yeux, toutes les attentions dues à un prodige de la nature combinant force, longévité et sagesse.

Pourtant, ces petits campagnards n'entendaient rien à la philosophie. Ils ne liraient sans doute jamais les chroniques de Lucrèce sur la nature, l'esprit et l'âme des plantes, mais ils sentaient, confusément, tout le respect et l'attention que l'on se doit d'apporter aux éléments constitutifs de la vie, sous toutes ses formes. Cette intelligence leur était instinctive. Et tous étaient sensibles à la désolation qu'offre un arbre mort, à la chute d'un géant, à sa trouée funeste dans la forêt. Ainsi voulaient-ils simplement habiter au cœur de l'un de ces géants, précisément, pour écouter le battement de la nature, les bruissements du vent, le craquement des ramures, contempler l'harmonie des couleurs au glissement des saisons, flairer les senteurs au matin et au crépuscule.

7

Les ouvriers de la Compagnie des Eaux étaient logés à la gare de marchandises de Rilhac, dans des wagons désaffectés de la SNCF. Le dimanche, les hommes faisaient leur lessive, qu'ils affichaient ensuite sur des fils tendus entre les voitures. Cela formait de longs chapelets colorés, comme les drapeaux d'une fête. Mais, le plus souvent, les heures de repos s'écoulaient paisiblement, à jouer aux cartes, à lire les journaux, ou à somnoler sur des chaises longues.

Jess ne supportait guère la vie de casernement, qui lui rappelait, toutes proportions gardées, ses longs mois passés en Algérie pour le compte de l'armée française. Il allait d'un bistrot à l'autre, épuisant son ennui dans des conversations douteuses. L'homme aimait à flatter son ego, à fanfaronner, à narrer des exploits imaginaires. Et l'auditoire ne lui faisait jamais défaut. Séduisant en diable, à la parlote, à l'églogue, on l'encourageait à l'ouvrage. L'auditoire applaudissait ses récits épiques sur la guerre, ses contes amoureux, ses déboires sentimentaux. Il était un roman à lui tout seul, dans ses moments de dispense.

Ce soir-là, le capitaine s'attarda au café Brunie. Il avait déjà fait la conquête de la tenancière, en tout bien tout honneur. Adélaïde avait passé la cinquantaine et n'était pas précisément une beauté, avec ses cheveux gris tirés à l'arrière et ses yeux de taupe. Cependant, elle ne jurait plus que par Jess, depuis le jour où elle l'avait vu descendre son bull de la plate-forme, en force. Tant de courage et de témérité en un seul homme, cela mérite attention. Plus encore, le capitaine avait d'autres qualités. Sa générosité était sans limites. Il remettait les tournées plus souvent qu'à son tour. Et flatteur avec ça, Jess. Il possédait l'art consommé des petits sourires enjôleurs et des mots aimables. Une telle posture tranchait avec la clientèle ordinaire. Buveurs grincheux. Poivrots acariâtres. Qui ne pensaient qu'à resquiller un verre par-ci, un sou par-là…

A peine entré, le capitaine avait commandé une tournée générale et une double dose pour Firmin. Le regard chaviré, Choisne s'agrippa bientôt aux larges épaules de Jess, lui bâillant au visage un souffle aviné.

– T'es l'plus grand d'nous tous ! fit-il.

Il lui tâta les biceps, compara les siens.

– C't'homme m'a fichu une d'ces raclées, vain Dieu ! rigola-t-il. Mais j'lui en veux guère. Bien vrai. Oh qu'oui, même qu'j'l'avais bien méritée !

Le capitaine le saisit au col et le ramena à son siège. C'était sa manière de faire, journellement, avec Choisne, une sorte de geste affectueux. Il lui montrait sa force, sa supériorité.

– Bois donc, Choisne ! Tu sais pas qui te boira...

Les types rigolèrent, Adélaïde aussi.

– C'jour-là, mes amis, cria-t-il à la cantonade, j'veux qu'on m'bénisse avec du pinard ! Oui, parfaitement. Point de fleurs et autres machinchoses. De bonnes bouteilles autour du trou. Et qu'chacun y verse sa dernière goutte.

Le capitaine fit signe à Adélaïde de remplir son verre.

– Tu crois, Jess ? Il en a bien assez. Regarde donc. Il tient plus debout.

Choisne dodelinait de la tête. Soudain, serrant les poings, il se leva tout de go. Un brin chancelant, tout de même. Parce qu'il y avait du malaise dans l'air. Le pinard dans le verre tanguait aussi. Mais Jess l'aida à le porter au mentibus, au nazibus... Et hop, et hop !

– T'exagères, mon petit Jess, protesta Adélaïde. Je pense à sa pauvre Adée. C'est elle qui trinque, surtout.

– Moi, fit le capitaine, je suis en service commandé.

La réflexion parut énigmatique à l'assistance. Au reste, il était fréquent que le capitaine usât de termes plutôt martiaux dans son vocabulaire courant, un genre qu'il avait ramené d'Algérie, comme « affirmatif » ou « négatif » pour dire oui ou non. Et sa tenue vestimentaire portait encore les traces de ses aventures passées, des pantalons battle-dress ou des chemises caporal. Lorsqu'il fumait des gauloises bleues, il disait en offrant des cigarettes à ses compagnons : « Tu veux une Troupe ? » Par exemple, il chaussait encore des rangers et avait conservé la manie de glisser un poignard sous les fermetures de cuir, si vite à portée de main. Un poignard, pour quoi faire ? Ce n'était d'aucune utilité, à la Compagnie des Eaux. Mais Jess prétendait qu'il se sentait mieux « habillé » ainsi.

Et comme Firmin ne descendait pas les verres assez vite, au goût du capitaine, ce dernier l'aida fermement en lui tenant la nuque de l'autre main, d'une poigne ferme. A n'en pas douter, Choisne avait trouvé son maître. Et tous s'en réjouissaient, au café Brunie. Ça ricanait, plutôt, en voyant perler le vin sur la chemise du propriétaire des Régâts.

– Tu nous le gaves, comme une oie, s'exclama l'un des types. Hé, Jess ! Tu crois que c'est des manières, ça ?

– Qu'à cela ne tienne. Je le ramènerai au bercail sur mon dos.

Les gars rigolaient, parce qu'ils avaient tous eu, un jour ou l'autre, maille à partir avec Firmin. Sans qu'ils aient à creuser la question, dans leurs têtes déjà embrumées par les vapeurs d'alcool, Jess les vengeait un peu. Et c'était un beau spectacle, bien réconfortant, de voir l'animal docile comme un mouton, depuis que le conducteur d'engins lui avait mis une raclée mémorable. Mais tous se demandaient aussi pourquoi Choisne avait droit à tant d'attentions, pourquoi Jess passait toutes ses soirées à l'abreuver et à supporter ses facéties. « M'est avis que le garçon de la Compagnie s'intéresse plutôt à sa femme », supputaient les mauvaises langues.

Vint le moment critique où Adélaïde, elle-même, refusa de remplir son verre. Par pitié, sans doute. Par pitié et compassion. Ça lui faisait mal au cœur de le voir ainsi, ce pauvre Firmin Choisne, la tête basculée sur la table, les yeux chavirés, les lèvres bleues éructant une mousse d'escargot vineuse.

– Tu vois bien qu'il est cuit. Que te faut-il de plus ? tempêta la tenancière.

Alors, Jess se décida à payer son ultime tournée, histoire de se faire pardonner son acharnement. Et comme l'on trinquait en cercle devant le zinc, l'un des types posa la question, la fameuse question qui intriguait tous les habitués du café Brunie.

– Pourquoi qu'on t'appelle « capitaine » ? Tu voudrais nous le dire, hé, Jess ?

Adélaïde retira le verre de la table où Choisne s'était affaissé, puis passa, vite fait, un coup de torchon sur le Formica gris.

Jess observa, un à un, ses voisins, avec une mine goguenarde. Des faces de blaireaux, pensa-t-il. Ça veut tout savoir et rien payer…

– Peut-être que je vous le dirai un jour. Ce soir, j'ai pas le cœur.

Et il claqua des talons, comme il avait l'habitude de le faire, pour prendre congé. Puis, s'emparant de Choisne, il le chargea sur ses épaules.

– Allez, vieux frère ! maugréa-t-il. On rentre à la maison.

En passant près de la serve, sous la pleine lune, Jess déposa son fardeau sur un lit d'herbe folle.

Puis il lui rinça le visage à l'eau fraîche, histoire de le réveiller. Comme Firmin tardait à revenir, il le secoua vivement, lui flanquant trois ou quatre gifles.

– T'es fou ou quoi ? Qu'est-ce que t'fais, miladieu ?

– Allons, Firmin. Tu vas pas rentrer à la maison dans cet état ?

Choisne se mit à rigoler. Tout compte fait, le paysan se fichait bien de sa femme et de ce qu'elle penserait.

– C't'une couille ! beugla-t-il. Une couille de femme. Tout juste bonne à...

– Ferme-la donc, Firmin. Tu ne sais pas ce que tu dis. Adée est admirable. Admirable de supporter ton enfer. Tu comprends ça ?

– Foutre non. On m'l'a donnée en épousailles. Et j'l'ai prise.

– Ce n'est pas une bête de somme. Une femme, mon vieux, il faut la respecter.

– L'est vaillante, fit l'autre. Ça oui. L'est vaillante comme dix. Mais rebelle, bon Dieu oui. T'jours à chercher la p'tite bête...

Jess retourna à la serve puiser dans le creux de ses deux mains jointes un bol de flotte et le lui jeta au visage. Choisne s'ébroua comme un vieux chien.

– Arrête ça ! Fumier ! Ou j't'fais la peau !

Le capitaine éclata de rire. D'un geste vif, il tira de son ranger le poignard, en fit miroiter la lame sous la pleine lune.

– Avec moi, tu auras toujours un temps de retard, fit-il. La vie est une jungle. Et toi, tu es tout juste bon pour le zoo. Si je veux, mon camarade, tu marcheras sur les mains, tu ramperas dans ta bouse.

Un accès de bile secoua la carcasse de Choisne. Et Jess eut tout juste le temps de le renverser sur le ventre pour qu'il pût s'épancher dans l'herbe, tout à son aise.

– Il ne suffit pas de s'emplir l'outre, mon gars, dit Jess, après il faut rendre des comptes. La mule exulte.

Firmin traversa sa crise en gigotant. Et Jess, bon camarade, le soulevait de terre, d'une poigne ferme, pour le tirer de ses vomissures. Puis il le traîna à l'étang, le força à plonger la tête sous l'eau.

– Maintenant, tu vas marcher un peu, vieux, ça te dégrisera.

Mais Firmin Choisne n'avait plus la force de se tenir sur ses deux jambes.

– Laisse-moi donc ici ! J'suis bien sur mes terres. J'vas bigler la lune. T'la vois. Toute pleine. Bon Dieu, oui. C'est du bonheur, ça.

– J'ai juré à ta femme de te reconduire au bercail. Une parole est une parole.

Le capitaine le chargea de nouveau sur ses épaules, comme un sac de blé. Et d'une seule traite, il le conduisit aux Régâts, traversa la cuisine, poussa la porte de sa chambre d'un coup de talon et le renversa sur sa couche.

Adée se tenait sous la tonnelle, immobile. Elle goûtait la fraîcheur de la nuit, le bruissement du vent dans la vigne.

– Que signifie cette comédie ?

Jess alla s'asseoir sur les marches d'entrée de la maison. Sa chemise lui collait à la peau et il l'ôta pour étancher sa suée.

– Pourquoi fais-tu tout ça ? Pour moi ?

Le capitaine ne répondait pas. Ce n'était pourtant pas dans ses habitudes, le mutisme.

– Tu as tout obtenu de lui, n'est-ce pas ? reprit-elle. Les engins sont passés sur ses terres. L'ingénieur est satisfait. Nous aurons l'eau courante.

– Avec ce blaireau, on ne sait jamais, dit Jess. Et je ne veux pas qu'il refasse surface. Un coup de colère, et tout notre plan serait par terre.

Adée ricana.

– Comme si Choisne vous faisait peur... Tout est brûlé en lui, calciné. L'alcool l'a séché comme un cep de vigne. Et je ne vois pas quel ressort pourrait en faire un homme...

La jeune femme traversa le perron, longea son visiteur sans lui accorder un regard, se rendit au puits. Dans un seau en fer-blanc, elle tira un godet d'eau fraîche et but abondamment. Puis elle se retourna vivement. La pâle lumière de la lune éclairait son visage. Elle avait détaché sa lourde chevelure brune, comme elle le faisait chaque fois qu'il lui était permis de prendre un peu de repos. C'était sa manière de se souvenir qu'elle était encore une femme, malgré l'odeur d'étable qui imprégnait sa peau.

– Tu es en service commandé, ironisa-t-elle. Tu tiens Choisne sous l'éteignoir. Pour satisfaire ton ingénieur. Et moi, dans tout ça ? Je ramasse les coups. Les mauvais coups. Mais que t'importe ?

Jess soupira. Il ne supportait plus ses plaintes de louve blessée. Il avança vers elle, d'un pas traînant, buta dans une vieille casserole. Le vacarme insulta le silence de la nuit.

– Que crains-tu ? Tu n'as rien à craindre. Il n'est que moi, ici, pour souffrir.

Le capitaine vint tout près d'Adée, au point de sentir sur sa peau le souffle accéléré de sa respiration. Il tendit une main, avec la ferme intention de l'attirer à lui. Elle se laissa saisir, au début. Il fit pianoter ses doigts sur la chair molle de sa taille. Puis il sentit, imperceptiblement, qu'elle se raidissait sous l'étreinte.

– Je ne me donnerai à toi qu'à une seule condition, prévint-elle.

Jess s'écarta aussitôt.

– Qu'aurais-je à gagner ? La colère de Choisne. Il reporterait toute sa fureur sur moi, ajouta-t-elle.

– Qu'en saura-t-il ?

Adée croisa les bras sur sa poitrine.

– Le mensonge me répugne.

Le capitaine dodelina de la tête. La sueur coulait sur ses joues, s'épanchait sur sa poitrine. Il s'essuya avec sa chemise, nerveusement, comme on bouchonne un cheval.

– Tu me vois en train de lui dire que je désire sa femme ?

– N'est-ce pas la vérité ?

– Et toi, Adée ? Me désires-tu ?

La jeune femme se mit à arpenter le pavage de la cour. Elle allait et venait d'un petit pas nerveux. Sa chevelure moirée ondulait dans la nuit. Jess accompagnait du regard ses mouvements, contemplait son buste élancé, ses hanches larges. C'était en elle qu'il avait envie de se perdre, mais sans rien ajouter à son désir que le plaisir de l'amour, et nulle promesse, nul serment. Ne pourrait-on s'aimer comme si Choisne n'existait pas ? Chaque soir reconduisait entre eux la même lancinante question. Ses mains palpaient son corps et, promptement, elle se dérobait, laissant entre eux un invisible voile de désir étouffé.

– La faute sera partagée, murmura-t-il pour la rassurer.

– Ta part sera négligeable, mais la mienne douloureuse et mortelle.

Jess finit par accorder son pas au sien. Ils traversèrent la cour, jusqu'au couvert des lilas. C'était une touffe d'arbres fournie qui projetait son ombre sur leurs visages. Sous les feuillages, leurs corps semblaient anéantis, soudain, invisibles à eux-mêmes et au monde.

– Ne pourrions-nous nous aimer comme si rien n'existait, que ce présent qui bat à nos cœurs ?

– Oublier Choisne ? Comment le pourrais-je ?

– Crois-tu que je ne souffre pas à l'idée qu'il puisse te toucher ?

– L'amour peut être une douleur aussi immense que le ciel. A la vérité, je n'ai connu que cela. Et dans les réduits obscurs où il nous retranche, parfois un grain de plaisir peut éclore de la souffrance même que l'on s'inflige à soi-même, comme une fleur sur un tas de fumier.

– Même avec Choisne, tu as eu du plaisir ?

Adée ne répondit pas. Son jardin secret ne se pouvait ouvrir au premier aventurier venu. Et qu'il prétende l'aimer se devait démontrer par des actes insensés. Mais elle avait compris que Jess n'était point décidé à s'y jeter, à corps perdu, au point d'y perdre son âme même.

Ils s'en revinrent dans la pâleur de la nuit, observant leurs ombres étirées sur le chemin. En quittant la haie des lilas, Adée avait agité les feuilles, de sa main ouverte, pour rendre un peu de consistance à leur présence.

– Le mal est sur nous, déplora-t-elle d'une petite voix blessée. Nous ne pourrons nous sortir de cette impasse que par des gestes irréparables. Ne le vois-tu pas ? Mon pauvre Jess...

Il vint la prendre par les épaules et Adée abandonna sa tête contre lui. Un peu de fraîcheur montait des vallons, avec ses odeurs d'herbes coupées.

– Ne serait-il pas plus raisonnable que nous cessions de nous voir ?

Jess ne répondit pas. Il était une force animale qui le possédait, plus forte que la raison. Et rien ne pourrait trancher ce nerf qui les reliait l'un à l'autre, sans qu'ils perdent l'espoir.

– Je crois que nous serons l'un à l'autre, un jour, promit-il. Quels que soient les obstacles à renverser.

Adée tremblait contre lui. Il ne savait si c'était l'angoisse ou l'ivresse. Mais il comprit que ce dont elle avait besoin, présentement, c'était d'une certitude, alors qu'il ne pouvait se résoudre à la lui offrir.

Le lendemain était jour de congé. Jess s'en revint aux Régâts, à l'aurore. Il trouva Adée à la grange avec son fils, Marco – celui qu'au pays on nommait le Gniaf. Elle liait le joug de sa paire de vaches en jurant comme un charretier. Le cuir était dur à manier et le gamin la regardait, bras croisés.

– Tu pourrais me donner la main, non ? Fainéant !

– Moi, ça m'ferait mal !

– Quoi ? Ça te ferait mal ? Tu veux dire que je suis bonne qu'à ça… Trimer. Va donc chercher ton père !

Le gamin rigolait en se tortillant comme un ver.

– P'pa fait ce qu'il veut.

– Comment crois-tu qu'on se nourrit, mon petit ? En se roulant les pouces ? Toute la ferme repose sur mes épaules. Un jour, tu entends, Marco, un jour, je me ficherai à l'eau. Et vous serez bien obligés, ton père et toi, de vous bouger le cul.

Le gamin s'empara de la lanière de cuir et la glissa sur le coussinet qui protégeait la tête de l'animal. Puis il l'entortilla sur le joug, sans conviction.

– Faut tirer. Serrer, ordonna Adée. Sinon, ça ne fera que se débander, cette affaire-là, idiot !

Elle rectifia la manœuvre en ahanant sur la bride.

– Pourquoi qu't'as besoin de p'pa ?

– Pour mener l'attelage !

– Et où ? fit Marco, l'air hébété.

Adée abandonna sa besogne, découragée. Elle s'était assise sur un billot de bois qui servait à épointer les piquets de clôture. Du pied, elle poussait devant elle les copeaux éparpillés sur la terre battue.

Je ne sais pas si j'aurai assez de courage, cette année encore... se disait-elle.

Le Gniaf la contemplait en papillotant des yeux. Qu'elle aille au diable ! pensait-il. Qu'elle aille se foutre à l'eau. Qu'elle nous débarrasse le plancher.

A la vérité, le garnement avait hâte de prendre la poudre d'escampette. Les affaires de la ferme, il s'en fichait dans les grandes largeurs. Depuis qu'il avait appris que les Larrons construisaient leur cabane au Vidale, il ne se sentait plus en paix. Même que je vas monter mes gars pour tout leur foutre par terre, se répétait-il. Et si ça suffit pas, on y mettra le feu. Juré ! Craché !

Adée pleurait doucement dans ses mains, reniflait doucement. Elle ne voulait pas qu'on la voie ainsi, abattue, désespérée. Même si elle n'avait que son fils pour témoin, il ne manquerait pas de cafarder à son père : « J'ai vu la mère pleurnicher. T't'rends compte, p'pa ! Faut-y qu'elle soit cloche, tout d'même... »

– M'ner l'attelage, répétait le Gniaf. Drôle d'idée.

Soudain, la mère releva la tête, défigurée par la colère.

– Il est bien temps de faire les foins, non ? Nous avons trois hectares à foutre par terre. Avant les orages. Sinon, qu'est-ce qu'elles boufferont, nos vaches, cet hiver ? Tu penses pas à ça, toi. Tu ne sais rien. Tu fais semblant de rien comprendre. Et ton père ? Va donc le secouer. Sinon, j'y monte, moi, dans sa cambuse, avec une fourche. Je vais lui piquer le cul pour le sortir de son pucier !

Jess avait attendu le départ du gamin pour émerger d'un recoin de la grange où il s'était caché.

– Toi, ici ? s'écria Adée, l'œil traversé par une vive lueur de surprise. Pourquoi ?

L'homme la contemplait sans parler. Il n'avait pas de réponse à donner. Il avait peu dormi. Sa nuit entière s'était écoulée à penser à elle. Et au jour, il avait ressenti le besoin de la rejoindre, un besoin impérieux, viscéral. Comme pour Aïcha, jadis. Elle aussi, il l'avait poursuivie dans le dédale obscur de la Casbah d'Alger, au risque de se faire égorger par les frères musulmans. Ce n'était pas une malheureuse djellaba qui aurait pu garantir sa sécurité, ainsi qu'il affectait de le croire. Mais d'où venait-il que le danger, précisément, accroissait son désir ? Comme le fusil de Choisne... N'avait-il pas choisi de le laisser dans la maison, alors qu'il eût pu, à tout le moins, le faire disparaître ?

– Tu as fait la connaissance de mon fils, fit-elle en baissant la tête.

– J'ai déjà croisé sa frimousse dans le chantier du village. Tu sais bien, les gosses, tous les gosses de Rilhac, sont attirés par nos engins. Et nous devons les chasser, lorsque ça devient trop dangereux.

Adée l'écoutait, indifférente. Elle avait hâte d'attaquer sa besogne. Une semaine de retard s'était accumulée. Une semaine de beau temps. Les paysans avaient presque terminé les foins, et chez les Choisne ils n'étaient pas encore commencés...

– Tu vas devoir partir, lâcha-t-elle d'une voix lasse. Ta présence ne m'est d'aucune utilité.

Jess caressait le naseau des vaches. Deux solides salers, dressées à l'attelage. Il s'empara d'un des anneaux du joug, fit jouer la pièce de bois. En effet, le lien de cuir était trop lâche. Il le défit, puis recommença à l'ajuster en tirant sur la courroie, à chacun des tours qu'il opérait. Il vérifia l'autre entrave, jugea qu'il fallait aussi la refaire.

– Où as-tu appris à lier les animaux ? demanda Adée.

– J'ai eu une enfance plutôt difficile. Ça me prendrait trop de temps de te la raconter.

La jeune femme lui rendit son sourire. C'était plus qu'il ne désirait d'elle, plus qu'il ne pouvait exiger après la conversation de cette nuit. Elle rajusta sa chevelure dans le fichu bleu qu'elle portait sur la tête, puis refit le nœud à l'arrière, sur sa nuque dégagée. Jess avait envie de poser la main précisément sur son cou ambré, de caresser ses épaules. Mais le gamin risquait de revenir d'un instant à l'autre, et il ne voulait pas mettre Adée dans l'embarras.

Le capitaine s'empara de l'anneau du joug et fit avancer l'attelage, par un sifflement bref.

– Où est-elle, cette putain de faucheuse ?

Adée fronça les sourcils. Comment pouvait-elle imaginer qu'il fût disposé à ce point, après la conversation de la nuit passée ? Elle s'était assoupie avec la ferme impression que tout était consommé entre eux.

– Je vais t'aider, confirma le capitaine. Et ce soir, l'herbe sera par terre.

La jeune femme parut hésiter devant cette offre, par principe. Mais le capitaine n'eut guère besoin d'insister. Aussitôt, ils conduisirent les bêtes à la faucheuse mécanique. C'était une vieille Aultman, qui avait servi plus que de raison, sans entretien ni graissage, si bien que les paliers de roulement avaient plus de jeu qu'il n'en fallait. Jess haussa le timon à l'attache du joug et y planta la cheville. Aussitôt fait, Adée passa devant les bêtes, avec sa gaule, afin de diriger la manœuvre. Puis Jess rabattit la barre de coupe. L'engrenage se mit en mouvement, avec des grincements sinistres, tellement la mécanique était grippée. Mais la marche en avant de l'outillage finit par débrider la lame. Ainsi abattirent-ils les trois premiers rangs, sans grande difficulté. En cet endroit du champ, l'herbe était peu dense et bien sèche. Mais, lorsqu'ils atteignirent les larges et épais bancs de trèfles et de ray-grass, la barre de coupe s'engorgea aussitôt. Le capitaine comprit que la lame avait besoin d'être aiguisée. Il la démonta avec une telle adresse qu'Adée en fut subjuguée. D'ordinaire, devant ce genre d'embarras, Choisne poussait les hauts cris, quand il ne déclarait pas forfait.

– C'est reposant, un homme comme toi, plaisanta Adée.

Et tous deux remontèrent à la grange. Là-haut, le Gniaf les attendait, les bras croisés.

– Marco, tu as réveillé ton père ? questionna Adée.

Il ne répondit pas.

– Ça ne fait rien. Nous y arriverons sans lui.

Adée mena le capitaine à la meule. C'était une vieille machine fatiguée. L'homme fit jouer la manivelle pour faire tourner la pierre sur son axe et constata que le godet était sec.

– Va donc chercher un seau d'eau, ordonna Jess au Gniaf.

Le garçon ne bougea pas d'un pouce.

– Tu comprends ce que je te dis ? insista Jess.

Le Gniaf rigolait. L'homme se redressant, le gamin prit son geste en mauvaise part et se mit aussitôt sur ses gardes, poings serrés près du corps.

– Eh bien ! Eh bien ! s'écria le capitaine. Tu veux jouer avec moi ?

Et lui aussi fit manœuvrer ses poings sous le nez du gamin.

Mais Adée avait déjà pris les devants.

– Tu as peur de te salir les mains, mon petit, ricana Jess à son tour.

– T'es pas mon père, renifla le Gniaf.

Il parlait du nez, en mangeant les mots.

– Non, bien sûr. Mais il n'y a pas que ton père sur la terre. Je m'appelle Jess, et j'ai pas l'habitude qu'on se fiche de moi. Maintenant, si tu veux rien faire, alors inutile de rester là, à me regarder. Ça me fout les nerfs en pelote.

Adée versa la moitié d'un seau dans le godet. Le capitaine fit tourner la meule jusqu'à ce qu'elle fût convenablement mouillée. Il disposa le fil d'un couteau sur la pierre. Devant l'embarras du capitaine, qui ne pouvait affûter convenablement les couteaux et manœuvrer la machine, Adée s'empara de la manivelle.

Le Gniaf s'était reculé jusqu'à l'entrée de la grange. Ça l'agaçait, la présence d'un étranger sur ses terres. Mais il ne se sentait pas la force de l'affronter. Pourtant, le regard en dessous, il préparait un coup vachard, un de ces sales coups dont il avait le secret. Négligemment, il ramassa un éclat de silex au sol, extirpa de sa poche son lance-pierres, ajusta Jess. Le projectile l'atteignit en plein visage.

– Sale petit con ! s'écria le capitaine en le coursant.

Mais le Gniaf était habile à ce jeu. Il connaissait tous les recoins de sa ferme. Aussi, le capitaine renonça à le trouver.

A son retour dans la grange, Adée lui effaça les traces de sang sur le visage. La coupure était peu profonde et n'avait marqué que la joue.

– Je finirai par le coincer, ton crétin de fils, dit-il.

– Tu ne feras rien, répondit-elle. Je m'en chargerai moi-même. Je te jure que je corrigerai Marco.

Le capitaine accueillit sa réflexion avec scepticisme.

– Tu as déjà fort à faire avec Choisne.

– Je ne souhaite pas que tu te mêles de mes affaires...

Jess haussa les épaules.

– Ce n'est pas ce que tu disais hier soir.

– Nous n'allons pas revenir là-dessus. Avec toi, je sais à quoi m'en tenir...

L'homme sentit du dépit dans la réflexion d'Adée, mais ne releva pas. Il avait mieux à faire. Les trois hectares des Régâts à faucher, puis à faner le lendemain même, et ensuite à engranger. C'était une affaire à laquelle il ne pourrait se consacrer qu'à ses heures perdues. Mais cet ouvrage lui tenait à cœur. Il voulait montrer à Adée ce dont il était capable, lui qui passait à Rilhac pour un joli cœur, un bonimenteur, un fanfaron.

A midi, Adée mena les salers à l'abreuvoir. Les vaches n'avaient pas l'habitude de travailler à ce train d'enfer, la patronne courant au-devant d'elles en les encourageant par des « ah » appuyés. Le capitaine profita du répit pour graisser les engrenages et le volant des roues – par lesquels la machine était actionnée.

– Faudrait mettre un petit moteur Bernard. Ça donnerait d'autres résultats, suggéra le capitaine.

– Choisne se fiche bien de ça, répondit Adée. C'est pas lui qui trime.

Jess mesura aussitôt l'incongruité de sa réflexion. Après tout, la ferme des Régâts ne le regardait pas. Et s'il avait consenti à donner la main à Adée, c'était pour lui montrer qu'il éprouvait pour elle plus d'amour qu'elle ne le croyait.

A peine s'étaient-ils remis au travail, sans prendre le temps de déjeuner, que Firmin Choisne pointa le bout de son nez.

– Quand les fainéants s'mettent au boulot ! s'écria-t-il. Ça donne, vain Dieu !

Et il lança un grand coup de botte dans l'herbe versée. Le geste fut si appuyé, si démonstratif, que Choisne faillit tomber à la renverse.

– T'as encore tété ton aise, jura Adée.

Vexé, Firmin courut vers sa femme, le poing dressé. Jess s'interposa. Et d'une poigne ferme, il le saisit aux bretelles.

– Tu vas nous laisser travailler, fit-il en le tirant à bout de bras.

– J'vas t'crever la paillasse, un jour, fils de pute. T'crois p't-êt' qu'j'vois point clair dans ton jeu. C'est mon Adée qui t'intéresse. T'lui bigles les nichons !

Le capitaine relâcha sa prise. Et Choisne se recula, instinctivement, en agitant ses bras amaigris dans le vide, comme un pantin. Adée se cacha pour rire, derrière ses vaches. Elle ne voulait pas jeter d'huile sur le feu. L'humiliation était si grande, déjà, qu'elle eût voulu être aux cinq cents diables pour ne pas voir cette comédie. Jess remonta sur le siège de la faucheuse et débraya la lame. La course reprit, comme si de rien n'était.

Assis sur un rang de foin, Choisne marmonnait sa rancœur.

P't-êt' qu'y veut prendre ma place. P't-êt' qu'y rêve d'me voir crevac pour m'voler mes terres et ma femme. Pourquoi qu'y trime sur mes terres, vain Dieu ? C'putain d'Jess n'est point homme à travailler pour rien. L'boulot d'la Compagnie lui suffit pas ? Et si ça joue l'généreux, à m'rincer la dalle, chez Brunie, c'est qu'l'a une saloperie d'pensée dans la tête...

Mais Firmin n'était jamais en reste. Il avait mené sa « quille » de rouge avec lui. Et pour se donner un peu de courage, il se jeta un solide gorgeon. Puis un autre, et encore un autre. Jusqu'à ce qu'elle fût éclusée. Alors, il dressa sa bouteille en l'air, goulot tourné vers le bas, fièrement.

– Hé, Jess ! T'entends, Jess ? T'en auras pas une goutte ! T'peux crever, vain Dieu !

Riant sous le soleil, fier de sa petite vacherie, Choisne s'abandonna en arrière. Il biglait le bleu du ciel, et un petit nuage perdu, esseulé. Il l'accompagna un moment. Mais le feu qui s'abattait sur lui, ardent et torride, finit par avoir raison de ses dernières résistances. Il s'endormit ainsi, les bras en croix. Même Adée éprouva quelque pitié à le voir, immobile et vaincu.

– Il va me faire une insolation, dit-elle. Faudrait le remonter à la maison.

Le capitaine lui fit signe de repartir à la tâche. Il restait encore un hectare à couper, vers les basses terres. En ce lieu de plaine, l'herbe était plus haute et grasse que nulle part ailleurs. Et il avait hâte de voir si la barre de coupe tiendrait la cadence. Car il faudrait l'accélérer, la cadence, hâter la marche des bêtes de somme. Et les salers, toutes courageuses et vaillantes qu'elles fussent, commençaient à accuser la fatigue. Les petites mouches et les taons finissaient de les rendre nerveuses et agressives. Et tantôt l'une ployait la tête sous la charge, tantôt l'autre cherchait à s'écarter de sa ligne. Il fallait qu'Adée veille de l'aiguillon à maintenir l'attelage en état de marche. Et ce lui demandait des efforts répétés, courir à droite, courir à gauche. Mais le capitaine ne tenait aucun compte de ces détails. Il gardait l'œil rivé sur la barre, veillant par des sifflets courts à ce que la coupe fût large et régulière. De même, il relevait la lame, légèrement, lorsque approchaient les obstacles : taupinières scélérates, affleurements de roche indésirables, cépées de charme ou de chêne éraflantes. Un rien pourrait endommager la mécanique. Il le savait. Et tant de précipitation, d'empressement, multipliait les risques.

Au moment d'attaquer la plaine, Adée demanda à souffler un peu. En vérité, elle était inquiète pour son Choisne. Elle alla le réveiller et parvint à le traîner jusqu'à l'ombre d'un bosquet. Puis elle descendit à la fontaine tirer un seau d'eau. Adée fit boire les bêtes, tendit un godet à Jess, qui refusa. De quoi est-il fait, cet homme ? pensa-t-elle. Elle but aussi et s'aspergea le visage. L'eau fraîche coula sur la chemise de coton qui collait à sa poitrine.

– Tu devrais lui en apporter aussi, fit Jess. Ça le changerait.

Elle n'osa pas. Le capitaine était goguenard. Il voulait savoir jusqu'où irait son goût pour le sacrifice.

– Tu l'aimes encore, ou quoi ?

– Tu ne peux pas comprendre.

– Moi, fit Jess, à ta place, je le laisserais crever.

8

Les Larrons avaient puisé abondamment dans les vieilles crèches de l'étable Petit-Jean pour se fournir en planches et chevrons. Ainsi que des fourmis infatigables, ils avaient conduit leur butin dans le bois de Vidale. Une fois à pied d'œuvre, le plus difficile restait à faire : monter les charges dans le chêne. On usa de tous les moyens. Par le treuil de fortune, les enfants hissèrent les pièces de bois les plus lourdes. Quant au reste, il fut acheminé par les échelles. Seules les filles furent épargnées. Les garçons comptaient sur elles pour préparer les repas. Solange et Lucie leur offrirent des poissons blancs grillés, des lapins de garenne pris au collet, des patates cuites sous la cendre.

Ainsi s'organisait le clan, dans ses retranchements. A certaines heures du jour, la bande parvenait presque à oublier qu'un cordon ombilical la reliait encore au village, à leurs familles. Il semblait alors que le monde civilisé s'était éloigné d'eux, qu'ils étaient, tous, reclus sur une île déserte, et qu'ils devraient leur survie aux seules ressources de la nature. Mais, à la nuit, chacun s'en retournait dans sa maison, sa vraie maison, et perdait alors l'illusion de la liberté.

– Bientôt, il faudra que nous nous installions à demeure, suggéra Moineau.

– Tu veux dire passer la nuit là-haut ? reprit David.

– Oui, insista Moineau, si l'on veut que le Gniaf ne s'en empare pas. Sinon, il n'aura qu'à prendre nos échelles...

Ils se regardèrent, effarés. A coup sûr, le Gniaf tenterait quelque chose.

– Moi, je ne pourrai pas, prévint Cyril. Mes grands-parents n'accepteront jamais que je passe la nuit dehors.

Moineau rigolait devant aussi peu de témérité. C'est bien une peur de Parigot, pensa-t-il. Mais, dans le clan, ses railleries n'obtinrent guère le succès escompté. Rémi et Guy pensaient à peu près la même chose. Et même Maxime, le chef, reconnut qu'on ne pourrait exiger un tel sacrifice des Larrons. Alors, on évoqua toutes les possibilités pour empêcher l'ennemi d'investir la place. Enlever les échelles ? Mais c'était compter sans l'agilité des Dénicheurs. Poser des pièges ? Les Larrons craignaient les réactions après coup. Fabriquer une trappe dans le plancher ? Un simple oubli, et la ruse risquait de se retourner contre eux.

Sans préjuger de ce que leur réserverait l'avenir, la bande se remit à l'ouvrage, le lendemain. L'installation du plancher de la cabane demanda moins de peine qu'il n'en avait fallu pour transporter les matériaux. Scier à la demande, ajuster, clouer, cela se fit dans l'allégresse. Les Larrons avaient hâte de voir le plan de leur future maison prendre forme. Et disposer enfin d'une plate-forme solide et fiable était la première récompense de leurs efforts. Ils pouvaient enfin s'asseoir confortablement au cœur du grand chêne, admirer les alentours, le ciel et la forêt, contempler le miroitement de la lumière dans les ramures, écouter le bruissement du vent dans les feuillages. Pour fêter l'événement, on fit monter les filles. Instinctivement, la grande Solange s'assit face au vide, les jambes pendantes, comme elle le faisait dans la grange Petit-Jean, pour montrer aux garçons qu'elle n'avait pas froid aux yeux. Elle suggéra même qu'on lui bâtît, par la suite, une dunette, plus haut encore. Maxime désapprouva cette idée. Les branches étaient trop frêles à ses yeux, si peu portantes. Et Moineau décréta que la cabane était assez haute pour constituer un poste de veille idéal.

Maxime expliqua comment il voyait, ensuite, le reste de l'ouvrage.

– Il nous faut des murs pour nous protéger, et un toit…

– Des murs et un toit ? Et quoi encore ? fit David. Moi je trouve que c'est très bien comme ça. Juste des rampes pour ne pas tomber dans le vide.

Maxime reconnut qu'une rambarde était nécessaire. Guy et David descendirent chercher des barres de châtaignier, longues et droites. Une fois qu'ils les eurent ajustées, chacun reconnut qu'on se sentait désormais mieux protégés. Et Maxime – dont les qualités d'architecte n'étaient plus à prouver – montra comment en disposer verticalement, pour former ainsi l'armature de la future maison. Les garçons en ajoutèrent tant et tant, liées entre elles au fil de fer, et si solidement, que Moineau s'écria :

– On se croirait dans une cage !

Les Larrons rirent de la remarque tant elle leur paraissait juste. Le nouvel aménagement avait l'inconvénient de rétrécir visuellement l'espace de leur maison. Mais Cyril suggéra alors qu'on garnît l'armature de bois de roseau tressés. Ça ne manquait guère, à l'étang des Chassagnes. Il suffisait de faucarder les plus longues tiges et de les lier entre elles, comme le faisaient les chasseurs pour épier les canards sauvages. Maxime reconnut que l'idée était séduisante.

– J'avais pensé aux genêts des Clauds, dit-il. Mais les roseaux, ce sera parfait.

– Et le toit ? demanda Rémi. Tu ne voulais pas en faire un aussi ?

– Pourquoi un toit ? s'inquiéta Lucie. C'est aussi bien de voir le ciel.

– Et au moment des pluies ? As-tu pensé à ça, grenouille ! s'écria Rémi.

– Que nous importe ! ajouta Solange. Puisque nous serons à l'école…

Elle s'était juchée sur une fourche haute, et rêvait encore à sa dunette que les garçons ne voulaient pas lui construire.

– Ce sera chouette d'entendre le vent d'orage secouer les branches, et la pluie fouetter les feuillages, tandis que nous serons bien à l'abri, dit Cyril. Vous ne croyez pas ?

Moineau haussa des épaules. C'était une poésie à laquelle il n'était guère sensible. Pas plus d'ailleurs qu'à la perspective de passer des heures allongé sur le plancher, avec les filles, à flemmarder ou, pire, à jouer aux grandes personnes. Ce dont il rêvait, c'était de joutes mémorables avec les Dénicheurs.

– Il nous faudra armer la citadelle, fit-il.

– Armer la citadelle ? reprit Cyril.

– Que ferons-nous, imbécile, lorsque le Gniaf et le Chèche attaqueront ? Vous ne pensez à rien, ajouta-t-il en prenant le reste de la bande à témoin. Après, ce sera trop tard. Ainsi ont péri les seigneurs, dans le confort de leur château...

Les Larrons l'observaient en silence. La paix n'avait-elle pas été conclue avec les Dénicheurs ? Ils régnaient dans les ruines du château de Rilhac, entre les souterrains, les caves obscures et les remparts malaisés. Et personne ne songeait plus à contester leurs possessions.

– Il nous faut monter des pierres, ici même, pour les jeter sur les assaillants, et des sacs de petits cailloux pour armer nos lance-pierres, insista Moineau...

Solange descendit aussitôt de son nid-de-pie.

– Qu'est-ce que tu racontes ? Ça nous intéresse pas, tes histoires.

– Elle a raison, dit Maxime. Ici, c'est une maison paisible, juste pour se retrouver ensemble, bien tranquillement, entre nous.

Moineau balançait la tête. Il savait, lui, ce qu'il en coûte de s'abandonner ainsi à la paresse, au lieu de préparer la guerre.

– Dès que le Gniaf va apprendre que nous occupons le territoire du bois de Vidale, il aura plus qu'une idée, c'est de nous le reprendre. Je le connais, le saligaud. J'ai payé pour apprendre.

– Y en a marre ! s'éleva Lucie à son tour. Tu ne penses qu'à ça ! En découdre...

– Faut grandir, mon petit, renchérit Solange.

Le garçon chercha dans le regard de ses camarades quelque acquiescement, n'en trouva guère. C'est à cause des filles, pensa-t-il. Elles les ont rendus doux comme des agneaux, mes fiers Larrons !

– J'ai pas envie de jouer au papa et à la maman, rigola-t-il.

Cyril s'était allongé sur le dos et contemplait le bleu du ciel. Il n'entendait plus les disputes de ses voisins, tout absorbé par sa réflexion. Pourquoi ne m'écrit-elle pas, comme elle me l'a promis ? Ça fait déjà une semaine que je suis sans nouvelles. Pourtant, n'a-t-elle pas juré qu'elle m'aimait, que j'étais sa seule raison de vivre ? Décidément, les grandes personnes sont bien compliquées.

– Nous sommes des explorateurs, expliqua Rémi. Sur une île déserte. Nous avons construit notre maison dans l'arbre pour échapper aux bêtes sauvages. Il en est plein partout, qui grouillent dans la forêt. Aussi, nous devrons veiller à nous déplacer en groupe. Jamais seuls. Et surtout, nous appliquer à tout bien observer. Poser nos pièges sur le passage des grands gibiers, nos lignes dans la rivière. Peut-être que les sauvages occupent les falaises. Dans les grottes. Ça se fait, parfois. Ce sont des sauvages mangeurs d'hommes. Vous avez entendu parler de ça ?

Maxime trouva l'idée épatante.

– Il faut fabriquer des arcs et des flèches. Au cas où les sauvages nous attaqueraient.

Un matin, de fort bonne heure, Cyril trouva sa grand-mère en larmes dans la cuisine. Elle feuilletait un gros livre noir. Dès son entrée, elle le referma aussitôt et le glissa sur l'étagère du haut.

– Où est grand-père ?

– Tu vas prendre ton petit déjeuner...

– Je veux voir grand-père, insista Cyril.

Nul n'était plus secret qu'Armande. Seul grand-père lui dirait enfin ce que cachaient tous ces gestes. Cyril le dénicha dans sa serre. Le vieux Ponchelle feuilletait un *France-Soir*. En première page s'étalait une galerie de portraits.

– Qu'est-ce que c'est, grand-père ?

– Les hommes du gouvernement, répondit-il, énigmatique.

Cyril scruta les visages. Il y en avait pour tous les goûts. Des chauves. Des gros. Des maigres. Des barbus.

– Ce sont eux qui nous commandent ?

Le vieux se racla la gorge.

– M'est avis qu'ils auront du mal à régler la question algérienne. Quant à nos affaires, mon petit, c'est le dernier de leur souci.

– Qu'est-ce que tu voudrais qu'ils fassent pour toi ?

– Augmenter la retraite des vieux.

– Suffit de leur demander.

Emile ricana en hochant la tête.

– Ils préféreront augmenter leur traitement. Je connais la musique, mon petit.

– Ils sont pas beaux.

– Des crânes d'œuf, ironisa-t-il. En attendant, il nous faudra les supporter.

Emile referma son journal et descendit de son tabouret, où il aimait se jucher pour être à hauteur de sa longue table d'expérimentation. C'était là, au milieu des tubes à essai, des éprouvettes graduées, des pipettes, des pinces, des scalpels, des loupes et des compte-fils, des porte-aiguilles et des lames de microscope, qu'il aimait à rêvasser. Tantôt il allait admirer ses vieilles collections d'herbiers, de papillons et d'insectes, tantôt il consultait ses vieux livres de botanique, dont *La Vie des plantes* de Bocquillon – un ouvrage de 1871 qui était sa fierté de collectionneur –, sans oublier l'ensemble des écrits de Jean-Henri Fabre sur le peuple des insectes. Ainsi, le vieil homme s'évadait du quotidien, qui ne lui offrait, par ces jours douloureux, que des sujets d'inquiétude. Rien ne le déchirait plus que les larmes d'Armande, le silence pesant du soir, le tintement nocturne de la pendule. « Nous avions tout pour être heureux, répétait Armande dans l'étranglement du chagrin, et voilà que le malheur s'abat sur nous. » Et si Emile ressentait au tréfonds de son âme la même douleur, il ne supportait pas qu'une voix familière vînt la commenter. « Que t'apportent ces paroles ? se défendait-il. Sinon à tourner encore une fois le couteau dans la plaie... »

Emile guetta le rire de son petit-fils devant les bobines des politiciens du moment. Et il partagea avec lui quelques secondes d'un ravissement sans importance.

– Jette donc ce journal !

Cyril ne s'intéressait, au reste, qu'à la dernière page, celle des caricatures, des mots croisés, des rébus et des aventures de Chéri Bibi. Soudain, pour faire plaisir à son grand-père, il chiffonna le journal.

– Pourquoi l'achètes-tu, alors ?

– On a besoin d'espérer, fit-il avec une moue de dédain.

– Espérer quoi ?

– En de bonnes nouvelles.

– A l'augmentation de ta retraite des vieux ?

Emile éclata de rire.

– Allez ! Je ne me plains pas trop. Il y a bien pire, dans la vie, que nos allocations de misère. Et puis, que veux-tu, c'est tant pis pour moi. J'avais qu'à travailler plus. Aujourd'hui, je disposerais de beaucoup d'argent.

– Papa prétend que le travail n'a jamais enrichi personne.

– Il a peut-être raison, admit Emile. Mais tout le monde n'est pas doué pour les affaires mirobolantes et qui enrichissent son homme en un temps record. M'est avis que ton cher papa bénéficie de toutes ces qualités. D'ailleurs, il a choisi de vivre en

Amérique, ce n'est pas pour rien. Là-bas, c'est le paradis des self made men...

– Ça veut dire quoi ?

– Des gens qui réussissent en partant de rien. Comme ton père. Dans notre vieille Europe, les fortunes se construisent, patiemment, génération après génération. Et parfois se défont en un clin d'œil. Chez nous, le riche, le très riche, cache ses richesses, dissimule son bonheur. Il est même un proverbe qui dit : « Pour vivre heureux, vivons cachés »... Alors qu'aux States, mon petit, c'est tout le contraire. Le dollar s'étale au soleil. Et nul n'éprouve la moindre honte à amasser beaucoup d'argent. Ce culte du profit provient sans doute de l'histoire des Américains. Une histoire qui se résume à l'épopée des pionniers.

Cyril écoutait tristement les explications de son grand-père. Elles réveillaient en lui une déchirure profonde. Il ne se passait pas un jour sans qu'il s'interroge sur l'absence de ce père pour lequel il éprouvait un mélange de haine et d'amour, de répulsion et d'admiration. Tantôt il louait son courage pour avoir osé quitter la France, tantôt il le jugeait d'une lâcheté sans bornes d'avoir abandonné femme et enfant. Ses sentiments intimes changeaient d'une heure à l'autre. Et si tous ses rêves l'emportaient vers l'Amérique, les tristesses de sa petite maman le reconduisaient sur le Vieux Continent. Ainsi se trouvait-il écartelé entre deux mondes, figurés par la discorde d'un père et d'une mère. Arriverait-il, enfin, ce grand jour où les deux continents seraient accordés, où l'on tendrait une passerelle sur l'océan ?

– A quoi sert-elle donc, la fortune de mon père, s'il est incapable de nous aimer, maman et moi ?

Le vieil homme ne sut que répondre. Il ne s'autoriserait jamais à critiquer le choix de Guillaume Fontenois devant l'enfant, sachant sans doute qu'il est des paroles proférées sous le coup de la colère ou de l'exaspération qui deviennent irréparables.

– Tu ne dis rien ?

– Je ne sais pas.

– S'il ne s'agissait pas de mon père, je suis sûr que tu aurais le jugement acide, comme pour le gouvernement.

La main d'Emile caressa la nuque de son petit-fils. Son intelligence, sa lucidité, sa perspicacité l'étonnaient chaque jour un peu plus. Jusqu'à quand pourra-t-on lui cacher la vérité ? se demanda-t-il. Si nous tardons trop, il nous le reprochera à coup sûr. Et nous serons alors bien démunis pour nous justifier...

L'enfant contemplait à la loupe un scarabée dans un tube de verre.

– C'est un coléoptère. Un savant tueur, comme dirait Fabre, capable de paralyser son ennemi en piquant le centre névralgique. Il lui faut beaucoup d'intelligence et de connaissance pour atteindre ainsi les zones ganglionnaires de sa victime. Pourtant, qu'est-ce donc ? Une grosse carapace blindée. Une petite tête. Mais quel effrayant génie du crime !

Cyril secoua le tube pour déplacer l'insecte. Puis il poursuivit son auscultation attentive.

– Se pourrait-il qu'un jour ces horribles bêtes deviennent aussi géantes que des dinosaures ?

Le vieux parut réfléchir.

– On ne sait pas ce que nous réserve l'histoire de l'évolution. Tout peut advenir. Un cataclysme, une modification organique du milieu ambiant de la planète. La disparition de l'espèce humaine. Le peuple des insectes occuperait alors l'espace ainsi libéré. Ce serait une terrible transformation. Dieu permettrait-il cette catastrophe ?

Le garçonnet sourit.

– Tu crois en Dieu, toi ?

Le vieux ne sut que dire. Il ne se sentait guère armé pour défendre la moindre thèse.

– Pourtant, la planète a été envahie par les grands sauriens. Et on ne peut croire que Dieu aurait voulu cela, la prolifération de ces monstres, cruels et hideux.

– En ces temps-là, l'homme n'était pas encore arrivé sur la terre, justifia Emile.

– C'est donc l'homme qui a inventé Dieu ? suggéra Cyril.

– A moins qu'il ne s'agisse du contraire, reprit le grand-père. C'est toute la question.

– Cela veut dire que Dieu aurait dit, alors : « Les lézards géants, ça suffit. Maintenant, installons l'homme. » C'est bien cela ?

– Je ne sais pas.

– Faut-il mettre les dinosaures au compte des créatures de Dieu ?

– Assurément, admit Emile. Du point de vue de la Bible, Dieu a créé le ciel et la terre. Il l'a peuplée de toutes les espèces, puis a créé les premiers hommes. On pourrait ainsi résumer l'histoire de l'humanité. Mais je crois qu'il ne faut pas prendre les Ecritures au pied de la lettre. Sans doute sont-ce des métaphores.

– Qu'est-ce donc, les métaphores ?

– Une manière d'exprimer des choses inexprimables, faute de mots appropriés.

Cyril reposa le tube sec sur la paillasse. Grand-père lui avait interdit de manipuler son microscope. Pourtant il avait envie de voir à quoi ressemblait un œil de coléoptère. L'idée qu'un jour, dans des centaines de millions d'années, les insectes puissent croître au point de devenir aussi énormes que des dinosaures le hantait.

– Veux-tu que nous allions voir mes roses ? suggéra Emile.

Cyril fit la moue.

– Tu ne veux pas comparer les parfums qu'elles dégagent ? Les parfums sont les âmes des fleurs. Et il n'en est aucun qui ressemble à un autre. Comme nous, pauvres humains, du reste. Notre âme ne se peut confondre avec aucune autre, pourtant nous nous ressemblons, à première vue. Nous sommes gais, tristes, indifférents, bref nous ressentons et exprimons des sentiments. Mais, par-delà ces passions de l'âme qui nous sont assez communes, il est une part mystérieuse qui nous est affectée en propre, et qui forge notre différence et notre caractère. Sinon nous serions tous identiques, communs et universellement semblables.

L'enfant le précéda dans l'allée des rosiers. Emile avait palissé les grimpants. Toutes les couleurs s'y trouvaient mélangées. Et les parfums aussi. Seules

les abeilles, sans doute, étaient-elles capables de les différencier.

– Pourquoi grand-mère pleure-t-elle, quelquefois ? demanda l'enfant.

Emile se détourna, ostensiblement, pour que l'enfant ne voie pas la stupeur qui s'était emparée de lui.

– Peut-être ne veux-tu pas me répondre ? dit Cyril. J'ai remarqué que les grandes personnes se défilent de cette manière. Elles parlent abondamment de ce qui les touche d'assez loin, et font silence sur ce qui les préoccupe au plus près.

Le grand-père avait ouvert son couteau pour tailler quelques gourmands au pied d'un rosier. Puis il se redressa en grimaçant.

– Mon Dieu ! balbutia-t-il. Qui donc t'a donné ce don unique de percer les silences ? Ta mère, sans doute. Oui, je veux bien croire que tu tiens ça d'elle. Autrefois, à ton âge, elle possédait ce goût singulier pour les questions impossibles.

– Je crois avoir deviné, fit Cyril.

Il caressait du bout des doigts le velours délicat d'une rose blanche. Le grand-père posa une main sur son épaule.

– Tu as deviné quoi ?

Sa voix parut étranglée par l'émotion.

– C'est à cause de papa et maman. Elle ne supporte pas qu'ils soient si loin l'un de l'autre. Moi aussi, cela m'affecte. Mais, que veux-tu, c'est ainsi. Un jour, nous serons tous réunis. Car mon papa n'est pas aussi lâche que vous le croyez. Il finira par comprendre que nous avons besoin de lui, maman et moi...

– Je le crois aussi, ajouta Emile.

– Voilà ce que tu dois dire à grand-mère.

– Je le lui dirai, promit Emile.

Une après-midi que ses grands-parents s'étaient rendus à la ville, Cyril en profita pour chercher le gros livre noir. Il avait vu Armande le consulter, souligner quelques phrases de gros traits rouges. Et bien vite le cacher. Se pouvait-il qu'il contînt un secret ? Et pourquoi voulait-on l'en tenir éloigné ?

Cyril le déposa sur la table, lut le titre. *Docteur Pierre-Louis Rhem. Nouvelle Encyclopédie pratique de médecine et d'hygiène.* Un signet marquait l'endroit où Armande l'avait ouvert. Cyril nota le mot dans son petit carnet, aussi mystérieux qu'énigmatique : *Leucocytose.* Puis il parcourut l'ensemble du chapitre. C'était une question assez compliquée. Elle traitait de la composition du sang, et du nombre des globules rouges et blancs. Mais Armande avait souligné la partie qui concernait, précisément, l'accroissement anormal des globules blancs dans l'organisme et que les chercheurs nomment *hyperleucocytose.* Lorsqu'il est très accusé, on emploie plutôt le terme *leucémie.* Grand-mère avait encadré une phrase d'un gros trait rouge : « Une augmentation exagérée du nombre de leucocytes signifie que l'organisme ne peut plus réagir et qu'il va succomber. »

L'enfant replaça l'ouvrage sur l'étagère, descendit au Vidale. L'horizon s'était couvert de nuages menaçants. Sans doute un orage se préparait-il. Sur le chemin des Millets, il croisa des charrettes surchargées de foin. On se pressait à la tâche. Un petit vent frais balayait la poussière blanche de la route. Et à peine atteignait-il la rivière que les premières gouttes s'en vinrent frapper en cadence les feuillages des arbres et la terre sèche. Il pensa que les Larrons avaient dû achever la couverture de la maison, et qu'il serait plaisant d'entendre la pluie battre sur les roseaux.

L'averse ne lui laissa pas le temps d'arriver aux sous-bois. Elle le cueillit près du pont romain. Il descendit se protéger sous l'arche de pierre. Cyril savait que les pluies d'été étaient violentes mais brèves. Il se pelotonna parmi les fougères, écoutant le bouillonnement de l'eau sur les galets.

Le changement brutal de la nature environnante ne cessait de l'intriguer. Il lui semblait que l'été s'était soudain effacé, avec sa lumière aveuglante. Les odeurs aussi avaient changé. Les arômes sucrés des champs, et leurs fragrances mielleuses, avaient été emportés par la bourrasque. Désormais s'élevaient de la rivière des odeurs de verdure, de vase, de terre.

C'est comme une puanteur de cave, pensa-t-il. Un roulement intempestif rebondit en écho. Et l'averse redoubla, en rideaux ondulant dans la tourmente. Il se rencogna contre la muraille de pierre peuplée de petites fougères, chercha la nuit, tous yeux éteints, pour échapper au prochain flash de l'orage. Pourtant, Cyril eût gagné à observer la nature, à guetter le frémissement des arbres, jusqu'en leurs profondes racines. Tout autour de lui était saisi de frayeur, depuis que les vents, la pluie, le ciel conjuguaient leurs forces. Il fallait que la colère s'épanche par ses pores. Des éclaboussures d'eau l'atteignaient, des picotements de pluie froide, le plus souvent. L'enfant sursautait de se sentir vulnérable, malgré le rempart qu'il avait mis entre lui et la tempête.

Au plus fort des grondements, la lumière s'obscurcit, jusqu'à rendre l'eau verte et les ormes gris, dans leurs membrures chahutées.

Quelle stupidité, songea-t-il, d'avoir voulu bâtir notre maison dans un arbre ! Il imagina que le vieux chêne avait dû se débarrasser de son fardeau, éparpiller alentour les brins de roseau, les carcasses de bois, ainsi que la mer déchaînée qui enterre les plus fiers esquifs en les drossant sur l'écueil. L'arbre est inhospitalier à l'homme, lorsqu'il doit résister aux éléments. Il jette par-dessus bord ce qui entrave sa résistance. Tout sera donc à refaire, indéfiniment. Mais aurons-nous le courage, une seconde fois ?

Un éclair fusilla quelque part un arbre dans une odeur de pierre à fusil. Aussitôt, le tambour porta sa voix grave, brisant l'air. Ce dernier assaut du ciel sembla apporter un long silence, avec ses fumées de brume glissant sur la rivière. Cyril se souvint qu'il avait perçu le souffle chaud de l'éclair, puis la dépression de l'air, comme une aspiration. Parole de canon. Et l'on dénombre les morts, se dit-il. Tout est champ de bataille, désormais.

Il grimpa sur la berge, malgré que la pluie continuât à tomber par petits grains. Cyril avait besoin de sentir cette fraîcheur sur sa peau, cette caresse frileuse du jour renaissant. La lumière, peu à peu, s'en revenait, par diaprures colorées. C'étaient des lavis, plutôt, qui s'écoulaient du ciel, comme si les nuages détrempés s'amenuisaient en décolorations infinies.

Il courut jusqu'au bois, sans s'arrêter, flairant à pleins poumons les transpirations de la terre et du ciel. Et lorsqu'il fut sous les grands arbres, dans l'humide ventre du sous-bois, peuplé de craquements de bois mort, de froissements de feuilles, il s'arrêta net. La bataille avait essaimé ses victimes, fougères échevelées, feuillages grappillés, fleurs brisées.

– Ohé, les Larrons ! cria-t-il. Où êtes-vous ?

Peut-être s'étaient-ils réfugiés vers les falaises. Peut-être avaient-ils été versés par-dessus bord, au plus fort de la tempête.

Cyril atteignit le grand chêne et vit, en dressant la tête, la cabane intacte sur son assise de fortune. Le visage échevelé de la grande Solange apparut au bord de la plate-forme.

– On s'est fait doucher ! Sérieux ! cria Maxime.

Cyril escalada les échelles. Ce que j'ai pu être stupide, se dit-il. Ce n'est rien qu'un orage. Un petit orage.

– J'ai eu peur pour vous, avoua-t-il, essoufflé.

– Nous, on a bien aimé, fit Moineau.

– A part que la toiture est à refaire, dit Lucie.

– C'est rien, tempéra Maxime. A l'avenir, il faudra ajouter plus de roseaux, si nous voulons rester au sec.

9

A la coupure de midi, l'ingénieur convoqua Jess dans un bureau de la mairie. Léonce Dandrey avait mis à la disposition de la Compagnie un espace où installer plans, machines à écrire, registre des cadastres et livres des acquisitions foncières. Ainsi le chef disposait-il de tous les éléments à portée de main pour officier.

Manciet accueillit son conducteur d'engins d'un sourire jovial. Ce n'était pas si courant pour qu'on ne pût le remarquer. Jess poussa un grand soupir. On ne savait jamais à quoi s'en tenir avec ce genre de patron, alors qu'une convocation en bonne et due forme, d'ordinaire, ça sentait plutôt le roussi. Elle était longue, la liste des mises à pied pour une peccadille, des amendes et des avertissements. Et le capitaine, tout fiérot qu'il était, ne se jugeait jamais sans reproches.

– Asseyez-vous donc, Mangin. J'ai à vous parler d'une affaire délicate...

Sur l'instant, Jess craignit que l'ingénieur n'évoquât ses relations avec la femme de Choisne. Il était plus d'une personne à Rilhac qui avait remarqué sa persistante présence aux Régâts, le fameux coup de main qu'il avait apporté à Adée. Sans ce singulier acte de générosité, les Choisne eussent eu leur foin encore dans les prés. Et personne ne pouvait croire, raisonnablement, que l'ouvrier de la Compagnie donnait ainsi son temps et son travail sans contrepartie.

– Une affaire délicate ? reprit le capitaine. Qu'ai-je fait, encore ?

L'ingénieur éclata de rire. Il se sentait plutôt flatté de découvrir, chaque fois, combien sa méthode était bonne, lorsqu'il s'agissait de rendre l'ouvrier craintif à l'entretien. Il se leva pour servir deux tasses de café. Un café plutôt corsé, tenu au chaud dans une Thermos. Ce breuvage l'accompagnait, été comme hiver, jusque sur les chantiers. Chacun prit le temps de le déguster, en silence.

– Vous, mon cher Mangin, rien ! Sinon que vous êtes intéressé à notre affaire en tant que témoin.

– Témoin de quoi ?

Manciet se racla la gorge. A son air mielleux, le capitaine comprit que la conversation n'était pas facile à engager.

– En deux mots, se décida l'ingénieur, on m'accuse pour ce malheureux sarcophage d'avoir évité une enquête archéologique. Selon mes détracteurs, j'aurais dû convoquer le ban et l'arrière-ban des sommités.

Jess fit une moue désabusée.

– Tout ça pour un macchabée ?

Le patron hocha la tête.

– Souvenez-vous, car vous serez sans doute interrogé sur la question : nous n'avons fait que remettre l'auge en place avec son contenu, sous une bonne tonne de terre.

– En effet, confirma Jess.

– Si bien que les enquêteurs n'auront plus qu'à le rechercher là où il est, le sarcophage. Et le déterrer, de nouveau, si bon leur chante. N'est-ce pas ?

Jess confirma d'un sourire.

– Vous voudriez qu'on le sorte ?

– Moi, je ne veux rien. Moi, je ne souhaite qu'une chose, que les travaux de construction du château d'eau commencent au plus vite.

– Ça pourrait retarder ? s'inquiéta le capitaine.

L'ingénieur ricana en fixant son voisin dans les yeux.

– Vous êtes un type heureux, Mangin, n'est-ce pas ?

– Je me plains pas.

– Savez-vous pourquoi vous êtes heureux ? Parce que vous n'avez aucune responsabilité. Dans ce putain de pays, il y a deux sortes de gens : ceux qui ont des responsabilités, et les autres. Les autres, des gens comme vous, on ne leur demande jamais rien. A part au moment des élections. C'est-à-dire choisir entre la peste et le choléra. Les cabinets ministériels passent, et l'administration reste. En vérité, ce sont les administratifs qui nous emmerdent le plus. Moi, je les hais, ces gens-là. Ces empêcheurs de tourner en rond. Vous me comprenez ?

Jess offrit l'air le plus dubitatif qui fût.

– A dire vrai, admit le capitaine, je m'en fous. Pourvu que j'aie une bonne paye à la fin du mois...

– Certes, certes. Mais l'enquête va tout arrêter. Plus de boulot.

– Ça nous empêchera pas de creuser les tranchées. La grosse conduite avance plutôt bien, non ?

– Et à quoi servira-t-elle, nom de Dieu, si l'on ne peut y faire passer l'eau ? Sans le surpresseur, autant pisser dans un violon !

Le capitaine fit mine de compatir aux souffrances de son ingénieur. C'était plutôt un bon point pour lui, de montrer qu'il se sentait concerné par l'affaire.

– Et le maire, qu'en pense-t-il, lui ?

– Ce grand con, comme dirait le vieux Choisne ! Il se rangerait plutôt du côté de l'administration. Pas de vagues...

Un silence s'installa dans le bureau de la petite mairie de Rilhac. Au mur, il y avait un vieux portrait de René Coty. Un homme imposant, dans son costume à grosses rayures. Jess posa le regard sur ce visage placide. Il ne lisait aucun journal depuis son retour d'Algérie, et se fichait éperdument de l'évolution des événements. Et il lui semblait aussi que monsieur Coty s'était fichu de sa République, de ses généraux, de ses cabinets ministériels...

– Et lui, qu'en pense-t-il, de l'eau à Rilhac ? ironisa le capitaine.

L'ingénieur dressa le regard vers le portrait de l'ancien président de la République.

– Je ne l'avais pas vu. On a dû oublier de le décrocher, celui-là, pour mettre de Gaulle en lieu et place. Qu'importe. D'ailleurs, ce fut un homme que personne ne remarqua. Vous ne croyez pas ? Il est transparent comme une méduse.

Manciet quitta son siège d'un bond. Il avait des fourmis dans les jambes. Son genre, c'était plutôt les chantiers, les grands salons, les terrains de golf. La paperasse l'ennuyait, tout autant que la compagnie des contrôleurs de tous crins, les agents préfectoraux, les représentants du Trésor, les commissaires aux marchés publics...

– Moi, Mangin, je suis un créatif. Ce qui me chaut, c'est de bâtir. On m'a formé pour le progrès. C'est le nerf essentiel d'une société. Gardons-nous des timorés, des coupeurs de cheveux en quatre. Ceux-là, voyez-vous, ce qu'ils veulent, c'est bloquer la machine. Comme aujourd'hui... Pour un putain de sarcophage !

Le capitaine fit pivoter son siège.

– Je vous le sors de la fosse en un coup de cuillère à pot, promit-il.

– Ce n'est pas tout, fit l'ingénieur.

Il passa sa main sur sa chevelure, arrangea le nœud de sa cravate.

– On m'accuse aussi d'avoir soustrait un objet de valeur. Vous rendez-vous compte, Mangin ? Paraît-il qu'il y avait dans la tombe un trésor archéologique de la plus haute importance...

– Je ne sais pas, monsieur.

– Vous ne savez pas. Moi, je sais. Il n'y avait rien. Sinon un squelette. Un misérable chrétien.

– Si vous le dites, monsieur l'ingénieur.

Manciet posa la main sur l'épaule de son conducteur d'engins.

– Ce n'est pas à moi qu'il faudra le dire, mais aux enquêteurs.

Jess fixait la pointe de ses rangers.

– Il y avait aussi Diego et Lescurat...

– Diego n'a rien vu. Et Lescurat ne se souvient pas.

– Alors, moi non plus, je n'ai rien vu.

L'ingénieur poussa un grand soupir et courut se rasseoir à son bureau.

– Je vois que je peux compter sur mes hommes.

Le capitaine hésita à quitter la pièce. Pourtant, il était manifeste que l'entretien se trouvait achevé, et qu'il n'avait plus qu'à se retirer.

– Je voudrais profiter de l'occasion pour vous parler de Choisne... avança Jess.

– Choisne ! répéta l'ingénieur. Aucun problème. Nous l'avons contourné, l'animal. Et la grosse conduite traverse ses terres. Vous m'avez aidé. Très bien. Très bien. Continuons.

– Rien ne dit que la bête ne se réveillera pas. Elle sommeille encore. Mais je crains, tout de même.

Manciet éclata de rire. Il était extraordinaire, ce petit Mangin, avec ses larges épaules de lutteur, et son air de ne pas y toucher. Où avait-il appris tant de psychologie ? En Algérie ? Au bled ? Son certificat de bonne conduite attestait qu'il s'était battu pour la France, admirablement. Maintien de l'ordre. Ratissage. Nettoyage. Qu'avait-il retenu ? Que l'on doit obéissance à ses chefs, en toute occasion, dans l'honneur et dans le mensonge.

– Vous êtes incroyable, Mangin ! Si le misérable prend un coup de bambou, vous y serez tout de même pour quelque chose, non ?

Jess fronça les sourcils.

– C'est un instable, un velléitaire, un...

– Cocu ! s'exclama l'ingénieur. Vous courtisez sa jolie femme. Comme je vous comprends ! Le sang, la sève, la vie parlent en vous. Mais gare. Passe encore qu'on l'oblige à accepter nos engins sur ses terres, mais qu'en plus on baise sa femme, non, non. C'est incorrect. Mais...

Manciet s'en revint poser une main apaisante sur l'épaule de son ouvrier.

– Je n'ai pas à vous juger. C'est privé, voyez-vous. Complètement privé.

– Il ne s'est rien passé entre nous, avoua Jess d'une petite voix qui ne lui était guère habituelle.

Le capitaine avait plutôt la réputation de parler haut, fort, et de fanfaronner, surtout sur ses aventures féminines.

– Mon œil, oui, fit l'ingénieur en touchant de l'index sa paupière.

– Vous ne pouvez imaginer ce que cette femme endure, jour après jour...

Manciet haussa les épaules. Il s'était appuyé au bureau, les jambes écartées devant son voisin, comme pour le dominer de sa hauteur de chef.

– Vous la consolerez, mon cher Mangin. Je n'en doute pas. Vous êtes un chaud lapin. Un forniqueur, non ? Allez ! fit-il en mimant le geste du prêtre administrant l'absolution.

Il n'était rien de plus désespérant pour Jess qu'on lui attribuât des exploits qui n'existaient pas. Le village – la rumeur générale – et les idiots de la Compagnie voulaient absolument qu'il fût l'amant d'Adée Choisne. A la vérité, le capitaine ne souhaitait rien de plus que cette conquête, mais comme elle n'était pas effective, et qu'il ne pouvait en convaincre son entourage, cela lui glaçait l'âme.

Il se disait : Bon Dieu ! Tu as perdu la main. Tu es comme don Juan, en fin de carrière. Vantard et fanfaron, devant la longue liste des victimes supposées ou attribuées. Tout ce qui lui restait pour son honneur était précisément de ne pas se mentir à lui-même. Il n'y avait pas plus lucide à Rilhac, même au sortir du café Brunie, à l'heure tardive.

– Es-tu son amant, oui ou non, beau capitaine ? demanda un soir Adélaïde.

Comme Jess ne lui répondait pas, la tenancière l'attira dans sa resserre, là où elle rangeait ses casiers de vin, ses réserves de spiritueux. Il n'était qu'une pâle ampoule pour éclairer le décor, pendue au bout d'un fil torsadé et poivré de chiures de mouches.

– Tu peux le dire, à moi qui suis trop vieille.

Il voulut l'embrasser pour lui montrer qu'il aimait les femmes, indifféremment jeunes ou vieilles. Mais Adélaïde était trop intelligente pour donner foi à un beau parleur comme Mangin. Aussi le repoussa-t-elle, d'un petit geste résolu.

– Ne fais pas l'enfant, Jess. Il n'est rien de pire que la singerie en cette matière. Et je te respecte trop pour ne pas te croire sincère, jusqu'au bout des ongles.

Le capitaine éclata de rire.

– Pourquoi te ferais-je des confidences ? Tu te presserais alors de les colporter dans le pays !

Adélaïde abaissa les yeux.

– Tu n'es donc pas encore son amant. Je le vois bien. Et je te crois, beau capitaine. Pourquoi se refuse-t-elle à toi ? C'est incompréhensible.

– Adée est une singulière bonne femme, fit-il dans un soupir.

– J'ai compris, fit Adélaïde.

– Quoi donc ?

– Elle veut quelque chose en échange, devina Adélaïde. Oh oui, insista-t-elle d'un mouvement de tête. Comme je comprends ça ! Adée n'est pas femme à s'offrir pour rien.

Ce soir-là, Jess quitta le café Brunie avant son heure habituelle. Il n'avait pas supporté cet interrogatoire, encore moins qu'il fût l'œuvre d'Adélaïde. Elle était, sans doute, la seule personne qu'il estimait à Rilhac. Mais tant de prescience, en elle, d'intuition divinatoire, avait de quoi l'effarer. Elle était l'oracle des dieux, à ses heures, annonciatrice de malheurs. Pour le coup, l'ingénieur eût clamé que si les dieux, précisément, se plaisent à tisser nos malheurs, c'est pour que l'homme en fasse des chants sublimes. Cela l'arrangeait bien, Manciet, en vérité, que le héros de ces événements fût tombé dans les griffes d'Adée. Et s'il ne voyait plus en son ouvrier qu'un fornicateur engagé sur la mauvaise pente, là où le désir fourbit ses sacrifices, c'était parce que son culte naturel du drame atteignait enfin son paroxysme. Tout devait ainsi s'accomplir par l'amour, selon les règles antiques. Et qu'Adée se refusât à son héros, pour le moins momentanément, n'était qu'une péripétie.

En parcourant, dans la nuit moite, les ruelles de Rilhac, Jess ne cessait de tempêter contre cette rage amoureuse qui le taraudait. Il était comme un chat de gouttière sur la piste des femelles. Et pour le coup, il eût tout aussi bien pu renverser Adélaïde, quêter son regard chaviré et ses gémissements. Elle eût donné le change, certes. Mais quel désordre, ensuite, dans le landernau ! Il n'est point d'âge pour l'amour, sinon la honte des suspicieux et des contempteurs. Nous sommes des animaux, parfois, avec de nobles sentiments, se disait Jess, qui avait fréquenté tous les bordels d'Alger, même aux heures où les bombes explosaient dans les arrière-cours, où la chair se dispersait sur le pavé.

Il atteignit la place du Turenne, avec ses grands platanes. Les vieux jouaient aux boules près des vespasiennes. D'autres gens, sur les bancs publics, se distrayaient aux allées et venues des passants. Et des garçons et des filles, assis sur le bord d'une fontaine, miaulaient comme des matous en chaleur. Rien ne se pouvait accomplir, que les caresses, les baisers, les rires dérangés. De superficielles prières amoureuses avec leurs rites adolescents. Jess s'en amusa un moment, jusqu'à ce que la douleur le reprenne.

Au Turenne, il commanda une bière et un cognac, but la moitié de son verre pour y verser l'alcool. D'un geste, le capitaine appela le serveur. Le garçon à la chevelure brune, passée à la gomina, lui fit comprendre qu'il ne pouvait lui fournir ce qu'il demandait.

– Gisèle, des fois, oui, Gisèle, dit-il avec son air de faux jeton, traîne par ici. Mais ce soir…

Son regard balaya la salle. Il n'y avait rien. Ni Gisèle, ni Mimi. Rien qui pût conduire le client au premier, dans une de ces chambres crasseuses fleurant le sperme.

– Rilhac, c'est le désert ! lança Jess. Comment faites-vous, mon ami, pour tirer votre coup ?

Le type fronça les sourcils. Il n'aimait pas les mots trop hauts, les idées qui dépassent l'ordinaire. Je ne veux voir qu'une tête, disent les adjudants lorsqu'ils dressent les recrues dans les cours de caserne. Rilhac, décidément, ressemblait à une cour de caserne.

– Monsieur, monsieur, fit-il en cherchant à récupérer au plus vite le verre vide, ici, tout le monde possède sa moitié.

– Et celui qui est sans sa moitié, ricana Jess, comment fait-il ?

– Il la cherche. Rien de plus naturel, monsieur.

En repassant, place de l'église, rasant les murs, il vit Choisne au milieu des poivrots. Ce soir, mon salaud, se dit le capitaine, je ne te ramènerai pas. J'en ai assez de jouer les chaperons. Que la noce s'accomplisse. En attendant l'aube en robe de safran, eût dit Manciet… Je m'en vais rôder sur les terres périlleuses.

Jess descendit à la serve. La nuit était encore claire, bien que la lune fût dans son demi-quartier. Il s'y reposa un moment. Au fond du pré, on distinguait la silhouette des machines, comme des insectes géants. Et la saignée rouge qui traversait le champ. Parmi les odeurs de la nuit rôdaient des effluves de gas-oil et d'huile brûlée. Les conduites en fonte, dans l'attente d'être posées, se dressaient en l'air comme autant de canons menaçants. Les lieux avaient l'apparence d'un champ de bataille, mais ce n'était rien d'autre, pourtant, que l'empreinte lyrique du progrès. La terre, lourde et grasse, gorgée d'eau souterraine en cet endroit, ne se refusait guère aux machines. Et le rocher était rare, si peu résistant. Une trame de fond qui se labourait dans un grondement résigné.

Le capitaine descendit aux Régâts, comme un somnambule. Il eût pu fermer les yeux, ignorer les obstacles du chemin, rien ne s'opposait à lui. Il faisait corps avec la géographie de la nuit. L'odeur d'étable et de foin lui rappela qu'il touchait au but. C'était, là, le réduit obscur de Choisne, le périmètre des haines et des peurs. Un nuage vint à point nommé pour obscurcir la nuit. Le ciel, enfin, s'accordait à son âme. Et lorsque son poing vint marteler la porte de la cuisine, le capitaine attendit, cœur battant.

– Qu'est-ce que tu fais là ? demanda la voix douce, un peu basse, d'Adée.

Elle avait surgi des tonnelles, comme un papillon de nuit, dans sa camisole jaune. Sa chevelure flottait sur ses épaules.

– Je suis venu te voir. Car je me languissais de toi.

Elle rit, soudain. C'étaient des mots, presque étrangers.

– Et Choisne ? Tu ne l'as pas ramené, ce soir ?

– J'avais envie de te voir en son absence. Sa vue me pèse.

– Rien ne l'empêchera, tout de même, d'exister entre nous.

Jess se laissa tomber lourdement sur le banc, près du mur. Et Adée s'approcha, d'un mouvement lent et voluptueux. Ses mains jouèrent avec sa chevelure. Dans ces instants, il pouvait oublier qu'elle était une esclave, dévouée corps et âme à son maître.

– Combien de temps qu'il ne t'a point touchée ?

Adée devint grave. Elle avait besoin de lui dire la vérité, qu'il avait tenté, encore une fois, ne serait-ce qu'hier encore, de la renverser au milieu de l'étable, puis avait renoncé. C'est comique, tout de même, un homme s'escrimant à l'amour. Un peu pathétique, aussi. Car il lui avait donné du plaisir, jadis, tout Choisne qu'il était. Et cela, tout de même, le temps ne pourrait l'emporter. Des souvenirs de frissons et de griffures.

Jess l'écouta sans l'interrompre, se déchirant la peau autour des ongles, pour apaiser son angoisse.

– Tu m'avais juré qu'il ne te toucherait plus. C'était comme un pacte entre nous. Je ne peux supporter que ses mains te caressent. Et, pire encore, qu'il te pénètre.

Le capitaine entendit son soupir. Rien n'empêcherait jamais que le vieux putois fût son mari, qu'il possédât des droits sur elle, qu'il exerçât ses devoirs, et qu'elle dût s'en satisfaire, quoi qu'il lui en coûtât.

– As-tu vu sa langue, dit Jess, lorsqu'elle passe et repasse sur ses lèvres ? Une langue comme une limace. Et ça bave et ça éructe. Mon Dieu ! Faut-il que tu sois femme, tout de même, pour supporter ça…

Adée vint s'asseoir auprès de lui. Il amena un bras autour de ses épaules et l'attira contre sa poitrine. Dans ces moments, elle n'offrait aucune résistance. Il semblait même qu'elle était offerte, qu'elle démissionnait de ses exigences. Mais il suffisait qu'il posât une main sur un sein, ou qu'il la glissât sous le tissu, pour qu'elle retrouvât toute sa résistance, intacte. Aussi n'osa-t-il point, ce soir-là. Pour ne pas précipiter sa défense. Jess croyait à cette stratégie des petits pas, qui devait l'amener à elle.

– La nuit dernière, j'ai fait un mauvais rêve…

– Un cauchemar ?

– Je ne sais pas ce qu'est un rêve ordinaire, déplora Adée.

– Un cauchemar, insista Jess.

– Choisne était dans une de vos tranchées. Il ne parvenait pas à remonter. Au fur et à mesure qu'il essayait de s'agripper au bord, la terre versait sur lui. Et lorsqu'il finit par comprendre enfin qu'il n'y parviendrait pas seul, sa main s'est tendue vers moi. Tu étais juché sur ton engin, droit sur les pédales. J'ai compris à ton regard que tu n'attendais plus qu'un signe de moi. Choisne jurait, gueulait, tempêtait. Et je ne pouvais me décider à lui tendre la main pour le tirer à la surface. Vas-y ! Tue-le, dis-je. Tue-le. Je croyais qu'il suffisait, simplement, que tu avances sur lui, avec ta machine, pour l'enfouir, enfin, et étouffer ses cris. Mais la terre semblait si mouvante qu'il y nageait comme un diable. Et à mesure que tu en rajoutais, par pelles, dans l'incessant va-et-vient du bulldozer, Choisne remontait, remontait, sans cesse, à la surface.

Pour satisfaire aux besoins de l'enquête administrative, l'ingénieur fit dégager le sarcophage. L'opération s'effectua sans ménagement, malgré les cris du délégué aux Affaires culturelles.

– Nous ne sommes pas des archéologues, se défendit Manciet. Notre style à nous, ce n'est point de chipoter avec des crochets dentaires et des brosses à dents.

Le commissaire du département archéologie haussa les épaules. Il détestait Manciet. Il haïssait cette race d'hommes, imbue d'elle-même, prétentieuse et vindicative. Du reste, l'aversion lui était venue au premier contact. A peine avait-il accepté que l'ingénieur lui serrât la main.

– Vous êtes un massacreur, monsieur, un barbare, oui, un barbare, dans votre genre. On pourrait comprendre une telle attitude chez un de vos ouvriers. Mais je gage, sans me tromper, fit-il en désignant Diego et Mangin, qu'ils auraient plus d'égards que vous devant quelque chose de sacré. Ce qu'on ne comprend pas, on le vénère, n'est-ce pas ? Mais vous, un homme instruit, intelligent, vous prenez plaisir à saccager. C'est de la perversion.

Le maire se tenait à l'écart, auprès de deux gendarmes que le procureur avait chargés d'enquête. Il ricanait doucement. Enfin quelqu'un pour lui rabaisser sa suffisance, se disait-il.

– Vous ne saviez rien ? demanda le chef de gendarmerie Bonneau. Vous n'avez pas été prévenu ?

Léonce Dandrey se recula jusqu'au mur de l'église, puis il fit signe au chef de le rejoindre.

– Pensez donc. Si j'avais connu l'existence de ce trésor, je vous aurais informé. Mieux, j'aurais arrêté les travaux.

Il parlait doucement pour que l'ingénieur ne l'entendît point. Il ajouta :

– Où sont mes intérêts ? Je veux dire, rectifia le maire, les intérêts de ma commune ? Oui. Un tel fleuron archéologique, c'est une aubaine pour nous. Nous l'installerons dans notre église. Et l'on viendra de loin pour le voir, ce bon dieu de sarcophage mérovingien.

Bonneau avait l'air convaincu. Il n'était plus conciliant que les édiles municipaux. Toujours du côté de l'ordre et de la loi.

Le commissaire descendit dans la fosse et demanda à son aide, un jeune homme aux cheveux ras, nez aquilin, cravaté comme un huissier de justice, de dégager le squelette. Le garçon n'était pas des plus courageux. Il se trouvait plus doué pour les fouilles d'archives, la compulsion de vieux parchemins, que pour barboter dans la terre grasse et argileuse de Rilhac.

– Laissez ça, suggéra l'ingénieur. Diego va se faire un plaisir de le retaper, votre macchabée.

Le Portugais avait déjà pris le large, abandonnant pelle et pioche, et se signant comme un capucin. A deux pas, Jess rigolait.

– Allez, Diego ! Au travail... fit Manciet, ricanant.

– Vous ne rirez pas longtemps, monsieur l'ingénieur. Attendez donc de recevoir une convocation, en bonne et due forme, du procureur de la République ! jura le commissaire.

Manciet ôta son chapeau de toile, passa un mouchoir sur son front pour éponger la sueur.

– Je m'en fous ! lança-t-il. Parce que votre affaire ne vaut rien. C'est une broutille. Une petite broutille. Une auge de pierre mérovingienne. Ça court les places de nos villages. Et chaque fois qu'un paysan en déterre une, c'est une sacrée aubaine pour lui, mon cher. Y a rien de mieux pour faire boire les vaches. Ah ! ah ! Je parie que vous n'aviez pas pensé à ça. Si vous en voulez, de ces tombes, allez donc visiter les étables.

Le jeune homme avait déjà brassé quelques poignées de terre et retiré deux tibias, un crâne...

– Monsieur Pierret, s'écria-t-il d'une petite voix fluette, ça va nous demander un temps fou !

Le commissaire fit le tour de la tombe et jugea qu'il fallait la protéger des curieux ou des pilleurs.

Son aide courut chercher des piquets blanc et rouge et cerna la zone des fouilles futures.

– C'est bien là que vous avez trouvé le sarcophage ? demanda Pierret.

Jess confirma d'un mouvement de tête. L'aide déplaça ses jalons afin d'élargir le champ des investigations. Puis il tendit des cordelettes sur les repères, avec un soin extrême.

L'ingénieur avait rejoint Dandrey.

– Eh bien, monsieur le maire, nous voici dans de beaux draps.

L'édile sursauta.

– Parlez pour vous. Moi, j'ai la conscience tranquille.

Les deux gendarmes, en retrait, dans leurs guêtres noires, ne perdaient rien de la conversation. On les avait chargés d'un délicat rapport. Charles Manciet n'était pas le premier venu. Un homme de relations. Le moindre faux pas pourrait coûter une riposte sévère par cabinet d'avocats interposé.

– Mon pauvre Dandrey, vous n'avez rien compris. Notre chantier est interrompu pour six mois au moins. Croyez-vous que je vais maintenir mes hommes à demeure à se rouler les pouces ?

– Ça ne vous empêche pas d'installer les canalisations…

– Certes, admit l'ingénieur. Mais votre château d'eau, il verra le jour aux calendes grecques. Moi, je fais jouer la clause de force majeure, et je romps le marché…

– Vous ne pouvez pas faire ça ! s'excita le maire.

Les gendarmes suivaient les allées et venues de leurs voisins, comme des chiens. Le chef notait quelques bribes de conversation sur son calepin. L'autre l'accompagnait par des coups de menton appuyés, les mains glissées dans son ceinturon.

– Allons à la mairie ! suggéra Dandrey.

A l'instant où les deux hommes s'éloignaient vers l'église, l'archéologue appela Manciet.

– J'ai lu votre rapport. Quelle prétention ! Vous situez cette tombe sous le règne de Clovis. Comme ça. Au débotté. Vous êtes incroyable. Il n'est rien de pire que les amateurs. C'est une plaie moderne. Ça se mêle de tout et ça ne sait rien !

Manciet ramena le bord de son chapeau vers l'avant pour se protéger du soleil qui lui faisait de l'œil par-dessus le bosquet de lauriers.

– Prélevez un fragment d'os, et datez-le au carbone 14. Alors, nous en reparlerons, cher maître, ironisa l'ingénieur.

– Croyez-vous que je dispose à discrétion d'isotopes radioactifs ?

– Quoi ? La radiochronométrie est une méthode infaillible.

Dandrey s'impatientait dans son coin. Il avait hâte de tirer l'affaire au clair. Il avait promis à ses administrés l'eau courante dans les cuisines pour le printemps prochain. La construction du château d'eau retardée, c'était encore une promesse en l'air.

Pierret rejoignit l'ingénieur près du contrefort de l'église.

– A l'ombre, nous serons mieux pour converser, fit-il en lui prenant le bras.

Manciet s'amusait de la situation. En moins de dix minutes, il avait réussi à briser la coalition qui s'était formée contre lui.

– Quel est ce rapport dont vous avez parlé ? demanda le chef de gendarmerie.

– Monsieur l'ingénieur m'a transmis ses observations sur la fameuse tombe mérovingienne. Il est fait état d'une auge de pierre taillée dans le granit, dans laquelle figurait un squelette en bon état de conservation. Il en situe l'origine entre 450 et 500 de notre ère, répondit Pierret.

Bonneau glissa aussitôt son calepin dans sa poche.

– C'est une pièce capitale ! s'exclama le gendarme. Un document nécessaire à l'instruction de l'affaire. Il prouve que le sieur Manciet avait une parfaite conscience de la valeur de sa trouvaille, et qu'il a jugé, tout de même, utile de la faire disparaître...

L'ingénieur concéda alors qu'il n'avait point mesuré l'intérêt archéologique de la tombe, et qu'il tenait son rapport à la disposition de la justice. Cette réplique parut rassurer les enquêteurs.

– On dit aussi que vous y avez trouvé un objet ? questionna Bonneau.

Manciet haussa les épaules.

– Des rumeurs de village ! s'exclama-t-il. Demandez à mon conducteur d'engins, il était auprès de moi. Et aussi à Lescurat, le chef de chantier. Et même au petit Portugais. Trois témoins suffiront-ils à dissiper vos soupçons ?

Le maire, l'ingénieur et l'archéologue décidèrent de se replier dans l'église. C'était l'endroit le plus calme dont ils disposaient. L'édifice en pierres rouges, aux murs épais, abritait une fraîcheur de cave. La lumière, traversant les vitraux, projetait des arabesques de couleur sur le dallage blanc. Ils s'avancèrent jusqu'au chœur en arc de cercle, fermé par un portail de style baroque, tranchant singulièrement avec l'austère architecture de l'édifice.

Des trois, Dandrey s'avérait le plus inquiet, depuis que le patron de la Compagnie des Eaux avait menacé de dénoncer le marché. Et comme il ne pouvait ou ne savait contenir son angoisse, il s'agitait en tous sens. Descendant et remontant l'allée, agacé par les savantes considérations de ses voisins sur l'église de Rilhac, il avait besoin d'être rassuré sur la suite des événements.

– Monsieur le professeur, vous ne pouvez pas nous retarder les travaux... lança-t-il. Prenez cette fameuse auge, et faites-en ce que bon vous semble ! jura-t-il en prenant Pierret au revers de veste.

Manciet caressait, admiratif, la boiserie de la chaire, avec ses bossages en pointe de diamant ciselés dans le noyer. Il affectait un air volontairement détaché, comme si les menaces du professeur Pierret ne lui avaient fait ni chaud ni froid.

– Comprenez-nous, expliqua le professeur. Nous avons besoin de fouiller le site. Il se pourrait qu'une autre tombe s'y trouve. Ce serait bien étonnant qu'elle soit isolée. Ça nous demandera deux à trois semaines, tout au plus. Le temps de visiter le périmètre délimité, d'établir des prélèvements dans la strate inférieure.

L'ingénieur dressa l'oreille. Ce contretemps lui paraissait plutôt satisfaisant. Il avait de quoi occuper ses hommes pour les deux mois à venir, au moins, avec la pose des grandes canalisations. Une dizaine de kilomètres, avec franchissement de rivières, de bois et de garennes.

– Et s'il y a une plainte, en plus... ajouta Dandrey. Ça compliquera l'affaire.

Pierret flaira que l'ingénieur lui mettait le couteau sous la gorge, par maire interposé. Il ne pouvait imaginer un seul instant que la Compagnie des Eaux devait répondre à des impératifs de rentabilité et que l'interruption des travaux sur le secteur du futur château d'eau remettait tout le plan d'aménagement en cause. Pourtant, il se voulut rassurant, peut-être parce que Manciet avait jugé raisonnable de faire le gros dos et d'abandonner ses grands airs défiants. Se pourrait-il que la grande administration eût tort ? Cela ne s'était jamais vu, lorsque la cause publique et culturelle, de surcroît, était en balance.

– Le juge d'instruction appréciera, avança-t-il.

Et tous songèrent à l'enquête des deux gendarmes, présentement occupés à interroger les témoins. Le professeur avait déjà admis que celle-ci serait classée sans suite, pour peu que l'on tombât sur un magistrat indifférent aux vestiges du passé.

– Après tout, ajouta Pierret, il n'y a eu ni pillage ni dommage... L'ouvrage mérovingien n'a pas été saccagé. C'est une chance. En conclusion, on peut être optimiste sur l'issue.

Dandrey prit les mains du professeur et les secoua avec une ferveur exagérée.

– Oh merci, merci. Mon Dieu, moi qui croyais que...

– Je demande à voir, renchérit Manciet. Votre administration est tatillonne lorsqu'il s'agit de préserver les trésors archéologiques. J'ai déjà eu à pâtir de cet entêtement. Mais dans l'affaire qui nous concerne, il reste à prouver que l'auge est un fleuron de l'art funéraire. J'ai pris soin de l'examiner. Et je n'ai trouvé aucune scène biblique ou évangélique gravée. Sinon une taille sommaire...

– Nous verrons bien, coupa le professeur. Toutefois, il reste aussi à examiner le squelette. Peut-être repérerons-nous des fragments de tissu, de poteries, ou mieux encore des bijoux.

– J'ai pris soin de jeter un œil, reconnut l'ingénieur. Rien de tout cela. Et j'en ai conclu que c'était là la simple sépulture d'un homme sans fortune.

Pierret hocha la tête, avec un sourire vague.

– On nous a rapporté que vous aviez fait une découverte et que vous l'aviez confisquée. Mais comment le prouver, puisque vous disposez de témoins ? Et je gage qu'ils ne se contrediront point.

L'ingénieur effaça les soupçons d'un geste énergique et sans appel.

– La vérité est aussi limpide que l'eau de roche.

Au moment de se séparer, le professeur prit tout de même Manciet à part.

– Je reste intimement convaincu que vous avez découvert un objet de valeur dans cette tombe...

– Oh, cher professeur ! Pour qui me prenez-vous ?... J'en suis peiné, fortement peiné, minauda l'ingénieur.

10

Alors que Mangin s'incrustait aux Régâts, le Gniaf n'osait plus rentrer à la maison. Mais il n'avait pas attendu ce prétexte pour se défiler. Tout compte fait, ce salopard de Jess était tombé à point. Et depuis qu'il lui avait tiré en pleine trogne un pois chiche, à tuer un piaf en vol, le garnement se tenait à distance. Des fois qu'il lui prendrait, au gars de la Compagnie, l'envie de se venger…

Ce haut fait d'armes, du reste, avait ravi tout le clan des Dénicheurs. Le Chèche avait beaucoup ri lorsque son camarade avait décrit un Mangin la figure en sang. Parce que, côté mensonge, il s'y entendait plutôt, le fils Choisne.

– T'as bien fait, mon Gniaf. T'es un vrai de vrai, mon Gougniaf, s'exclama Jâlet.

– Oh que oui, t'es not' chef, mon Ragougniaf, conclut Gib.

Seule Violette s'était interrogée. La petite Violette, elle était plutôt bonne fille, pour des sauvages comme les Dénicheurs. Au point qu'on se demandait, au juste, ce qu'elle fichait dans cette bande de flibustiers. Après tout, si elle avait choisi ce camp, c'était parce qu'elle habitait dans la cité haute, sous le château.

A Rilhac, les gens du haut n'aimaient pas ceux du bas. C'était une histoire ancienne. Nul ne savait pourquoi. Lorsqu'un nouveau arrivait dans le bourg, on lui demandait invariablement s'il était du haut ou du bas. Et selon sa réponse, on le rangeait parmi ses amis ou ses ennemis.

– Pourquoi tu l'aimes pas, ce Mangin ? demanda-t-elle. Y t'a rien fait, après tout. Et puis, à ce qu'on raconte, il est de bonne main. C'est-y vrai qu'il a aidé ta mère à faire les foins ?

– Penses-tu. C'est comme d'habitude. C'est mon p'pa qu'a tout fait.

– T'aurais pu le tuer… déplora Violette.

– M'en fous ! fit le Gniaf en grimaçant.

Les Dénicheurs descendirent aussitôt au fortin. C'était une niche creusée dans le rocher, sous le mur du château. Le clan avait l'habitude d'y tenir conseil. Les garçons y avaient entassé toutes leurs richesses, des arcs et des flèches, des lacets pour prendre le gibier, des cages à oiseaux. Celles-ci servaient à enfermer les jeunes geais, pies et merles que le Chèche avait l'habitude de capturer au nid. Ensuite, ils en faisaient commerce. Ça rapportait de quoi assurer l'ordinaire puisque, à Rilhac, c'était devenu une mode de posséder des oiseaux en captivité. Il n'était pas une famille qui ne détenait une grive, un merle ou, mieux encore, un pic épeiche, un pic-vert, en cage. C'était plutôt chic, comme voisinage. On pouvait les contempler des heures durant, s'en amuser en les effarouchant. Le Chèche arrivait même à les domestiquer, comme des perroquets, disait-il. En fait, il les dressait à émettre quelques sons qui, croyait-on, se rapprochaient du langage humain. Sans doute obtenait-il déjà des prodiges avec les pies. Et le Gniaf leur vouait un certain intérêt. Elles lui ressemblaient, côté caractère. Agressives, voleuses, sournoises...

– Paraît que les Larrons ont construit une cabane dans un chêne du Vidale, expliqua Gib. T'vas pas t'dégonfler, hein, mon Gniaf ?

Le chef bomba le torse. Depuis qu'il avait vu un gorille, lors du passage du cirque Amar, il jouait à les imiter. A poings fermés, Choisne se frappa la poitrine. Poussant un cri rauque qui excita les rires de Violette, il monta sur la pierre. C'était une sorte d'estrade taillée dans le rocher. Jadis, on gerbait des barriques de vin, lorsque Rilhac avait la réputation de produire du merlot pour toute la contrée. Un rude pinard, augmenté de noah – le raisin qui rend fou !

– J'vas vous dire, moi, ce qu'y faut faire, nom d'Dieu ! fit-il.

Les gars s'étaient assis en cercle devant la pierre, sur le sable frais qui tapissait le sol de la cave. Violette, seule, se tenait à l'entrée, toujours à l'écart, selon son habitude. Elle faisait le guet, comme elle disait. C'était son occupation favorite. Du moins justifiait-elle ainsi son rôle dans la bande.

– J'crois voir, rigola le Chèche.

Eté comme hiver, il portait un béret. C'était bien pratique pour coiffer les nids, pour emporter les oisillons ou pour voler les œufs de faisane, qu'il faisait ensuite couver par les poules de sa ferme.

– Moi aussi, fit Jâlet en battant des mains. L'est bien l'temps de se magner le cul. Pas vrai ?

Le Gniaf expliqua que le bois de Vidale n'appartenait pas aux Larrons, qu'il s'agissait là d'une annexion provocatrice, et qu'il importait d'y mettre bon ordre au plus vite. A la vérité, ce prétexte n'intéressait guère le clan. Chez les Dénicheurs, on n'avait pas besoin de motif pour faire la guerre.

– Là-bas, fit le Chèche, c'est ma réserve. J'connais tous les trous où pondent le pic épeiche et même le pic-vert. Ça vaut des sous, mon gars. M'est avis que le Maxime veut m'prendre ma réserve !

– Y a qu'un chemin qui conduit aux falaises, ajouta Gib. Oùsqu'on mettra nos collets, si les Larrons viennent les relever ?

Le Gniaf rigolait de voir sa bande s'exciter enfin. Depuis que Mangin tournait autour de sa mère, ça le démangeait de se dépenser un peu, de distribuer quelques gnons. A moins qu'il ne se sentît plutôt frustré par tant de jours sans combat, lui qui ne rêvait que d'en découdre avec les Larrons.

– Faut sonner la charge ! s'écria Jâlet.

– Attendez, les gars, reprit le Gniaf, offrant à la compagnie sa mine grave et son front buté des grands jours. Faut de l'ordre, tout de même.

– Aiguisons nos flèches, tudieu, fit Jâlet.

– Moi, j'suis lance-pierres, et toi ? dit Gib.

Le Chèche hocha la tête. Il était du même avis. Rien de tel qu'un petit caillou bien rond. Les éclats de vieilles marmites, de verre ou de silex, c'était pour les corbeaux, les martres et les fouines... Il est des armes que la guerre réprouve. Et si l'on doit vaincre, c'est dans l'honneur.

– Flèches pointues. Et tirez au cul, mes chevaliers ! beugla le Gniaf.

– T'peux parler, toi qui as visé la tête du conducteur d'engins, critiqua Violette.

– J'avais les nerfs ! s'expliqua Choisne. Et quoi ? Tu veux une claque, mauvielle ?

Violette marcha sur lui, d'un pas décidé. Fallait savoir si elle en était, de la bande, ou non. Mais le Gniaf n'aimait pas qu'on lui résiste.

– Qu'est-ce que ça peut t'faire ? T'es p't-êt' dans ma peau ? Regarde donc ! fit-il en montrant sa main tremblante. C'type, j'l'tuerai. Ouais.

Les autres l'observaient gravement.

– T'es un fou, Choisne.

– Même qu'ce Mangin, il est armé.

Le Gniaf fit le geste de toucher sa chaussure.

– Y porte un poignard, aiguisé comme un rasoir. Couic ! fit-il en passant l'index sur le cou de Violette.

Violette se détourna de la bande, dans un soupir las.

– C'est plus du jeu, murmura-t-elle.

L'équipe monta au trébuchet. C'était l'endroit le plus élevé des ruines. On dominait Rilhac, la vallée de la Sévère. Au passage, Jâlet voulut fouetter de sa badine un lézard vert qui paressait sur une pierre.

Mais le reptile était plus vif qu'un Dénicheur. Violette se mit à rire.

– On devrait te jeter dans une fosse remplie de vipères. Ça te ferait les pieds !

– Et toi, mauvielle ? T'veux p't-êt' qu'on t'balance aux oubliettes ?

Les gars éclatèrent de rire. Les oubliettes, c'était un trou bizarre sous le mur d'entrée. Un puits. Une cave. Un souterrain. Personne ne savait au juste ce que cachait cette ouverture. Un jour, les Dénicheurs avaient voulu y fourrer Moineau. Mais il avait tellement crié, hurlé, que le Gniaf avait fini par renoncer. En vérité, aucun n'avait songé, un seul instant, à l'y jeter, l'ennemi héréditaire. La séance n'avait été que pure intimidation.

– Si ça se trouve, y a un trésor dedans, rappela Gib.

Mais le Gniaf imposa aussitôt silence. C'était une question qu'il ne fallait jamais poser. Choisne, tout grand flibustier qu'il fût, ne se sentait pas le courage de descendre, suspendu au bout d'une corde.

– Y a que Mangin qui trouve les trésors, ironisa Violette.

Il s'en fallut d'un cheveu que le Gniaf ne la giflât, la mauvielle, comme on disait chez les Dénicheurs.

– On va tout leur foutre par terre, nom de Dieu ! s'excita le Chèche.

– D'abord, les cerner, les gars. Et monter à l'assaut, fit le Gniaf en dressant son bâton clouté dans le ciel. Et pas de quartier. Par-dessus bord.

La chaleur incitait à la paresse. Et plutôt à la sieste. Terrible sieste, affligeante punition lorsqu'elle est imposée. Mais ici, dans le chêne – « Chez nous » disaient les Larrons –, c'était un vrai bonheur. L'épaisseur des feuillages produisait plus d'ombre qu'il n'en fallait. Ainsi s'étaient-ils allongés sur le plancher de leur maison, tête-bêche, au petit bonheur. Lorsqu'un souffle d'air s'engouffrait dans le couvert végétal, les naufragés poussaient de hauts soupirs de ravissement. Il leur semblait que les voiles du navire s'enflaient enfin, et que la dunette oscillait sur ses bases. Mais c'était une illusion. Et les enfants adorent l'illusion, elle excite les rêves. Rémi et David, pour le coup, se dressant sur leur séant, répétaient que l'esquif tenait le cap. « Mais non, vous délirez, les gars. Avez-vous oublié que nous sommes des naufragés sur une île ? » Cela agaçait Maxime, que ses amis changent tout le temps d'histoire. Tantôt pirates, tantôt robinsons. Il suffisait que le vent se lève et agite les membrures du vieux chêne pour que chacun s'en revienne sur leur frégate. Un immobile jour d'été, plombé par la moiteur, les ramenait dans l'île, invariablement. Et tout était péril, autour d'eux. Les mangeurs d'hommes, les bêtes sauvages…

Cyril avait choisi d'appuyer sa tête sur les cuisses de Solange. Il aimait son odeur de fraises sauvages. Et parfois, aussi, de chèvrefeuille, dont elle aimait orner sa chevelure d'une guirlande. Les garçons puaient plutôt la sueur ancienne. Mais celle de Solange ne l'importunait guère, puisqu'elle se trouvait altérée par les odeurs de la Sévère où elle plongeait, quelquefois, sans même prendre soin de retirer sa robe. Mais ce qu'il aimait surtout, en elle, c'était cette animalité qui la possédait. Elle éveillait en lui un mystérieux désir, sans qu'il fût partagé, du reste. Cyril avait compris que Solange n'était point faite pour lui, qu'elle était surtout attirée par des garçons plus âgés.

Un jour qu'il voulut lui prendre la main, elle la retira, vivement. Ce geste de défense le rendit malheureux, si malheureux que Solange sembla s'en excuser aussitôt par un sourire désolé.

– Tu n'es pas mon genre, mon petit Parigot, fit-elle.

– Et quel est ton genre, alors ? osa-t-il.

– C'est indiscret, fit-elle.

– Je crois avoir deviné…

– Ah oui. Comment ça ?

– Maxime ?

Solange ne répondit pas, sur l'instant. Et Cyril comprit qu'il y avait du vrai dans son observation. Alors pourquoi n'étaient-ils pas ensemble, comme un vieux couple ?

– Nous nous connaissons trop, avoua la jeune fille. Déjà au « préparatoire », on s'asseyait sur le même banc. Et quand mon petit Maximo n'y prenait garde, j'écrivais des choses en douce dans son cahier. Mais il s'empressait, l'idiot, de les gommer, par crainte que ses copains ne les lisent. C'est comme ça, les garçons. Aussi bêtes que timides.

– Je ne suis pas comme ça, moi, fronda Cyril. Et si je te disais, en passant, que tu me plais, plutôt, et que…

Elle posa un doigt sur ses lèvres pour l'arrêter.

– Ne te fatigue pas. Tu n'as rien à prouver.

– Maman m'a toujours dit qu'un garçon doit faire le premier pas, avec les filles. Et toi, tu me repousses. Avoue que c'est pas facile.

– Tu es gentil, mon petit Parigot, mais je ne t'aime pas.

Sous sa nuque, Cyril sentait la dureté de la cuisse qui lui servait d'appui. Et il se répétait, dans son esprit un brin embrumé par la somnolence, que les filles sont compliquées, qu'on ne sait jamais si elles vous aiment ou non. Alors pourquoi me supporte-t-elle, la grande Solange, ainsi appuyé contre elle ? Si elle ne me repousse pas, c'est donc que je ne lui suis pas indifférent...

Au début de l'après-midi, Moineau sonna le réveil des troupes.

– Faut monter aux falaises ! lança-t-il. Pour relever les collets...

C'était un prétexte. Rares étaient les lapins à venir se prendre aux lacets. Mais l'existence des naufragés, sur l'île, était ainsi rythmée par des missions exploratoires. Le bois de Vidale, les falaises d'Epeiche, les garennes du plateau n'en finissaient plus de livrer leurs secrets. Parfois, il s'y engageait des combats imaginaires contre les bêtes sauvages. La bande y repoussait avec effroi l'incursion des tribus voisines. Enfin, les trous de renards, dans les roches suintantes de l'eau sourde des profondeurs, ne recelaient-ils pas des trésors ? La bande faisait collection d'indices. De jolies pierres de silex, des galets ronds veinés de nacre, des ossements d'animaux, autant de précieux trésors. L'or, l'argent saillaient de la terre inconnue. Et sans fin, c'était l'occasion de s'interroger sur l'origine des espèces anciennes qui avaient peuplé l'île mystérieuse. Il eût été dommageable à leur belle aventure de croire que ces lieux, où les vents les avaient portés, eussent appartenu à la civilisation moderne. Et rien ne les désolait plus que de découvrir dans un recoin de la forêt de vieilles boîtes de conserve, des bouteilles de verre ou des douilles vides. C'était la défloraison de leurs rêves, la flétrissure de leurs espérances.

Moineau prépara sa mission avec le soin méticuleux des maîtres de guerre. Il ordonna à Rémi de prendre les devants. Les Larrons avaient besoin d'un éclaireur. Et celui-ci se vit illico presto chargé de la trompe de chasse. En cas d'embrouille, il lui suffisait de sonner l'olifant. Mais Rémi se refusait à obéir au petit Moineau. Le chef, le vrai chef, le seul chef, n'était-il pas Maxime ? Et lorsque les Larrons s'en vinrent l'interroger, il trouva que l'envoi d'un éclaireur ne se justifiait guère.

– Nous n'avons pas d'ennemis, expliqua-t-il. Et si les bêtes sauvages nous attaquent, ou les anthropophages des falaises, le mieux sera d'être groupés…

Solange quitta la cabane, en traînant les pieds. Elle avait envie de prolonger sa sieste. Mais la perspective de se retrouver seule avec Cyril ne lui plaisait guère. Cyril s'était proposé pour garder la place. Les bêtes sauvages, les mangeurs d'hommes, ça ne l'amusait plus. Il avait déjà participé à maintes missions sur les terres inconnues de l'île, planté drapeaux et bornes sur les frontières ennemies.

– Reste donc avec moi, insista-t-il. Tu n'apprendras rien de nouveau.

– Non, fit-elle. Je vais me dégourdir les jambes. J'aime bien le quartier des falaises.

– Menteuse. Il n'y a que la rivière qui t'intéresse. J'ai vu quel plaisir tu prenais à te baigner...

La jeune fille lui sourit, plutôt distraitement. Elle regrettait déjà de lui avoir dit qu'elle ne l'aimait pas. Ce n'était pas exactement la vérité. Elle aimait sa conversation, mais ne sentait guère l'amoureux qu'il pourrait être avec elle. Et cela justifiait cent fois son indifférence. Si Maximo pouvait être aussi entreprenant que Cyril, la vie serait parfaite, pensait-elle. Mais Maximo n'avait pas encore rejoint l'âge où l'on s'intéresse aux filles, au point de s'humilier. Il y avait du coquelet en lui, du coquelet qui n'a pas atteint sa mue, et dont le cri dominant sur la basse-cour reste incertain.

Seul, sur le plat-bord de la cabane, les jambes dans le vide, Cyril se mit à rêver. Trop de silence et de langueur. Le jour d'été avait touché sa plénitude, celle où l'air bruit d'insectes et se sature d'immobilité. Le soleil endort toutes choses, poudroie l'ombre d'une clarté lancinante. Les paupières closes, il sentit que la dunette oscillait mollement. Pourtant, il n'était plus robuste au monde que ce chêne centenaire, plus enraciné dans sa terre nourricière. Tout en mesurant du regard la vigueur des ramures autour de lui, il imagina que ce géant possédait des racines aussi puissantes dans le sous-sol de la forêt et qu'il avait mis des siècles à tracer sa domination sur les éléments. Sa main caressa l'écorce d'une membrure, ses paquets de mousse verte agglomérés, douces et molletonneuses excroissances nourries aux commissures des fourches. Dans son capiton, elles cachaient mille petits vermisseaux et insectes qui faisaient le bonheur des oiseaux. Ceux-ci venaient auprès de la cabane, sans méfiance. Ils allaient d'une branche à l'autre, s'effaçant peureusement lorsqu'un écureuil menait sarabande. Il en avait dénombré les espèces, à l'aide d'un petit livre que lui avait confié son grand-père. La forme du bec, la couleur du plumage et, plus singulièrement, le pépiement étaient des indices précieux. A force d'observation, Cyril ne confondait plus les mésanges et les gros-becs casse-noyaux, les linottes et les chardonnerets, les sittelles torchepot et les grimpereaux…

Ces derniers temps, il s'était mis à écrire à sa chère petite maman. De longues lettres, dans lesquelles il racontait sa nouvelle existence à Rilhac. Celles-ci étaient restées, à ce jour, sans réponse. Mais il ne s'en plaignait pas. Il en avait deviné les raisons. Et chaque fois qu'il y songeait, les larmes lui venaient aux yeux. Des larmes qu'il s'efforçait vivement d'effacer. Tu ne peux manquer de courage à ce point, se disait-il. Ta maman n'en manque pas, elle… Et s'il est quelqu'un qui doit en avoir, c'est bien elle… Le fameux gros livre noir avait disparu, comme par enchantement. Et s'il était un mot que les Ponchelle ne prononçaient jamais à la maison, et auquel il pensait continuellement, c'était celui qu'Armande avait souligné dans l'ouvrage. Il n'était plus terrible indice que les yeux rougis de sa grand-mère, que les froncements de sourcils d'Emile, ses raclements de gorge embarrassés. Toute la tragédie tenait dans ces détails quotidiens. Cyril ne se risquait pas à la moindre question, sachant que ses grands-parents s'écarteraient de lui, aussi vite, qu'ils détourneraient le cours de la conversation par des assurances futiles.

Alors que l'enfant se caressait la joue avec un chaton de mousse, en humant au passage l'arôme concentré de sous-bois après la pluie, un bruissement de feuilles éveilla son attention. Existent-elles vraiment, ces fameuses bêtes sauvages ? se dit-il. Machinalement, il tira de la poche de sa culotte son couteau suisse. Il se pencha sur le plat-bord, surprit une ombre qui se faufilait dans les fougères. Ce pouvait être un sanglier. Auquel cas, nulle crainte. Mais surgit bientôt, au bas du chêne, une figure de lune, arrondie et grimaçante. C'était là le seul ennemi qu'on pouvait craindre, et non les bêtes sauvages de l'île mystérieuse. Un ennemi tant craint et tant attendu. Il avait fini par se réveiller, malgré le pacte conclu au début de l'été. Quatre autres visages surgirent aussitôt du tapis de fougères, menaçants et vindicatifs.

Sur l'instant, Cyril voulut sonner l'alerte. Mais Moineau avait emporté la corne avec lui. Il était resté en sentinelle pour surveiller les alentours et on avait négligé de lui donner les moyens d'accomplir sa mission ! C'était bien absurde, une telle affaire. Dans leur genre, les Larrons étaient plutôt des amateurs. L'esprit fantasque et rien d'autre. Cyril jugea tout aussitôt que sa situation avait peu d'importance. Que lui eût apporté l'olifant ? L'histoire était pleine de ces malentendus. Roland avait sonné en vain de la trompe. Et les troupes de Charlemagne étaient arrivées trop tard. Présentement, les falaises d'Epeiche se trouvaient distantes d'un kilomètre de la cabane. L'épaisseur de la forêt en eût étouffé l'appel. Je vais me défendre seul, se jura Cyril, en allant puiser dans la réserve de galets.

Lorsqu'il revint sur le plat-bord, l'un des types avait déjà commencé l'ascension par l'échelle. Cyril le menaça de son galet. C'était une belle pierre ronde et polie, comme un boulet de bombarde, d'un bon kilo au moins. De quoi estourbir le plus vaillant des flibustiers.

– Descends ! Sinon, je te bombarde, crétin ! hurla Cyril.

L'assaillant ne parut guère intimidé. Il tenait, serrée entre ses dents, la fourche de son lance-pierres.

– Rends-toi ! cria l'un des types qui se tenaient au pied du chêne.

– Inutile de résister ! ajouta son voisin.

Cyril hésita à jeter sa pierre. Et renonça, finalement.

– Je m'en fous de leurs histoires, marmonna-t-il. J'ai autre chose à penser.

Lorsque le Chèche fut à hauteur de la plateforme, Cyril le repoussa du pied. Ultime défense.

Sans grand succès. Car le Chèche était roué à la bagarre.

– Tu veux d'l'aide ? hurla-t-on.

– Tue-le, s'il résiste ! cria Jâlet.

– Et quoi encore ? fit Gib. On va pas l'tuer, quand même.

– Le faire prisonnier, oui, confirma le Gniaf.

Sans offrir la moindre résistance, Cyril descendit enfin. Il avait compris que les Dénicheurs étaient assez cinglés pour lui porter un mauvais coup. Et tandis qu'ils lui entravaient les mains avec une cordelette, le Chèche et le Gniaf faisaient le ménage dans les hauteurs de l'arbre. En un rien de temps, la belle cabane des Larrons fut dévastée. Le Chèche voulut s'attaquer au plancher, mais la démolition lui parut demander trop de temps, et il renonça. Le Gniaf lui-même reconnut que le pillage entrepris suffisait à leur gloire. On se contenta juste de descendre l'oriflamme qui flottait au sommet du vieux chêne. C'était la plus belle prise que les Dénicheurs pouvaient rêver. Une possession de conquérants. Et cet acte de bravoure leur vaudrait des représailles. Une véritable déclaration de guerre.

L'équipe gagna les rives de la Sévère, à marche forcée. Menant la danse, Gib chantait à tue-tête. Une chanson guerrière. Lorsqu'ils eurent franchi le pont romain, le Gniaf arrêta son armée dans une clairière.

– Qui es-tu, toi ? questionna le Chèche. On t'a jamais vu au pays.

Cyril ne répondit pas. Il avait décidé de s'enfermer dans le plus grand mutisme. C'était un truc qu'il avait vu au cinéma. Les prisonniers défendent ainsi leur honneur.

– T'vas répondre, oui ou non ! fit le Gniaf en lui flanquant une gifle.

Le garçon se laissa tomber au sol, la tête inclinée sur la poitrine.

– T'es con ou quoi ? s'interposa Violette. Je veux pas qu'on lui fasse du mal.

Cyril releva la tête pour la regarder, droit dans les yeux. Et il lui fit un sourire. Une alliée dans la place, ça ne peut que me rendre service, se dit-il. Mais Gib la bouscula, fermement. A ses yeux, c'était une attitude intolérable, qu'une mauvielle prît soin d'un prisonnier.

Les Dénicheurs ne croyaient guère en la loyauté de Violette. Une fille reste une fille, se disaient-ils. Et si sa participation était tolérée dans la bande, c'était parce qu'elle égayait leur assemblée. Elle faisait toutes les commissions, sans rouspéter, roulait les cigarettes de barbe de maïs, ramassait le bois sec pour le feu, et mille autres petites corvées.

– T'vas nous dire, oui ou merde ? insista le Chèche. D'où t'es, toi ?

– Laissez-moi lui parler, intervint Violette.

La gamine vint s'asseoir en tailleur devant Cyril.

– Dis-nous qui tu es. Ce n'est pas se déshonorer.

Cyril hocha la tête. Et les Dénicheurs crurent comprendre, à sa réaction, que le prisonnier était disposé, enfin, à répondre.

– Merde et merde. Et mille fois merde !

Violette éclata de rire. Cet héroïsme lui paraissait bien puéril. Comique, même.

– Bon, conclut-elle. Laissons-le. Puisqu'il ne veut pas parler. Moi, je me fiche de savoir qui il est au juste. Et vous, qu'est-ce que ça peut vous faire ?

Le Chèche écarta Violette, brutalement.

– J'vas l'faire causer, moi, le p'tit saligaud...

Et de frotter son briquet tempête sur le tissu de sa culotte. Une flammèche jaillit, menaçante.

– Y a qu'à lui brûler l'bout des doigts, jusqu'à ce qu'y cause, nom d'Dieu, proposa Jâlet.

Cyril le fixa, méchamment.

– Vous êtes encore plus cons que je le pensais.

Le Gniaf s'empara de sa tignasse et se mit à la secouer. Pour lui, c'était un petit geste sans importance. Combien de fois le maître d'école lui avait-il fait le coup ? Jusqu'à lui frapper le front sur le bureau. C'était l'habitude à Rilhac, chez les grandes personnes, de manier la marmaille avec force horions. Les gifles, les rossées, les beignes, les peignées. Une loi générale. Chez les maîtres d'école, les pères et les mères, et le reste. On ramenait l'ordre par la fureur. Et lorsque les gamins se retrouvaient en bandes, le même régime avait valeur d'exemple. Entre eux. Comme s'il n'était d'autre règle au monde, selon laquelle le plus faible dût subir la loi du plus fort.

Gib et le Chèche se tordaient de rire. Ça les vengeait allègrement de toutes les volées reçues. Pour une fois, c'étaient eux, les maîtres du jeu. Ils avaient déjà passé Moineau à la toise, et David – qui ne s'en était pas vanté. Tous les Dénicheurs, désormais, rêvaient d'avoir enfin Maxime, le chef. Celui-là, ils le feraient ramper jusqu'à ce qu'il crie grâce. Et de pitié il n'y aurait point. L'une des vertus de la guerre n'est-elle pas l'humiliation ? On lui ferait abandonner ses grands airs supérieurs. A coups de pieds et de poings.

– Y a qu'une question qui compte, avança Gib. C'est de savoir s'il est d'en haut ou d'en bas. D'en haut, on pourrait le gracier. C'est qu'y s'serait trompé de camp.

Le Gniaf parut réfléchir. Et Cyril se mit à hocher la tête.

– Je suis d'en bas, si c'est ce que vous voulez savoir.

Sa réponse les laissa pantois. Depuis des générations, la marmaille de Rilhac était séparée en deux camps ennemis. Une haine farouche. Sans appel. Y aurait-il un jour un pacificateur qui mettrait un terme à cette querelle de clochers ?

– C'est pas vrai ! fit Violette. Il est ni d'en haut ni d'en bas.

– Comment tu sais ça, toi ? questionna Gib.

– C'est un Parisien en vacances. Un étranger, quoi.

– Mais alors, c'est pire ! jubila le Chèche.

– Une tête de veau ! s'écria Gib. Une bon Dieu d'tête de veau !

– M'est avis qu'il faut le conduire au château. Et le laisser sous bonne garde. Jusqu'à ce que Maxime l'échange contre le trésor, proposa le Gniaf.

11

Par le chemin creux des fontaines, les Dénicheurs conduisirent leur captif au château. Pieds et poings liés, Cyril fut remis à la garde de Violette. Il ne pouvait espérer un meilleur sort. Le Gniaf et son fidèle acolyte le Chèche lui inspiraient une certaine crainte. Sans l'intervention de la gamine, il eût sans doute écopé plus de horions qu'à son aise. Pourtant, que signifiaient ces querelles ? L'échanger, lui, contre un trésor... Quel trésor ?

– Ça n'existe pas, marmonna-t-il en gigotant pour trouver une position plus confortable.

– Quoi donc ?

– Le trésor des Larrons. C'est une idée de Moineau, à ce que j'en sais, pour exciter la jalousie de ton chef.

Violette s'était assise à l'entrée de la cave, dans le contre-jour.

– Ils sont tous partis pour parlementer avec Maximo.

– Je voudrais bien rentrer à la nuit, souffla Cyril. Sinon, tel que je connais mon grand-père, il me fera chercher par les gendarmes.

La jeune fille répondit par un geste las.

– Une fois, on a capturé Moineau. Il est resté attaché à un arbre toute une nuit.

– Et personne ne s'est inquiété de son absence ?

– Ça a fait de sacrées histoires. Mais tu ne connais pas le Gniaf. Il est capable de tout, cet idiot.

Cyril grimaça de douleur. Le lien aux poignets était tellement serré qu'il ressentait des picotements dans les doigts. Mais Violette ne parut guère s'en apercevoir. Il aurait eu honte de se plaindre à elle, et pour échapper à ces désagréments il décida de penser à autre chose. C'était une solution qu'il avait expérimentée avec les maux de dents. Faire diversion à la douleur par la seule force de l'esprit. Personne n'avait rien inventé de mieux.

– Tel que je connais Maximo, escompta Cyril, il viendra me libérer.

Violette parut ne pas entendre. Elle se tenait la tête dans les paumes, le fixait continûment, sans abaisser le regard. Dans le contre-jour de la cave, il ne pouvait discerner les traits de son visage. Tout juste une découpure d'ombre sur le bleu intense et chaud du ciel. Un petit souffle d'air agitait sa chevelure. Il se passa alors plusieurs minutes de silence. Dans les profondeurs du réduit, on entendait chuter des gouttes d'eau, comme des secondes qui s'égrènent à la pendule. Pour tromper l'attente, Cyril s'obligea à compter. Il en dénombra une petite centaine. A la longue, il finit par renoncer, relâchant tous ses muscles, comme pour s'amenuiser dans l'antre oppressant. A trop remuer, il ne faisait que gagner des brûlures inutiles sur la peau, tant la cordelette était serrée. Le Chèche, décidément, était passé maître dans l'art des nœuds.

La jeune fille se rapprocha enfin. Cyril poussa un grand soupir. Elle amena son visage au-dessus de lui. Ses yeux s'étaient accommodés à la pénombre de la cave, et il pouvait, malgré que son regard fût embué de larmes de sueur, distinguer ses traits réguliers.

– Tu pleures ? questionna-t-elle.

Cyril se força à rire.

– Moi, pleurer ? Pour qui me prends-tu ?

Elle posa ses doigts sur son front et effaça la sueur qui perlait.

– Comment tu t'appelles ?

Il hésita de nouveau à répondre. Puis se décida :

– Cyril Fontenois.

Violette releva la tête, fixant l'obscurité de la cave, et ses entrailles inquiétantes d'où suintait l'eau sourde des profondeurs.

– T'es un petit Parisien ?

– Ma mère est de Paris. Mais mon père est américain, fit-il.

– Américain ? sursauta-t-elle.

– Oui. Américain. Il était français au départ, puis il est parti à New York pour y faire fortune, précisa-t-il avec un grain de fierté dans la voix.

– Et ta mère ne l'a pas suivi ? questionna Violette. Et toi ? Pourquoi ne t'a-t-il pas emmené aussi ?

– Plus tard, bredouilla Cyril, nous le rejoindrons.

– Et tu vis où ?

– Chez mes grands-parents. Les Ponchelle.

La jeune fille hocha la tête. A Rilhac, tout le monde se connaissait. Il était plus de vieilles familles que d'étrangers. Et les Ponchelle, à ses yeux, étaient des étrangers, bien qu'ils y fussent installés depuis bien longtemps déjà.

– Tu es d'en bas, fit-elle tristement. C'est dommage.

– Pourquoi c'est dommage ?

– On n'aime pas les gens d'en bas.

– Mais c'est stupide ! s'indigna Cyril. On ne peut pas voir le monde de cette manière, selon qu'on habite sur les hauteurs du village ou dans la cité basse. Tout le monde se vaut.

Violette baissa la tête.

– Tu as sans doute raison. Mon petit Américain, rit-elle.

Et elle l'aida à se mouvoir dans le sable qui l'ankylosait et meurtrissait sa chair.

– Tu pourrais desserrer mes liens ? demanda-t-il.

– Pour que tu te sauves ? répliqua-t-elle.

Cyril réalisa que son affaire ne s'arrangeait pas comme il l'avait prévu. Secrètement, il avait espéré corrompre sa geôlière, par quelques confidences. De nouveau, piqué au vif, vexé même, il s'enferma dans le mutisme.

– Je suis ton ennemie, fit-elle d'une voix incertaine. Ne l'oublie pas.

Violette avait sans doute besoin de s'en convaincre.

– Moi, je n'ai pas d'ennemis, fit-il. Je suis comme le Mahatma Gandhi, un non-violent.

– Qui c'est, celui-là ?

– Un grand chef d'Etat indien, qui a obtenu la libération de son peuple par la non-violence. Aux armes des Anglais, il a opposé la force de la paix.

– Tu en sais, des choses...

– C'est ma mère qui m'a expliqué ça. Ma mère est aussi partisane de la non-violence. Elle prétend que c'est la solution pour l'avenir du monde. A Rilhac, on ferait bien de s'en inspirer.

– Et où est-elle, ta mère ? A Paris ?

Cyril ne répondit pas. Il avait le cœur gros. Et les larmes lui vinrent, silencieuses, au bord des paupières.

– Je voudrais tant qu'elle soit auprès de moi, déplora-t-il.

Violette parut réfléchir. Puis elle découvrit alors les larmes qui dévalaient ses joues.

– Tu vois que tu pleures ! fit-elle en battant des mains.

Le garçon ne comprenait pas pourquoi elle en tirait quelque raison de moquerie.

– C'est pas interdit de penser à sa mère, dit-il.

La jeune fille se redressa au-dessus du prisonnier, afin de mieux l'observer, misérablement recroquevillé sur lui-même. Il lui faisait pitié, ce gamin pleurnichard.

– Allez, Cyril, tu la reverras, ta maman ! lança-t-elle.

– Je ne sais pas, murmura-t-il.

– Pourquoi, tu ne sais pas ?

Cyril se mordit les lèvres jusqu'au sang. Un tressaillement s'empara de tout son être. C'était injuste. Plus injuste encore, et mille fois plus douloureux qu'un lien qui brûle la chair.

– Je crois, dit-il, qu'elle est très malade.

– Comment ça ? fit Violette en approchant son visage.

Le garçon se renversa sur le côté, le visage écrasé dans le sable. Chacune de ses larmes s'enfuyait ainsi, goutte à goutte, dans l'avide nuit de son angoisse.

– Laisse-moi donc, maintenant.

Violette se recula jusqu'à l'entrée de la cave. Elle y demeura longtemps, dans la chaleur du jour. C'était le moment où le soleil commençait à descendre sur l'horizon, où les ombres s'étiraient sur le jaune des prairies.

Soudain, elle se décida à revenir vers lui. Elle ne voulait pas ajouter à sa détresse ce stupide jeu qui le contraignait à la captivité. Elle lui défit la corde qui enserrait ses chevilles. Ensuite, elle hésita à lui libérer les mains. Pourtant, rien ne l'empêchait de fuir, désormais. Il lui suffisait de courir, à perdre haleine, sans se retourner.

– Tu n'es pas si bête, au fond, dit Cyril.

– Oh, je vois bien que je me suis mise dans un sacré pétrin.

– Que t'importe l'opinion de ces sauvages ? On ne peut pas toujours obéir à des imbéciles.

– Tu crois que tes amis m'accepteront ?

– Ma pauvre Violette, sourit-il, tu as tellement besoin de ça...

– Je veux pas être tenue à l'écart. Pour le Gniaf, c'est une trahison. Il me la fera payer.

– Oui, mais c'est ton choix. Et si tu veux, ajouta Cyril en baissant la tête, je serai ton ami. Tu as perdu un chef et tu as gagné un ami.

La jeune fille lui ôta ses derniers liens.

– Si je fais ça, c'est à cause de ta mère, fit-elle. Je comprends que tu aies du chagrin.

Le garçon humait l'air du jour, qui fleurait bon le foin coupé. Aussitôt, il partit d'un grand pas vers le sentier escarpé qui longeait les ruines du château et plongeait sur Rilhac. Violette trottait derrière lui, sautant d'un caillou à l'autre. Par endroits, les pluies d'orage avaient raviné le sol et creusé des rigoles sinueuses et profondes entre les pierres. Ils s'arrêtèrent à la haie de buis, là où une fontaine creusée dans la roche déversait son fil d'eau dans un cuvier. Cyril y plongea les mains, pour atténuer les brûlures de ses poignets. Il s'humecta le visage. Violette le contemplait avec amusement. J'ai commis l'irréparable faute, se dit-elle. Mais je ne regrette rien. Pourquoi mêler cet étranger à nos guerres ?

Ils s'assirent sur le bord de la terrasse de roche. Au-delà de la Sévère, serpentant sur son lit de sable blanc, on distinguait le vert-gris du Vidale et les falaises d'Epeiche, rosies par la lumière. Plus loin, les collines étaient brouillées par les vapeurs de la fin du jour. C'était comme si le monde s'estompait à mesure que le soleil glissait sur les rives du ciel.

Aujourd'hui, j'ai fait une intéressante rencontre, et bien involontaire. Mais il me semble que j'ai désormais dans le village une amie à qui parler. Je ne veux pas te raconter dans quelle circonstance j'ai connu Violette, cela te peinerait de toute évidence. Disons simplement qu'ici, à Rilhac, les enfants jouent à des jeux d'adultes où il est question de guerre. Je fais semblant de participer à ces querelles. Et je n'y prends, je te le jure, ma petite maman, aucune part personnelle. D'ailleurs, Violette est comme moi, assez différente de ces garçons et de ces filles qui se disputent sans raison sérieuse. J'accompagne le mouvement général, car grand-père et grand-mère, tout disposés qu'ils sont à mon égard, comme tu peux l'imaginer, ne parviennent pas à combler mon ennui. Et me mêler à l'agitation du petit monde de Rilhac me console de ton absence. Malgré tout, les soirées sont les plus longues et les plus tristes que j'aie connues. Je m'endors en pensant à toi. A nos promenades sur les quais de la Seine, dans l'île de la Cité, et autour de la Conciergerie. Mes nuits, toutes mes nuits, ma bonne petite maman, sont avec toi. Au matin, lorsque je rejoins mes camarades, il m'arrive de t'oublier un peu. Et je m'en veux. Je ne sais pas ce que tu deviens, au juste. Et sans doute as-tu de bonnes raisons pour ne pas m'écrire...

Cyril cacheta l'enveloppe. Il se souvint alors qu'il avait oublié d'adjoindre, à la fin de sa lettre, un petit dessin, un cœur gros comme ça, dessiné à la va-vite. Il le traça habilement en mélangeant les prénoms, celui de sa mère et le sien. Ainsi symbolisait-il la fusion de leurs sentiments. C'était une vieille habitude entre eux, une manie sentimentale. Il chercha une nouvelle enveloppe et nota l'adresse parisienne de leur appartement, rue Vavin. Cette fois, il irait poster lui-même sa missive, doutant que les précédentes fussent parvenues à destination. En effet, Cyril soupçonnait sa grand-mère de ne pas les avoir remises au facteur. Tout n'était que cachotterie et silence autour de lui, comme si les grandes personnes ne l'estimaient point digne de recevoir la vérité.

Au petit déjeuner, profitant de l'éloignement de son grand-père, Cyril posa à Armande la question la plus déroutante qui fût :

– Pourrais-tu me dire, grand-mère, ce que signifie ce mot, *leucémie* ?

Armande laissa échapper l'égouttoir qu'elle était en train d'essuyer. Ce fut un tel vacarme, dans la cuisine, que Cyril l'accueillit comme un coup de gong du destin.

– Oh, mon petit, ne prononce pas ce mot-là, je t'en conjure !

Son interrogation l'avait jetée dans un effroi tel qu'Armande ne put jouer, une fois encore, sa comédie habituelle. Elle se précipita vers l'enfant, vint le prendre dans ses bras, le serrant de toutes ses forces.

– La leucémie, grand-mère... C'est donc si grave ?

– Arrête, mon petit, arrête. Ça porterait malheur. Et nous n'en avons pas besoin. Oh mon Dieu, non.

Cyril sentit les larmes de sa grand-mère contre sa joue. Et il comprit alors que c'était, là, la preuve qu'il attendait.

– Je ne te poserai plus de questions, grand-mère, assura-t-il. Je te le jure.

Ce matin-là, Cyril omit de passer par la serre pour embrasser Emile. Il courut directement à l'agence postale, qui se trouvait en face de la mairie, dans une maison haute de façade et grise. Au moment de glisser sa lettre dans la boîte, il retint son souffle. Ses doigts s'insinuèrent dans l'étroite fente, afin de vérifier qu'elle n'était pas tombée à côté de la caisse de bois. Cela s'était vu, déjà, qu'une lettre eût glissé hors du réceptacle, et qu'elle restât oubliée dans sa cachette des mois durant, des années peut-être.

Cyril fit un détour par la place, remonta les rues voisines qui avaient été chamboulées par les travaux de la Compagnie des Eaux. A peine étaient-elles remblayées de sable et de gravier. Dorénavant, les travaux se poursuivaient vers la cité basse. Il n'était que de se laisser guider par le vrombissement des compresseurs et le tintement lancinant des marteaux piqueurs. Au débouché de la rue Clemenceau, il trouva un groupe d'ouvriers en bleu de chauffe, occupés à installer les canalisations nouvelles. En approchant, l'un d'eux lui fit signe de se tenir à distance. C'était une plaie, la marmaille s'excitant sur les môles de terre. Et par endroits les fosses étaient si profondes que les terrassiers craignaient qu'ils n'y tombent et ne s'y blessent.

L'enfant s'approcha, tout de même, à pas mesurés. Avec leurs grosses clés à molette, les hommes installaient les joints des tuyauteries. Ils ne lésinaient guère sur l'étoupe et la graisse. Les boulons étaient serrés à la force du pied. On sautait sur le manche des clés, on s'acharnait jusqu'à ce que la fonte crie grâce. Il survenait ensuite une seconde équipe pour remplir la tranchée. Les pelles volaient au-dessus de la fosse, en cadence, dans la transpiration et la fatigue. Chacun reprenait son souffle, enfin, lorsque la sape était comblée. A dos d'homme, on amenait les tuyaux en fonte. Ils s'ajoutaient ainsi, les uns aux autres, sous le contrôle avisé du chef d'équipe. Armé d'un niveau, il contrôlait la pente. Lorsqu'elle était trop forte, un aide ajoutait quelques pelletées de sable pour rehausser le conduit. Tous ces ordres s'opéraient par des signes muets. Personne ne s'avisait de discuter l'autorité du maître d'œuvre.

Prenant un peu de recul, Cyril songea que le chantier des eaux ressemblait à une fourmilière géante. N'était-ce point la même organisation ? La même discipline ? A chacun son travail. A chacun ses responsabilités.

Il remonta vers la place de l'église. Le chantier du château d'eau se trouvait en panne. La large fosse était entourée d'un grillage à moutons de fortune. C'était là que les ouvriers avaient déniché un trésor. Personne ne savait encore quand commencerait la construction du fameux château. Une sorte de champignon géant.

Dans Rilhac, les gens ne parlaient que de ça, du trésor et de l'enquête en cours. La rumeur disait que les pièces d'or et les diamants avaient pris la poudre d'escampette. On soupçonnait l'ingénieur en chef. Il n'était que ce pauvre imbécile de Gniaf pour croire que les Larrons s'en étaient emparés. La thèse officielle semblait donc la plus probable.

Pourtant, Maximo avait tout vu, lui qui se trouvait sur place au moment de la découverte. Mais il refusait d'en parler. C'était comme si on avait acheté son silence. A moins qu'il n'y eût pas plus de trésor que de beurre en broche.

Cyril se glissa sous le grillage et descendit dans le trou. Du pied, il remua la terre meuble. Se pouvait-il qu'une pièce d'or ou un minuscule diamant eût été oublié ? Il examina la zone, soigneusement, et perdit courage à la longue. Il remonta vers le contrefort de l'église. C'était un endroit où les ouvriers avaient remisé des pelles et des pioches. En attente de la reprise des travaux.

Il s'assit à même le sol, pavé de galets en cet endroit. Cyril n'avait goût à rien. Pas même à descendre au bois de Vidale. Il était déçu de constater que pas un de ses camarades n'avait pris de ses nouvelles. Les Dénicheurs l'avaient capturé et nul ne se souciait plus de son sort.

A quoi sert-il donc d'appartenir à une bande ? De faire un serment ? De se lier par un pacte ? Bien mauvais chef que ce Maximo, se dit-il, qui ne se préoccupe pas de ses guerriers. Parisien, tête de chien. Parigot, tête de veau... Ne suis-je rien d'autre que l'étranger ? Abandonné à mon sort. Sans doute m'en veulent-ils de n'avoir fracassé la tête de nos assaillants, de n'avoir réussi à repousser, seul, l'ennemi et à sauver la cabane ? Oh comme c'est simple, bon Dieu oui, de me faire porter le chapeau. Sans Violette, je serais encore prisonnier.

– Violette...

Cyril prononça son nom avec attendrissement. Il revit son visage délicieusement moucheté de taches de rousseur, son petit nez à la retrousse, sa longue chevelure blonde. Elle était telle qu'il imaginait sa mère dans ses jours d'enfance. Et ses lèvres se pincèrent à l'idée que sa petite maman était si loin de lui, qu'il n'avait aucune nouvelle, ni en bien ni en mal, et que le pire se pouvait imaginer à partir de ce long silence.

A mesure que le soleil gravissait les étapes du ciel, l'ombre s'effaçait du recoin où Cyril s'était réfugié. Le garçon le quitta à contrecœur. Il ne savait où cacher son ennui. Il se dirigea vers la cité haute. Que lui importait de croiser le Gniaf et ses sbires ! Il était libre, désormais, sans attaches. Un soldat perdu, comme il s'en trouve après les défaites.

Près des vieux murs, où la glycine avait développé ses lianes tortueuses, Cyril trouva Violette en train de jouer à la marelle, seule. Elle l'avait tracée à la craie sur le bitume. Poussant son palet à cloche-pied, elle faisait un parcours sans faute. Parvenue au « ciel », elle se retourna vivement. A cet instant, elle vit le garçon et son visage s'éclaira d'un large sourire. Cyril s'avança pour l'embrasser. Mais il y mit une application soutenue, au point que Violette en rougit. Et sa réaction le flatta plutôt, lui qui s'attendait, comme chaque fois, à ce qu'on le repoussât.

– Je te cherchais, avoua-t-il.

– Moi, tu me cherchais ? répéta-t-elle. Pourquoi ?

– Je t'aime bien.

– Moi aussi. Mais...

– Mais quoi ?

Elle voulut repartir à cloche-pied, mais porta un coup si vigoureux que l'éclat d'ardoise traversa toute la marelle.

– Tu me troubles, Cyril.

Le garçon passa la main dans sa chevelure pour se dégager le front.

– Ça ne t'ennuie pas de jouer seule ?

– Je m'entraîne, fit-elle.

Elle portait une petite robe à fleurs de couleurs vives. Sa chevelure était tenue en queue-de-cheval par un ruban de velours rouge. Il la contempla un moment, jusqu'à ce qu'elle se sente gênée. Cyril découvrit ainsi qu'elle était plutôt timide. Elle rosissait aisément, ce qui était un point pour elle. Il en avait assez des gamines effrontées dans le genre Solange. Quant à Lucie, il la trouvait trop maigre à son goût. De fait, Violette était la première fille de Rilhac qui lui plaisait assez.

– Tu ne voudrais pas jouer avec moi ? proposa-t-elle.

– Non. Ça ne m'intéresse pas.

Elle accueillit son refus avec bouderie. Ça commence mal, pensa-t-elle. Il me juge trop gamine. Ces petits Parisiens sont ainsi. Un peu prétentieux. Nous, les enfants de la campagne, nous ne les méritons pas. A la vérité, Cyril eût bien voulu partager son jeu, mais il ne se sentait pas le cœur à faire une marelle.

– Ça ne m'étonne pas, dit Violette. Les garçons disent tous la même chose. Que c'est un truc de filles.

Cyril désapprouva d'un mouvement de tête.

– Je n'ai pas le cœur à cause de maman.

Le visage de Violette se figea de gravité.

– Tu as de ses nouvelles ?

– Non, fit-il. Mais je lui ai écrit une lettre, ce matin. Peut-être qu'elle me répondra, enfin.

Ils descendirent vers la cité basse, par un raccourci qu'elle lui montra. Une centaine de marches étroites. Un chemin malaisé, bordé de lilas. Ils coururent à perdre haleine, jusqu'à la grande rue. A l'épicerie, Cyril alla acheter des Carambar et les offrit à son amie.

– Tu as revu le Gniaf ?

Violette tarda à répondre. Ses problèmes avec les Dénicheurs lui paraissaient bien dérisoires à côté de ceux de Cyril. Pourtant, il insista. Il avait besoin de connaître la suite du feuilleton.

– Et toi ? demanda-t-elle. Tu as rendu compte aux Larrons ? J'imagine que ça doit être un sacré branle-bas de combat…

– Rien du tout, avoua-t-il. Ils s'en fichent.

– Comment tu expliques ça ?

– Je n'ai jamais été un des leurs. Tu connais la fameuse ritournelle de Moineau… Parisien, tête de chien…

La petite fille s'en amusait.

– Tu es tout sauf un chien fou.

– Un chienchien à sa mémère, suggéra-t-il pour se faire mal.

Mais Violette le contredit vivement, l'embrassa sur la joue. Elle-même fut étonnée par sa réaction. D'ordinaire, elle se méfiait plutôt des garçons de son âge. Et s'il lui était arrivé de tomber amoureuse, et de faire porter des messages explicites aux élus de son cœur, elle avait toujours été mal payée en retour. On disait qu'elle était bête et laide, avec ses taches de rousseur. « Les marques du diable ! » prétendait-on pour la blesser.

– Ta maman a bien de la chance d'avoir un fils qui pense à elle, alors que…

Elle se tut. La suite de sa phrase ne se pouvait entendre. Mais Violette réalisa qu'elle avait été trop loin. Cyril lui prit la main, l'obligeant à se rapprocher de lui.

– Sais-tu ce qu'est la leucémie ? demanda-t-il.

Violette se mordit les lèvres. C'étaient des choses graves, comme une maladie du sang. Une affaire dont on ne se relève pas.

– Je ne sais pas, fit-elle, évasive.

– Tout le monde le sait. Ça fait peur. C'est une maladie qui angoisse le monde.

– Des fois, on change le sang et…

– Non. Ça ne marche pas. J'ai lu des articles sur le sujet.

Les larmes embuaient son visage. Il grimaça fort pour s'empêcher de pleurer, n'y parvint pas. Alors, il se détourna de Violette et courut se cacher dans une venelle. La jeune fille hésita à le rejoindre. Elle avait envie de lui dire des paroles rassurantes, mais ne savait comment s'y prendre. Violette attendit, assise près du passage. Elle contemplait ses sandalettes de cuir et songeait aussi à sa mère. Moi aussi, je pleurerais. Oh oui, il me semble bien que je pleurerais…

12

Le cauchemar d'Adée obnubilait Jess, jour après jour. J'ai toujours soupçonné son désir secret, se disait-il. Et lui-même cauchemardait aussi, lorsque au fin fond du trou noir il entendait les os de Choisne craquer sous ses doigts. Pire, son image ne le quittait plus, obsédante, récurrente : la langue bleue du putois roulant sur ses lèvres comme une grosse limace. Même dans ses songes, il ne parvenait pas à l'occire. Et tout cédait, enfin, dans les cris de plus en plus lointains de la femme enragée. Jess émergeait de sa torpeur en sueur. Il lui fallait griller trois ou quatre cigarettes pour se remettre les idées en place. Tu ne le tueras point, se jurait-il. Tu as trop tué dans ta jeunesse. Et c'est une bien vilaine habitude. Il faut laisser le temps accomplir son œuvre. Le destin fait bien les choses, avec application. Laisse donc l'alcool accomplir son ouvrage, goutte à goutte. Foie, estomac, cervelle... Qui rendra l'âme en premier ? Suspense.

Dans ces journées de labeur, chauffées à blanc par l'été, le capitaine était accaparé corps et âme par la Compagnie. Manciet était devenu son dieu. Son confident. Son maître à penser. Il lui devait tout, même le renoncement à la chair. Car elle était faible, la sienne. Et pour faire l'amour à Adée, il eût égorgé Choisne, sans délai, si son mentor ne l'avait tenu aux bretelles, comme une marionnette suspendue au-dessus du vide.

Parfois, l'ingénieur venait rôder autour de son Caterpillar, un peu avant le soir, lorsque les ouvriers prenaient congé. Il promenait un drôle d'air, comme s'il se sentait responsable de son conducteur d'engins. Mais ses propos étaient sans délicatesse.

– Quand l'homme œuvre jusqu'à l'abrutissement, il oublie reins et cœurs. C'est bien. Je vous vois guéri de cette donzelle. Et j'en suis content pour vous.

Jess avait envie de lui mettre son poing dans la figure. Mais, la première pulsion passée, il lui découvrait tant de raison et d'intelligence qu'il ne pouvait s'empêcher de hocher la tête.

– Comment avez-vous compris, monsieur, que je voulais le tuer, ce misérable ?

L'ingénieur souriait à peine. C'était clair comme l'eau de roche, la psychologie humaine.

– D'ordinaire, un héros suit son dessein, inexorablement. Est-il libre d'en dévier ? C'est là la question, mon cher Mangin. Je ne sais pas si vous échapperez à votre destin. Pour l'heure, avouez que je suis de bon conseil. Hélas, vous pensez encore à elle. Depuis l'instant où vos regards se sont croisés. Il vous paraît que le monde n'a plus de saveur, puisque vous ne la possédez pas, cette Adée de malheur.

Et que tout vous pousse vers elle. J'imagine qu'elle a su vous dire les mots...

Il se reprit :

– Les mots qui obligent. Il n'est aucune obligeance chez l'homme libre. L'homme libre interroge sa destinée. Il en pèse les inconvénients et les avantages. Rarement, la liberté se satisfait du compromis. La nécessité pousse son homme sur la pente. Et rien alors n'en freine la course. C'est comme un vertige. Soit l'on tombe du bon côté, soit l'on verse dans le vide.

– Et comment voyez-vous l'avenir, monsieur ?

– Je suis un guetteur. J'observe. Il n'est pire dégâts dans le monde que ceux occasionnés par les passions. Moi, par exemple, j'ai toujours rêvé d'être un homme sans passions. Plus exactement, un homme que la passion ne peut atteindre.

– Vous ne vous ennuyez jamais ? Votre vie doit être bien triste et vide.

Manciet mordillait un crayon, tantôt en plantant les dents nerveusement dans le bois tendre, tantôt en le suçotant. Quelquefois, il en expurgeait les éclats, en crachotant.

– Les passions nous enchaînent, poursuivit-il. Elles nous poussent aux pires extrémités. Et rarement elles nous satisfont. Je crois à cette religion du calme plat dans la vie. A la fin, on découvre plus de bonheur à se dire que l'on a évité tous les pièges de la vie.

Ils marchèrent jusqu'au bosquet d'arbres. Les nids de pies peuplaient les fourches hautes des chênes. L'air bruissait d'insectes. Et sur les bouses de vache étalées dans la terre brune s'agglutinaient des colonies de mouches jaunes.

– Moi, je n'ai rien évité, confia Jess. Au contraire, j'ai multiplié les embrouilles.

– Il n'est pas aisé de grandir lorsqu'on appartient au petit monde, sans fortune, fit Manciet.

Le capitaine se sentit blessé. Mais sans doute l'ingénieur avait-il raison. Une vérité ne pouvait lui faire offense, puisque son auteur l'avait énoncée sans malice particulière, plutôt d'un ton paternaliste. C'était un genre supérieur qu'il prisait fort, l'ingénieur, surtout avec son personnel.

– C'est facile pour vous de dire ça. Vous qui êtes né avec une cuillère en argent dans la bouche.

Manciet éclata de rire. Cela lui faisait plutôt plaisir, une telle répartie, à la mesure même de la sienne. Il hocha la tête en contemplant Mangin. C'était l'ouvrier le plus subtil de son armée, celui sur lequel il pouvait compter, et mieux encore, celui avec qui il pouvait deviser sans retenue.

– Certes, reconnut l'ingénieur. Mais, ensuite, il faut assumer. J'ai assumé mon rôle. Et peut-être aurais-je préféré un autre personnage que celui de patron de la Compagnie des Eaux. L'insatisfaction est insatiable, comme le désir ou la haine. Vous, mon vieux, que croyez-vous ? Tout petit que vous êtes, l'appétit non plus ne vous ferait pas défaut. Prenez donc ma place. Entrez dans mon personnage. Et vous verrez, une semaine tout au plus, et vous ne serez plus heureux. Vous vous direz : que ne suis-je prince ou roi, pour mener le monde à la baguette ? N'est-ce pas chez les réprouvés, les révoltés, les sans-grade, que la révolution puisa ses pires tyrans ?

Ils s'en revinrent sur la route, en longeant un champ de blé. Le rouge coquelicot poivrait la toison dorée, ondulante sous le vent.

– Vous n'y êtes pas retourné ?

– Non, avoua Jess.

– C'est bien. Bien et sage.

– Je ne sais pas…

– Serrez-vous la ceinture d'un cran, recommanda Manciet. Et attendez que le désir s'épuise. Il mourra de lui-même. De sa pure agonie.

L'ingénieur posa une main sur l'épaule de Jess. C'était la première fois qu'il s'autorisait de telles privautés.

– Je ne supporte pas ce qu'elle vit. Et les horreurs qu'elle subit, tous les jours, toutes les nuits. C'est comme une plaie qui saigne à vif. Je gratte sans fin la croûte qui la cicatrise, comme si je ne voulais pas qu'elle guérisse. Vous comprenez ça ?

– Parfaitement. Mais qu'en savez-vous, au juste ?

– De quoi donc ?

– De son malheur. Que fait-elle, cette pauvre Adée, pour s'en défaire ? Il lui suffirait de boucler sa valise et de prendre la tangente.

– Je ne comprends pas que vous disiez cela. Elle aussi, peut-être est-elle une adepte du calme plat. Elle obéit, souffre, en silence, pour ne pas avoir à se révolter.

– Non, rétorqua l'ingénieur. Adée veut qu'on agisse à sa place. C'est l'idée qu'elle se fait de l'amour. Un rêve d'enfance. Vous êtes le chevalier qui viendra la délivrer. En récompense, elle s'offrira à vous.

L'ingénieur se tut, soudain. Il sentit que Mangin avait l'esprit ailleurs, absorbé par une idée obsédante.

Effaçons-nous puisque nos leçons agacent, pensa-t-il. Au risque de se répéter, le jour enfante la nuit, aussi bien dans l'âme des hommes que sur la surface sensible du monde. Et je n'ai jamais vu un homme heureux sans qu'il ait auparavant accompli son destin. Le regret n'est point de mode dans une société où le désir entend parler à la place des passions. Seul le regret enfante des chansons, parfois tout aussi ridicules et vulgaires que des poèmes sublimes. Rarement le remords, comme il fut au temps jadis, lorsque le musicien Gesualdo pleura l'épousée en déchirantes complaintes après l'avoir tuée de ses mains, car elle était adultère, la belle muse.

Manciet se retira d'un pas rapide. Jess l'accompagna du regard, un temps encore. Il éprouvait de la sympathie pour ce bourgeois. Pourtant, ce n'était pas dans ses habitudes.

Pourquoi observe-t-il cette histoire à la loupe ? Que peut-elle lui apporter ? se questionnait Jess. Il ne pouvait imaginer qu'il est plus d'un guetteur sur les chemins où s'accomplissent les destins.

Enfin dans sa berline, bien à l'aise, l'ingénieur retira ses grosses chaussures et enfila de confortables mocassins en peau. Il fit de même avec ses leggings, en défit les lacets délicatement, libéra la toile de son pantalon. Ainsi, par quelques gestes, se métamorphosait-il en homme de ville. Fort convenable. C'était un tiède ennui, pour lui, de devoir hanter les chantiers, de croiser le fer avec ses contremaîtres, de harceler ses ouvriers. Il se sentait plutôt l'âme dilettante, rêveuse au mieux.

Il enclencha le démarreur. Le ronronnement de son moteur, quatorze chevaux, était synonyme de liberté. Il posa un bras sur le bord de la portière, ôta son chapeau, lissa sa chevelure empoissée de sueur. Il soupira, profondément. Son pied droit excita le moteur, juste pour s'amuser un peu. C'était comme un cœur qu'on emballe. Il n'est que les petits plaisirs qui ravissent : conduire à vive allure sur une route étroite, jouir du vent qui fouette le visage, caresser du bout des doigts le volant...

Mais avant de se lancer vers son rendez-vous, une partie de poker au Cercle, il ouvrit sa serviette de cuir fauve et en tira un calepin. Au jour dit, il nota : *Je vous ai jeté dans la carrière, Mangin.*

Manciet rit, seul, à gorge déployée. Et sans plus attendre, il engagea sa berline sur la route poudreuse, en faisant crisser les pneus.

Sur le tourniquet du puits, Adée enroulait la chaîne, au bout de laquelle pendulait un seau débordant. Ses mains agrippaient les manchons de bois, l'un après l'autre, sans reprendre souffle, d'un geste mécanique. Il fallait plus de trente allers et retours au moins pour emplir le bassin des vaches. Pour ajouter à la peine, le niveau de l'eau était au plus bas dans le puits, dix à douze mètres au moins.

Lorsque le seau fut à hauteur, elle le tira sur la margelle, une large dalle de schiste. Il s'en perdit trois ou quatre clapotis, qui retombèrent dans les profondeurs. Elle décrocha la pince de l'anse, repartit vers l'étable d'un pas égal.

A l'entrée, elle s'arrêta net, posant sa charge au sol. Et un vague sourire s'attarda sur son visage. Il n'était point aisé de lire quelque émotion sur cette peau lisse, tant Adée avait appris, même lorsqu'elle était seule, à dissimuler ses émotions. C'était une forme accomplie de sa résistance intérieure. Elle y avait trouvé plus de force que dans mille criailleries inutiles. A la longue, les révoltes s'usent comme la pierre qui aiguise les couteaux. Et l'âme en ses points faibles, comme la pierre tendre, se creuse inégalement. Ainsi imaginait-elle parfois, dans la solitude des besognes, sa vie amenuisée de la sorte, jusqu'à sa fin dernière. Se romprait-elle brutalement, comme la pierre fatiguée d'aiguiser le fil, ou irait-elle jusqu'au bout de l'usure, mince comme une feuille de cigarette ?

L'homme avançait, bras ballants, coiffé d'une casquette de toile, la chemise ouverte sur sa poitrine. Elle le contemplait sans désemparer, comme elle l'eût fait d'un grand oiseau, de ceux qu'elle admirait le plus, les busards, les autours, les faucons. Il y avait quelque chose de majestueux en eux, dans leur assurance à planer au vent portant, comme sur la vague drossée. Jess ressemblait à un de ces rapaces imposants, dans son aisance à se mouvoir, à diriger ses gestes, à maîtriser les mouvements de son corps. Adée avait compris qu'il était d'une espèce solitaire, dans la pleine maîtrise de sa force. Et sans doute l'aimait-elle pour tout cela. Pour tout ce qu'il lui inspirait, chaque fois qu'il s'approchait d'elle.

Adée ne reprit point l'anse de son seau, attendant que son visiteur fût parvenu à la barrière. Il la franchit d'un seul mouvement. Et un sourire se dessina sur le visage d'Adée. Il grimpa la dernière pente, à grandes enjambées. Le sourire s'attarda, plus qu'elle ne l'aurait souhaité, mais il était encore, en elle, des émois qu'elle ne pouvait contrôler.

– Toi ? dit-elle en feignant la surprise. Ici ?

Elle avait toujours su, malgré sa longue absence, qu'il finirait par lui revenir.

– Oui, dit-il en hochant la tête.

Jess avait gardé sa casquette de toile au ras des sourcils. L'œil était ténébreux, et l'ombre sur sa figure ajoutait à cette impression.

– Pourquoi es-tu revenu ? Je ne t'attendais pas.

Il haussa les épaules, prit le seau et alla le verser dans l'abreuvoir. C'était bien pratique, ainsi. Cela lui évitait de se justifier. Il avait compris que son retour serait jugé comme un acte de soumission. Du reste, Adée ne l'accompagna point dans l'étable. Elle attendit qu'il revînt.

– Je vais t'aider, dit-il.

– Je n'en ai pas besoin.

– Bien sûr.

Il marchait derrière elle, le seau vide à bout de bras. Ce lui importait peu que Choisne fût là. Il n'avait rien à lui dire. N'était-il pas mieux de faire comme s'il n'existait pas ? Le capitaine laissa se dérouler la chaîne à vive allure, jusqu'à ce que le seau atteigne le fond dans un clapotis sourd. Puis il le remonta prestement.

– Vive l'eau courante ! s'écria-t-il. Que de peines évitées !

– Choisne n'en veut pas. Il dit qu'il ne versera rien à la Compagnie. « Tous des voleurs ! » répète-t-il.

Jess éclata de rire.

– Pourrais-tu éviter, une heure seulement, de prononcer son nom ?

Ils redescendirent aux étables, dans les feux du jour finissant. Par le plein été, la lumière de Corrèze glissant sur les collines, à la fin du jour, avait un éclat fauve. Il n'était plus la moindre trace de brume, qui se levait parfois aux lendemains d'orage. Il n'était plus que la pureté de l'air chauffé à blanc. Et le bleu violine du ciel, sans nuages ni vent.

Quand l'abreuvoir fut empli à ras bord, Adée appela ses vaches par des sifflements mielleux. Elles ne se firent pas prier, salers en tête, pour venir boire l'eau fraîche. De loin, Mangin surveillait la manœuvre. Inquiet, parfois, de voir avec quelle agilité la maîtresse de maison se faufilait entre ses bêtes, évitant les cornes menaçantes. Ces animaux n'étaient guère hostiles, même si Choisne les rudoyait souvent. Mais, ces derniers mois, il ne visitait plus ses étables, même pour faire litière. Toutes les tâches reposaient sur les épaules de sa femme.

Quand le troupeau se fut abondamment abreuvé, Jess le remit au pré. Adée en profita pour s'asseoir sous la treille qui s'étalait le long du mur. De là, elle dominait ses collines, les puys au plus loin, sous la barre du ciel, où le rose du crépuscule teintait l'horizon. Elle demeura de longues minutes le regard fixe, jusqu'à ce qu'elle sente, au bruissement de l'air, à la sueur forte, l'homme qu'elle attendait. Il se tint à côté d'elle, en silence. Sans doute eût-il voulu qu'elle lui fît un peu de place sur le banc. Mais elle ne bougea point.

– Je ne me supporte pas, loin de toi, fit-il d'une voix blanche.

Adée baissa la tête. Sa main remonta à l'échancrure de sa robe bleu lin, pour obturer sa gorge. Ensuite, elle ramena le pan de tissu qui bâillait sur ses cuisses. Elle avait senti son regard scrutateur, et les lieux où il s'attardait, empli de désir. Et elle avait aussi compris ce qu'il pensait à la seconde, le désarroi qui agitait son esprit. N'est-ce pas malheureux, une si jolie femme qui se refuse à l'homme qui l'aime... L'ardeur des mouches était forte, surtout aux alentours de l'étable. Elles piquaient au sang sur les mollets et les bras. De petites mouches, actives et affamées. Adée en claqua quelques-unes, sans grand succès. Elles étaient vives et habiles, tournant et retournant autour de leur proie. Ce n'était point comme ces vieilles mouches qu'un simple contact suffit à éclater comme une bulle.

– Viens donc à la grange, proposa Jess. J'ai à te parler.

Elle fut à peine surprise de sa demande. Il ne pouvait demeurer ainsi, des heures, à la contempler sans mot dire. Ou partir, comme il était venu, dans le sombre silence tourmenté qui le possédait. Pourrait-elle me délivrer, enfin ? songea-t-il en lui prenant la main pour l'inciter à se lever. Elle résista à l'appel. Qu'a-t-il à dire que je ne sais déjà ? pensa-t-elle. Mais elle n'osa un mot de défense. Rien qui eût pu le vexer, une fois encore. Son bras vigoureux d'homme la tira vers lui. Leurs regards se croisèrent, comme s'ils ne se connaissaient pas, comme s'ils se voyaient pour la première fois. Une gravité aux portes du silence. Je n'entrerai pas, se promit-elle. Et lui ne rêvait qu'à cela, l'instant où la pénombre les enfermerait.

Ils montèrent à la grange. Il tira la porte derrière eux.

– Crois-tu que tu auras le courage ?

– Je l'aurai, promit-il.

– Pourquoi te croirais-je ?

– Parce que je n'ai qu'une parole.

A l'instant où Jess défit son ceinturon, Adée poussa un cri de défense, ses mains protégeant son visage.

– Pas comme ça ! Non ! Non !

Et elle se faufila, prestement, dans le foin, pédalant dans la molle texture, éparpillant autour d'elle l'herbe sèche. Il la suivit, suppliant :

– Que crains-tu ? Je ne te ferai jamais le moindre mal. Tu le sais, Adée, enfin ! Quoi ? Ai-je l'air d'un sauvage ?

Il était tombé à ses pieds, mains étendues devant elle. Sans parvenir à l'atteindre. Elle était recroquevillée dans son tapis d'herbe odorante, comme une bête traquée.

– J'ai cru, une seconde, reconnut-elle, que tu voulais me frapper. Lui aussi, il fait ça avec son ceinturon. Il le roule dans sa main, la boucle en avant.

– Tais-toi, mais tais-toi donc, répétait Jess les mains plaquées sur son visage.

Et ce fut alors, par gestes prudents, qu'il tenta de l'approcher. Ainsi les hommes apprivoisent-ils les animaux sauvages, par petites avancées. Jess atteignit enfin ses pieds, puis se mit à les pétrir entre ses doigts, comme une argile molle.

– Que sais-je des hommes ? dit-elle dans le silence de la grange.

Un rai de lumière tombait d'un vasistas, dans lequel dansait la poussière comme l'eussent fait des étoiles. Ses mains remontèrent, doucement, force domptée, le long de ses jambes. Adée les serrait comme un étau. Il vit aussi qu'elle tremblait, de peur ou d'angoisse. Il ne savait au juste discerner d'où lui venait cette terreur muette. De Choisne, peut-être. De ce renoncement dont elle craignait qu'il ne profite ?

– Je veux être à toi, dit-il. Ta main armée. Comprends-tu ? Je serai ta volonté.

Adée hocha la tête. Elle désirait tellement le croire, cet homme, cet étranger de passage. L'amour pourrait-il le rendre à ce point fou ? Existe-t-elle sur la terre, cette folie ? Et se peut-il que nous nous accordions à ce point ? Les interrogations s'enchaînaient dans sa tête, au point de lui faire perdre le contrôle de la situation. Adée était partagée entre le désir physique de l'étranger et la crainte que la délivrance de ce désir ne sonnât le glas des promesses.

– J'aurais tant voulu que tout se passe après...

Et elle ferma les yeux sur les douces caresses qui prenaient possession de son corps. Elle la voyait, encore une fois, la sombre brute, basculer dans son trou. Et la terre bouillonnait alentour comme un volcan.

A l'instant où Jess vint en elle, elle poussa juste un cri. L'homme s'épuisait dans sa chair, s'amenuisait, rapetissait. Et il lui semblait, à mesure, qu'elle grandissait d'une puissance nouvelle et jusqu'alors insoupçonnée. Adée avait compris que sa délivrance naîtrait de ce plaisir auquel elle se soumettait, corps et âme. Quand elle comprit qu'il allait jouir, elle le réfréna. Elle le supplia de reculer, comme si la crainte qu'elle avait éprouvée au premier instant s'en revenait sur elle.

– Attends. Attends donc.

Et ses mains s'en vinrent caresser son visage, griffant la douceur qui perlait de ses yeux.

– N'aie crainte ! promit-il. N'aie crainte.

Ainsi, croyant éteindre ses ardeurs pour un court sursis, elle réveilla le cheval fou qui tempêtait en lui. Et leurs corps roulèrent parmi le foin, dans l'ivresse du plaisir partagé. Adée poussa un long râle, tandis que l'homme l'abandonnait, déjà, léger au-dessus d'elle, comme l'oiseau majestueux qui hantait ses rêves.

Jess s'était allongé à côté d'elle, sans un mot. Adée écoutait sa respiration précipitée. Elle avait envie de pleurer. Et ne pouvait s'y résoudre.

– Tu as tout obtenu de moi, murmura-t-elle.

Il sentit dans le timbre de sa voix une pointe de détresse. Il se retourna contre elle, vivement, pour observer son visage dans la pénombre.

– Que crains-tu, mon amour ?

Ses traits se crispèrent. Alors, sa main d'homme se voulut consolante, cherchant par les caresses à la rassurer. Ses lèvres aussi s'en vinrent sur ses seins, glissèrent le long de son corps, entre ses cuisses. Elle ne se défendit pas, tressaillit à peine.

– Tu sais bien à quoi je pense.

– Oui, dit-il.

– Quand donc en serons-nous délivrés ? Quand pourrons-nous nous aimer sans cette menace sur nos têtes ?

Jess défit les derniers boutons de la robe. Il voulait la regarder, nue. Sa main frôla un hématome à la hanche. C'était un endroit douloureux. Il s'y attarda.

– C'est lui qui a fait ça ?

Elle opina de la tête.

– Quand ? Je croyais qu'il ne te touchait plus ?

Et il éprouva un mouvement de dégoût à l'idée que Choisne pût s'allonger sur ce corps, y fourrer ses sales pattes.

– Non, le rassura-t-elle. Non. Tu n'as pas besoin d'imaginer ça, mon pauvre Jess.

– Et cette chose-là ?

– Il m'a mordue comme un chien. C'est sa manière à lui de faire. Faut toujours qu'il fasse souffrir.

– Tais-toi ! Tais-toi donc.

13

La trahison de ses pairs, voire l'abandon, reléguait Cyril dans sa demeure. Cloîtré, prostré. C'était juré, craché. Jamais il ne retournerait au bois de Vidale tant que Maximo ne serait pas venu prendre de ses nouvelles. Sur ce point, Violette avait raison. Un grand chef n'abandonne jamais ses hommes.

Au reste, cette situation l'arrangeait plutôt. Le garçon n'avait qu'une envie, c'était de rester dans les jambes de son grand-père. De plus, cet éloignement avait un avantage non négligeable, il le dispensait d'avouer que son évasion, il la devait à une petite gamine. Une pisseuse, comme disait Moineau. Enfin, sur sa nouvelle amitié, il n'avait envie d'apporter aucune explication. C'était son libre arbitre. Son choix personnel. La liberté, souvent, ne s'accommode pas de justifications. Puisqu'il n'était au village qu'un étranger, un petit Parigot, à quoi bon faire un effort ? Je ne serai jamais des leurs, se persuadait-il.

Mais ce tour chagrin que prenaient les événements, il fallait en chercher les raisons profondes dans la maladie de sa mère. Plus ses grands-parents faisaient des mystères et plus il désespérait. Peut-être ne la reverrai-je plus jamais, pensait-il durant ses moments de cafard. Puis la vie reprenait le dessus, avec le sourire de Violette, les attentions d'Emile.

Ce jour-là, le grand-père et l'enfant quittèrent Rilhac pour une longue promenade. Ils s'étaient entendus pour un pique-nique vers Chabanet. Emile avait mis tout ce qu'il fallait dans une musette : du pâté de campagne, de la saucisse sèche, du fromage caillé, un quart de tourte de pain, de l'eau... Ils suivirent sans parler, d'un bon pas, les méandres de la Sévère. Le sentier des pêcheurs était ombragé, et ils goûtèrent agréablement à la fraîcheur des berges. Ils s'offrirent même le luxe de baigner leurs pieds nus dans le courant, pour réparer l'échauffement de la marche.

– Je n'ai pas l'habitude de trotter si longtemps, reconnut Cyril.

Emile frictionna la chevelure de son petit-fils, énergiquement. Il avait cette manie, affectueuse et taquine. Mais ça n'y faisait rien quand même, car Cyril possédait les mêmes cheveux raides que sa mère. Et tout se remettait en place sans le secours d'un peigne.

– Mon petit doigt m'a dit, ajouta le grand-père, que nous avons fait une connaissance...

Le visage de Cyril s'empourpra. Et cela ajouta à son embarras lorsque Emile éclata de rire.

– Tu es lourd, grand-père, se défendit le garçon.

– C'est un secret, sans doute ?

– Oui, dit Cyril.

– Je crois que c'est une gentille et jolie petite, insista le grand-père.

Ils reprirent leur marche en contemplant les ormes que les paysans avaient ratiboisés l'hiver précédent.

– Ce sont des têtards, fit-il. Des arbres mutilés auxquels on fait rendre le plus de bois possible.

– Moi, je n'aime que les grands chênes. Les vieux chênes, précisa-t-il, qui touchent le ciel. Et toi ?

– Comme celui où vous avez construit une cabane ? questionna le vieux.

– Comment sais-tu ça ?

– J'ai mes informateurs, fanfaronna Emile.

Ils abandonnèrent les berges de la rivière pour prendre un chemin de vaches. Un temps encore, ils jouirent de l'ombre des frênes. Puis le sentier se perdit à flanc de colline, là où les propriétaires abandonnaient leurs troupeaux au pâturage. Ils enjambèrent une clôture.

– Nous allons couper par les prés, proposa Emile. C'est plus intéressant que de marcher précautionneusement pour éviter les bouses.

En cet endroit, il y avait trace du trafic des petites transhumances. Le crin pendait aux barbelés, et sous les derniers arbres, là où les troupeaux avaient piétiné à leur aise, la terre était meuble, sans un pouce d'herbe. Et dans les trous de pas, le purin stagnait sous une armada de mouches. L'air vibrait en sa colère d'été, mille odeurs mélangées, celles des fleurs et des miasmes domestiques. Tous deux avaient hâte de quitter les inconvénients de la civilisation, ses chemins tracés à l'utile, ses haies rectilignes, ses sources apprivoisées. Ils voulaient atteindre au plus vite la nature sauvage et virginale, celle où l'homme ne s'attarde guère et n'a pas encore posé durablement son empreinte. Ainsi montèrent-ils au Chabanet. De hauts pâturages abandonnés à leur solitude, où les troupeaux se gavaient de liberté, en se glissant entre les bouquets de buissons noirs. La garenne avait proliféré sur les pentes aiguës, et mille passages étaient ménagés en entrelacements compliqués. Ils s'y faufilèrent au milieu des millepertuis. Cyril cueillit un bouquet et le porta à ses narines.

– Ça sent les tisanes d'Armande, reconnut-il.

Emile hocha la tête en humant l'air, ordonna un peu de repos.

– Je ne suis pas fatigué, grand-père.

– Moi, si. C'est le privilège des vieux de voir venir la fatigue. Ah, s'écria Emile, je parie que tu n'avais pas songé à ça !

– Tu n'es pas si vieux, pourtant.

– Pas assez encore, fit-il tristement.

– Tu voudrais vieillir encore plus vite ?

– Puisque ma jeunesse est enfuie, à quoi bon.

Cyril partagea la tristesse de son grand-père, en venant lui prendre la main.

– Je sais à qui tu penses, grand-père.

Le vieux détourna le regard vers les hautes collines qui dominaient la vallée, et le village de Rilhac, dont une partie semblait accrochée au flanc rocheux, comme ces plantes chétives qui bataillent pour ne point mourir.

– Tu penses à maman, n'est-ce pas ?

– Oui, reconnut Emile en inclinant la tête vers le sol.

Ses yeux suivaient le périlleux voyage des fourmis dans l'herbe sèche.

– J'ai vu grandir ta mère, comme je te vois en cet instant. Je me disais alors : ce sera bien triste, le jour où elle nous quittera pour voler de ses propres ailes. Elle avait de l'ambition, notre petite Florence. Puis ce jour est arrivé. Et ce fut pour moi un grand chagrin. Tu verras, toi aussi, tu seras triste le jour où tes enfants quitteront le nid familial. On se rassure. On se dit : une page est tournée. C'est la vie. Mais voilà, c'est une affaire dont on ne se console jamais. L'existence n'est faite que de pages qui se tournent. Et à la longue, tout s'efface. Les souvenirs. Les plaisirs des jours. Les rêves, aussi.

Soudain, Emile se redressa en grimaçant. Les douleurs aux jointures ne lui laissaient guère de répit. Mais de cela aussi, à la longue, il avait fini par s'accommoder.

– Pourquoi te dis-je tout cela ? marmonna-t-il. Ce n'est pas des propos de ton âge.

– Je comprends ce que tu veux dire, assura Cyril.

Le vieux chercha son bâton, qu'il avait abandonné dans l'herbe. Cyril se précipita pour le lui tendre.

– Ma maman est malade, dit l'enfant. Très malade, même. Même si tu ne veux rien me dire, je le sais.

Emile acquiesça d'un mouvement de tête.

– Il nous faut penser à elle, très fort. Notre petite Florence livre un combat terrible. Et je crois, lui assura Emile, qu'elle pense beaucoup à toi, parce qu'elle t'aime plus que tout au monde. Et si elle ne répond pas à tes lettres, c'est parce que sa maladie ne lui laisse aucun répit. Voilà la vérité, mon petit.

Cyril vint se blottir dans les bras de son grand-père.

– Tu ne diras rien à Armande, n'est-ce pas ?

– Oui, grand-père, je te le jure.

– C'est un secret entre nous. Mais je ne supportais plus l'idée que tu ne saches pas. La vérité, c'est ce qui donne du courage. Et le mensonge n'est qu'une fuite.

Ils traversèrent la garenne, où ils mirent un couple de lapins en déroute, et une volée de perdreaux. Ils atteignirent le plateau, où l'herbe était jaune et sèche, et par endroits brûlée, là où le rocher affleure. Emile se baissa pour cueillir une tige d'aigremoine. La floraison était déjà passée. Il ne restait plus que quelques pétales jaunes épars, le reste déjà grillé par les chaleurs suffocantes du plateau. Emile pluma du bout des doigts les akènes et les posa sur sa chemise, où ils restèrent accrochés.

– Voici des graines voyageuses, expliqua le grand-père. Elles ont ainsi colonisé toute l'Europe sur le dos des animaux. Elles s'accrochent aux fourrures et s'en vont germer au petit bonheur, là où les lapins, les renards, les chiens, et que sais-je encore, les abandonnent, à force de se gratter. Sans ce moyen de transport, l'aigremoine n'eût point connu cette vitalité.

– C'est génial, tout à fait génial ! s'écria Cyril en faisant rouler les akènes entre ses doigts.

– Les plantes, comme les animaux, les insectes, les hommes, sont douées d'intelligence.

– Il en existe d'autres, grand-père, qui voyagent ?

– La lampourde épineuse, les ériophiles...

– Elles sont comme mon papa, ces plantes. Elles ne tiennent pas en place.

Emile ne put s'empêcher de sourire, tant l'exemple lui paraissait judicieux.

– Ton père est parti en Amérique pour gagner plus d'argent. Là-bas, la terre est féconde pour les esprits novateurs. Guillaume est un de ceux-là... Un géant, dans son genre. Tu peux me croire.

Cyril agrippa la main d'Emile et la serra fortement. L'enfant appréciait surtout que, pour une fois, ne s'élevât à l'énoncé du prénom de son père une critique de plus. Il était de bon ton dans la famille Ponchelle de maudire ce fuyard, ce déserteur, qui avait osé abandonner femme et enfant. Sans doute pouvait-on attribuer ce changement d'attitude au malheur qui frappait Florence. Tant d'acrimonie paraissait désormais bien dérisoire. Il fallait se serrer les coudes devant l'adversité, faire cause commune, donner plus d'amour encore à Cyril.

– A l'ombre des plantes, ou dans leur proche entourage, rien ne prospère. Aussi doivent-elles ruser pour semer au loin, déjouer les pièges de la nature. Les graines d'érable possèdent une hélice aérienne. Ainsi se laissent-elles porter par le vent, au loin. Il en est de même avec la bractée du tilleul, la machine à planer du pissenlit ou du chardon. Sans oublier les étonnants ressorts de l'euphorbe, qui expédient la graine au loin, la poire à gicler de la momordique. Et ce n'est pas tout. Les plantes ont inventé d'autres systèmes tout aussi géniaux, mon petit. Les graines du gui, du genévrier et du sorbier sont enveloppées d'une peau sucrée. En fait, ces enveloppes sucrées sont sans utilité pour la plante elle-même, sinon pour capter l'intérêt des oiseaux qui les ingèrent. Et comme ces graines ne sont point digestibles, l'oiseau les rejette, débarrassées de leur gaine, et désormais prêtes à germer. Voilà encore une des grandes adaptations des plantes pour leur survie sur la terre.

– Quand ma maman sera guérie, nous partirons tous les deux rejoindre papa, dit Cyril.

Le grand-père avait pris les devants sur la lande, se faufilant entre les hampes de ronces qui étendaient leurs griffes dans l'herbe haute et sèche. Il ne répondit pas. Mais sa main, dans sa poche, triturait une petite bague. Celle-ci avait été offerte à Florence, pour sa première communion, jadis. Ces derniers temps, il ne s'en séparait plus. Elle était devenue un lien sacré avec sa fille. Pourquoi Florence, lors de son départ de Sevran, ne l'avait-elle pas emportée avec elle ? Se pourrait-il qu'elle n'eût jamais aimé ce cadeau ? Ou peut-être avait-elle voulu rompre toute attache avec son enfance et aussi avec les objets qui s'y rapportaient, comme les œuvres complètes de la comtesse de Ségur ? Tant de questions qui hantaient, désormais, l'esprit d'un père malheureux et auxquelles il n'y avait sans doute pas de réponse.

– Crois-tu que papa sera content de nous retrouver ?

– Bien sûr, mon petit. Il pense à vous deux, souvent. Et plus encore depuis qu'il sait ta maman malade.

Emile forçait sa voix pour surpasser l'émotion qui l'étreignait. Dans son for intérieur, il savait que Guillaume Fontenois avait sans doute fait une croix sur son passé, accaparé désormais par ses affaires, au point de négliger un fils. Passe encore qu'il fût indifférent au sort de son ancienne épouse, mais son propre enfant... Cela se peut-il concevoir ? Sont-ce là les principes de la génération nouvelle ? Dans ces moments d'intenses réflexions, Emile Ponchelle se sentait plus vieux que la normale, dépassé par un monde qu'il ne comprenait plus.

Le chemin du Chabanet traversait le plateau. Et au-delà s'insinuait dans une chênaie. Ils goûtèrent l'ombre salvatrice des grands arbres. Le bruissement de l'air dans les ramures. C'était une musique qui leur avait manqué sur le plateau aride, où les gousses noires des genêts éclataient au soleil dans des crissements secs. Cyril chercha la fraîcheur des fougères et des fraisiers sauvages.

– J'ai faim, grand-père.

Emile déposa sa musette sur un tronc d'arbre mort. Il était trop vieux, perclus de rhumatismes, pour s'asseoir à même le talus. Ce tronc lui ferait un siège convenable. Emile tailla des tartines de pain sur lesquelles il étala le pâté. Ils mangèrent en silence. La promenade leur avait donné un appétit d'ogre. Cyril demanda de la saucisse sèche, et un quignon de pain. Il aimait surtout la croûte craquante du pain de campagne. Elle fleurait bon le four à bois et la farine chaude.

– Lorsqu'elle était petite, tu emmenais maman en promenade ?

– Sur les bords du canal de l'Ourcq, dit Emile.

– Et vous pique-niquiez, aussi ?

– Ta mère préférait Paris. Nous allions dans les musées.

– C'est vrai, fit Cyril. Elle m'a montré le Louvre. Pourquoi ne m'a-t-elle jamais dit que tu l'y conduisais dans son enfance ? D'ailleurs, ajouta l'enfant, elle ne parle jamais de ses jeunes années.

Le vieux hocha la tête. Etait-ce si difficile d'admettre que Florence avait été une enfant solitaire et secrète ? Une enfant qui n'admit jamais ses origines modestes. Sans doute tenta-t-elle de dépasser sa condition par un travail acharné ? Les parents Ponchelle furent vite mis à l'écart. Ils n'entraient pas dans l'univers rêvé de Florence. Ils étaient devenus comme une tache. Et il fallut qu'Emile insistât fort pour qu'elle consentît à leur présenter Guillaume. Cette visite se fit étrangement, par un dimanche de pluie. A Sevran même. Pour Florence, cette cité de banlieue était le pire endroit de la terre. Un monde honni entre tous. Pourtant, les Ponchelle avaient mis les petits plats dans les grands. Mais rien n'y fit. Rien. A peine le repas achevé, le couple disparut. Emile comprit, ce jour-là, que les visites de sa fille se feraient rares. Il est peu de sentiments qui survivent à la honte.

– Je t'aime bien, grand-père. Tu sais cela. Tu l'as compris, dit Cyril en passant un bras autour de son cou.

Emile n'était guère dispensateur, d'ordinaire, de caresses et d'embrassades. Il était plutôt froid de ce côté-ci. Mais il est plus d'une manière, dans la vie, de montrer son amour.

– Moi aussi, mon petit. Et ta grand-mère aussi. Même si elle possède un sacré caractère. Armande a le cœur sur la main.

– J'ai longuement réfléchi, dit Cyril. S'il arrive malheur à maman...

– Tais-toi donc. Tu dois avoir confiance. Confiance en elle, précisa-t-il. C'est pour toi aussi qu'elle se bat. Elle n'a que toi dans la vie. Tu es son sang, son cœur, son âme, fit le vieux.

D'un geste, il rabattit son chapeau de paille sur le bord de ses paupières pour dissimuler les larmes qui embuaient son regard.

– Tu dois m'écouter, grand-père. Dans ce cas, je n'aurai plus que vous deux. Car je ne crois guère que papa viendra me chercher.

– Comment peux-tu dire une chose pareille ? Il te faut chasser ça de ton esprit, mon petit.

Emile serra l'enfant contre lui, très fort, mais son geste, tout affectueux qu'il fût, était aussi impuissant que ses paroles apaisantes.

Qui peut dire ce que l'avenir réserve à cet enfant ?

– Tu dois me promettre, grand-père...

– Quoi donc, mon petit benêt ?

– Que tu ne m'abandonneras jamais, toi...

Décidément, Violette était l'effronterie même. En entendant le choc répété des petits cailloux sur les vitres de sa chambre, Cyril comprit que ce ne pouvait être qu'elle. Il se porta au chambranle et la découvrit, toute menue, sur le trottoir d'en face. Il ouvrit et lui fit un grand signe de la main. La jeune fille regarda à droite et à gauche, avant de se décider à lui rendre son salut. Pour ce geste engageant, elle ne désirait aucun témoin.

Cyril descendit aussitôt, sans prendre le temps de coiffer un chapeau. Malgré les cris d'Armande, il fut vite dans la rue. Comme un couple de moineaux, ivres de liberté et de grand air, ils s'enfuirent vers la rivière, par le chemin des écoliers.

– Pourquoi tu ne viens plus me voir ? reprocha Violette. Je t'ai fait quelque chose ?

– Rien, répondit Cyril.

– Je ne te plais plus ?

Il vint déposer un baiser claquant sur ses joues rebondies.

– Ce n'est pas contre toi.

– Ah bon, dit-elle, rassurée.

Violette lui sourit en étirant ses lèvres, un sourire exagéré. Et Cyril, en l'observant, songea qu'il y avait chez cette gamine un don de comédie admirable, comme il s'en trouve chez les grandes personnes. Il eût voulu lui dire, du reste, qu'elle imitait les adultes, dans sa manière d'être, mais n'osa pas. Si elle possédait l'art de jouer aux grandes personnes, elle avait en revanche la susceptibilité enfantine. Et pour rien au monde il ne pouvait se risquer à la froisser.

– J'avais envie d'être seul, avec mon grand-père. Tu le connais ?

– Non.

– C'est un homme extraordinaire, dans son genre.

– Je ne sais pas ce que c'est, un grand-père extraordinaire. Le mien sait-il que j'existe ? C'est du genre à me chasser à coups de bâton. Il voulait que je sois un garçon, tout comme mon père.

Violette parut réfléchir.

– Serait-il aussi gentil, ton grand-père, si tu étais une fille ? Je parie que tu n'as jamais pensé à ça ?

– Non, reconnut Cyril. Mais je crois qu'il m'aurait aimé tout autant.

D'un bon pas, ils descendirent vers la rivière. Elle, dansant quelquefois. Comme une feuille au vent. Violette portait toujours la même sorte de robe, dans des coloris différents. Aujourd'hui, elle était prune. Et c'était plutôt bien, en accord avec le ciel embrumé. Il le lui dit. Et elle en fut charmée.

– Tu es galant, Cyril.

– Oui, je le suis. Parfaitement, insista-t-il.

Elle se mit à rire.

– Tu voudrais que nous soyons comme des amoureux ?

Cyril feignit de ne pas comprendre :

– C'est comment, des amoureux ?

– Ça se tient par la main. Ça s'embrasse de temps en temps.

– Moi, je veux bien.

Elle revint vers lui, prestement, lui saisit la main.

– Ce n'est pas facile de marcher l'un à côté de l'autre, comme ça, en se tenant la main.

– Faut être amoureux, quoi ! fit Cyril.

Et comme il voulait l'embrasser dans le cou, elle s'effaça dans une volte-face.

– Pas tout le temps, marmotta-t-elle.

– Tu veux dire que c'est toi qui décides du moment...

– Les amoureux, expliqua Violette, passent beaucoup de temps à se regarder dans les yeux. Et des fois, le garçon veut faire un baiser, et la fille refuse. Tu comprends ça ? C'est compliqué.

Cyril hocha la tête, gravement.

– Mais si j'ai envie de t'embrasser, tu dois accepter, sinon ça prouve que tu n'es plus amoureuse.

Violette éclata de rire. C'était tout ce qu'elle attendait de lui, qu'il entrât de plain-pied dans son jeu. Aussi disparut-elle dans le petit sentier étroit et malaisé qui conduisait les pêcheurs aux berges de la Sévère. Cyril hésita à s'y engager aussi. Il venait de comprendre que Violette en connaissait toutes les cachettes, et qu'il se ridiculiserait à la chercher en vain. Il l'appela, de plus en plus fort, ses mains en porte-voix. Rien n'y fit. Rien ne pouvait inciter son amie à quitter sa cache.

Alors, Cyril se résigna à dégringoler, lui aussi, jusqu'à la rive, les cailloux roulant sous ses pas. Il jeta un regard en direction des roseaux, sans négliger les boqueteaux d'ormes et de frênes, dont les branches basses affleuraient l'eau. Il ne voulait s'avancer plus avant, sur le môle sablonneux. Mais il repéra vite la trace de ses petits pas, aussi délicate que celle d'une gazelle.

– Je sais où tu te caches ! lança-t-il. Attention aux sables mouvants. Plus d'un pêcheur s'y est englouti.

L'avertissement fit relever Violette, à l'endroit même où elle s'était accroupie. Il aperçut entre les troncs des frênes sa robe verte, et sa frimousse échevelée.

– Ce que tu peux être bête ! cria-t-elle.

Pour cet exploit, Cyril fut autorisé à lui glisser un petit baiser dans le cou. Il ne s'en priva pas. Et même elle le lui rendit, sans rancune.

– Si on allait à la cabane ? proposa-t-elle.

Cyril s'arrêta net, à hauteur du pont romain.

– Je ne peux pas.

– Pourquoi ?

– Maximo m'a trahi.

Violette haussa les épaules.

– Ce que ça peut être idiot, un garçon. Mais tu n'as pas compris qu'il est jaloux ?

– De moi ?

– Bien sûr. A cause de Solange.

– Comment tu sais ça, toi ?

– Mon petit doigt me l'a dit. Mais maintenant, c'est réglé, puisque nous sommes ensemble.

Violette glissa un bras autour de sa taille.

– Regarde. Nous allons les voir, comme ça, bras dessus bras dessous. Et Maximo comprendra son erreur. En plus, ils seront bien moqués. Surtout par l'affreux Moineau.

– Tu ne l'aimes pas ?

– Ce petit salaud m'a donné plus d'une gifle. Et même des pinçons. Tu ne sais pas ce que ça fait, toi, quand on te prend le poignet, comme ça, et qu'on te tourne les chairs ?

Cyril résista à la douleur. Sans un cillement du regard. Elle insista pourtant, mais le garçon banda ses muscles pour atténuer l'emprise des doigts.

– Et des fois, il mord. Comme ça.

Violette planta ses petites dents dans la saignée du coude, là où la peau est fine et sensible. Mais elle regretta bien vite sa démonstration, et lécha doucement l'endroit de sa morsure comme pour en effacer le douloureux effet. Cyril posa ses lèvres dans sa chevelure et huma son odeur. A la même seconde, il se rappela que c'était, là, l'accomplissement d'un geste familier avec sa mère. Florence aimait l'arôme du chèvrefeuille et en usait abondamment. C'étaient toujours des parfums distingués qu'elle acquérait dans les boutiques les plus réputées. Quelquefois, elle lui demandait son avis. « Tu es mon parfait petit homme, disait-elle en caressant sa joue. Et un petit homme doit connaître tous les secrets de sa chère maman… »

Ainsi entretenaient-ils des relations en demi-teinte, où l'on devinait que Cyril occupait fortuitement la place d'un mari absent, quand il prenait à sa mère d'oublier sous ses airs sérieux le petit garçon. Et s'il choisissait les parfums, ce n'était certes pas pour lui qu'elle s'en recouvrait, mais pour d'obscurs étrangers dont il soupçonnait la présence dans l'entre-zone des nuits secrètes. « Tu aimes toujours papa ? » demandait-il souvent. Elle jurait que oui ; elle se voulait rassurante ; elle contournait les écueils habituels. Il ne pouvait en vouloir à sa mère, puisque c'était Guillaume qui avait fui le premier, en Amérique. La faute lui était donc imputable, et Florence sa victime.

Violette courut vers le bois de Vidale. C'était là qu'elle voulait l'entraîner de force, malgré sa peur, ses craintes, ses préjugés. Pourquoi les filles sont-elles plus volontaires ? se demandait Cyril. Et les garçons plutôt lâches... Maman a gardé le portrait de papa dans sa chambre. Tandis que mon cher papa, je doute qu'il ait encore celui de maman dans son portefeuille. Je crains qu'il ne s'en soit débarrassé à la première occasion.

– Ils vont te faire prisonnière, prévint Cyril. Et Moineau sera le plus terrible de tous.

– Je n'ai pas peur, moi, répliqua Violette. Et puis tu me délivreras.

– Bien sûr, fit-il. Nous sommes comme les cinq doigts de la main.

Elle était parvenue à l'ombre de la chênaie, un endroit où le chemin était large et où les Larrons allumaient des feux sur les pierres plates. Violette répétait ses appels, en vain. Par de grands gestes. Cyril se cantonnait à la lisière, imperturbable, sourd et aveugle. Je ne veux pas m'expliquer avec Maximo. Et encore moins supporter les railleries de Solange. Sa voix grave. Ses piques outrancières. Il s'était assis en tailleur sur l'herbe sèche, grappillait des ombelles de carottes sauvages. Cela l'occupait, machinalement. Ça l'aidait à penser. Il releva la tête devant Violette, qui était revenue sur ses pas. C'était un signe d'attachement, pour une fille volontaire comme elle. Et elle s'assit à côté de lui, dans l'herbe, cherchant à comprendre ce qui le retenait ainsi.

– Ne crains rien, je suis là, dit-elle. Les filles ont plus d'armes que les garçons.

– Je le sais.

– Les Larrons ne sont pas si méchants. Combien de fois j'ai servi d'intermédiaire dans des affaires toutes plus crétines les unes que les autres !

– Toi ? s'étonna Cyril. Alors que fais-tu avec le Gniaf ? Pourquoi as-tu choisi son camp ?

Violette ne sut répondre. Elle était de la cité haute. Mais ce n'était pas, à ses yeux, une raison suffisante.

– Je n'ai pas à me justifier, dit-elle enfin.

Cyril hocha la tête, puis regretta sa question. Lui, qu'est-ce donc qui l'avait fait pencher vers les Larrons ? Il n'aurait su répondre non plus. Toute la marmaille de Rilhac avait édicté des règles, et chacun s'y conformait, stupidement. C'était là, dans ces lois idiotes, qu'il fallait chercher la réponse.

Seul, Moineau montait la garde dans le grand hunier, suspendu à la plus haute branche, comme un sinistre corbeau. En entrevoyant Violette dans la clairière, il sonna aussitôt l'alerte. Et comme Cyril restait à la traîne, dix pas en arrière, il crut à une attaque des Dénicheurs. Et plus encore, à une ruse du Gniaf envoyant Violette en éclaireuse. Mais lorsque Fontenois apparut, enfin, Moineau éclata de rire.

– Tiens, v'là le déserteur ! cria-t-il.

Et méchamment, il banda les brides de son lance-pierres pour lui décocher un caillou. Le projectile passa au-dessus de sa tête, fracassant les ramures basses d'un acacia. Cyril s'accroupit dans les fougères.

– Tu vois, dit-il à Violette, ce type est complètement con.

Violette exhiba son mouchoir blanc, l'agita en l'air. Dans le langage des flibustiers de Rilhac, cela signifiait des intentions pacifiques. Mais Moineau avait surtout envie de s'amuser. Ce signal ne l'empêcha guère de tirer à la suite quelques coups de semonce. Cyril fit signe à sa compagne de s'agenouiller à côté de lui. Mais elle refusa.

– Si tu me touches, Moineau, le Gniaf te taillera les oreilles en pointe !

– Greluche ! Ferme-la. Je veux entendre l'Parigot. Qu'est-ce que t'as à dire ?

– Je t'emmerde ! cria Cyril.

Et les tirs reprirent jusqu'à ce que Violette se fût rapprochée du grand chêne. Maintenant, elle s'était mise à l'abri du tronc noueux, plaquée contre lui. Elle demanda à Cyril de la rejoindre. Ce qu'il fit, en courant.

– Et maintenant ? déplora-t-il. Nous avons l'air malins. Moineau est foutu de nous assommer avec des galets. Je le sais. Il y en a une réserve sur le plat-bord de la cabane.

Violette haussa les épaules. Elle ne croyait pas qu'il se risquât à cette folie.

– Je te dis qu'il ne me fera rien, à moi.

– Et pourquoi ?

– Parce que je l'ai déjà tiré d'affaire.

– Comment ça ?

– Lorsque le Gniaf l'a fait prisonnier, il voulait lui passer le zizi au cirage.

Cyril éclata de rire.

– Pourquoi vous riez ? demanda Moineau. J'vas vous en passer l'envie, moi !

Et une pierre déboula entre les branches.

– Ce type est fou à lier, protesta Cyril.

– Tu vas arrêter tes âneries ! cria Violette.

Lorsqu'ils atteignirent le plat-bord de la cabane, Moineau les visait toujours avec son lance-pierres.

– Le premier qui approche... menaça-t-il.

– Du calme, Moineau, fit Cyril en levant les mains.

– Bon. D'accord. Tu vas devoir t'expliquer...

Violette et Cyril s'assirent en tailleur à l'entrée de la cabane.

– Je vois que vous l'avez reconstruite, nota le Parisien. C'est bien.

– On se souviendra comment tu l'as défendue, ricana Moineau.

– Les Dénicheurs m'ont fait prisonnier. Et c'est Violette qui m'a délivré. Sans elle, je croupirais encore dans leur cave. Elle est des nôtres, maintenant.

– Pas si vite, se défendit la jeune fille. Je suis de nulle part, moi.

Les coups de corne répétés avaient rameuté les Larrons. En file indienne, ils regagnaient le bercail. Solange et Maximo comprirent aussitôt qu'ils s'étaient trompés sur le compte du Parisien. Et qu'il n'avait pas rallié le camp ennemi, comme toute la bande l'avait supposé.

– Je t'en ai voulu, Maxime, insista Cyril.

– Bon, bon, minauda Solange, on va pas en faire tout un plat. Tu as plutôt bien joué, fit-elle en fixant la Dénicheuse.

En un clin d'œil, elle avait saisi les liens qui unissaient Cyril et Violette. Une petite pointe de jalousie lui traversa le regard. Certes, elle n'aimait guère le Parisien, mais elle ne supportait pas non plus l'idée qu'il eût fait une conquête dans le camp ennemi. C'était une preuve d'indépendance, d'affranchissement, qui n'entrait guère dans les règles communes des Larrons. Pour un peu, elle eût souhaité qu'il lui demandât l'autorisation.

Du reste, Moineau en profita pour porter le fer à la plaie.

– Je suis pas d'accord pour que la Dénicheuse soit des nôtres.

Violette baissait la tête. Elle avait eu à souffrir, jusque sur les bancs de l'école, de ces affaires de clans, et désormais se sentait plutôt affranchie. D'être rejetée par tout le monde ne l'affecterait plus jamais.

– Alors, bonsoir la compagnie ! jeta Cyril. Viens, ma petite Violette. Nous n'avons plus rien à faire ici.

Moineau s'interposa.

– Quoi ? Vous acceptez ça ? Bande de lâches !

– Qu'est-ce que tu veux faire ? questionna Lucie.

– Que le Parigot aille au diable ! s'écria Moineau. Mais la Dénicheuse, on la garde. Prisonnière. Et si le Gniaf veut la récupérer, faudra qu'il vienne se prosterner devant nous !

Cyril prit Violette dans ses bras.

– Je l'emmène avec moi. Ou alors...

– Alors quoi ? releva Moineau.

Le Parisien serra les poings.

– Je sais me battre aussi bien que vous.

Moineau tenta de s'emparer de Violette par la chevelure, mais la jeune fille lui décocha un coup de pied dans les jambes. Aussitôt, Maximo s'interposa.

– Tu n'es pas un chef, toi, l'accusa Cyril. Un vrai chef défend ses hommes.

Solange lui cracha au visage.

– Qu'ils aillent au diable !

Cyril comprit alors que la partie était gagnée. La grande Solange possédait l'autorité suffisante pour imposer ses décisions. Maximo, tout compte fait, ne pouvait rien contre elle. Elle le tenait au creux de son poing, comme un hanneton.

Ils quittèrent la cabane, sans précipitation. Il leur fallait montrer que ni l'un ni l'autre n'éprouvaient la moindre peur. Sur ses hauteurs, Maximo était en proie à mille hésitations. Il était partagé en deux. La tournure des événements exigeait qu'ils fussent écartés, mais la raison plaidait plutôt pour l'entente. Lorsque les Larrons se mirent à applaudir le départ de Violette et Cyril, il jeta un regard furieux dans la direction de Solange.

– Quoi ? demanda-t-elle.

– Cyril devrait rester avec nous, dit-il, amer.

– Et Violette... C'est une peste ! Elle aurait fichu le bordel entre nous.

Maximo fit un geste de dépit et se retira dans les profondeurs de la cabane, comme un vieux guerrier lassé par les querelles de pouvoir.

14

Les blés des Régâts, mûrs à point, milieu août, attirèrent de nouveau Jess à la ferme Choisne. Les amants ne pouvaient imaginer meilleur alibi que les travaux de la moisson pour se rapprocher l'un de l'autre. Du reste, Firmin fut comblé devant cette aide providentielle. L'ivrogne ne jurait plus que par Mangin. Il le louait, l'adulait, et pour un peu se fût querellé pour lui. Parfois, il disait même que Jess était le meilleur domestique qu'il avait jamais eu. Et celui-ci, au moins, il ne lui coûtait pas un centime.

« C't'un sacré gaillard, vrai ! s'écriait-il au café Brunie, devant une assemblée médusée. A m'torcher ma b'sogne d'un coup d'cuillère à pot ! Mais, ajoutait Choisne, c'est pas aux Eaux qu'y s'foule, l'gaillard. Là-bas, on rame rien. C'est fainéant et compagnie... »

Firmin Choisne était sans doute le seul, dans Rilhac, à ne comprendre le sens des ricanements qui fusaient dans son dos. Les vilaines langues rajoutaient : « Le capitaine se paye en nature. N'ayez pas peur, les gars. Ça fait longtemps qu'il la baise, la belle Adée. »

Il n'était qu'Adélaïde pour approuver cette situation. Elle y voyait une revanche du destin. Le malheur d'une femme ne peut être immuable. Il y faut parfois l'arrivée d'un chevalier servant pour remettre les choses en ordre. Adée, dans sa détresse, n'avait-elle pas enfin trouvé la félicité qu'elle méritait ? « Et qu'importe Choisne, répétait Adélaïde. Que peut-elle bien lui faire, cette tromperie, puisqu'il a choisi, lui, un autre amour, la dive bouteille… »

Mais, en la circonstance, les hommes ne voyaient point la chose avec autant de complaisance. Il leur semblait que c'étaient leurs propres femmes que le capitaine lutinait. Et tous, au travers de Choisne, se sentaient plus ou moins floués. « Moi, je lui ferais son compte », disait l'un. « J'lui planterais la fourche dans l'cul », disait un autre. Dans le concert des louanges, Adée n'était pas oubliée non plus. Chacun lui promettait des raclées mémorables, des fessées appuyées, le fouet, la tonsure, et quelques autres gâteries. Il n'était encore qu'Adélaïde pour prendre sa défense : « La pauvre, elle en prenait des raclées, bien avant de le faire cocu ! »

Ce jour-là, Choisne en tête, Adée et Jess, trois pas en arrière, arpentaient le champ de blé. Une longue allée de pruniers bordait la parcelle. Des reines-claudes. Elles étaient déjà de bonne taille, grâce aux pluies de juillet.

– Ça tiendra pas huit jours, pronostiqua Choisne en soupesant un épi de blé. Tous les grains vont tomber. Ça f'ra du mouron pour les piafs.

Il pluma soigneusement son brin de blé, jusqu'à ce qu'il n'eût plus que les graines au creux de sa main. Il les porta à sa bouche, les mâchonna comme du chewing-gum.

– C'est mûr, foutredieu. Et moi qui n'ai pas plus d'force qu'un poulet. Ça m'tord les boyaux d'voir tout l'travail. Et rien, là, dans la carcasse, pour monter à la besogne.

Le capitaine s'était rapproché de lui. Choisne était rouge, comme une écrevisse à la nage. Ses mains tremblaient. Et sa démarche était des plus incertaines. Jess avait pronostiqué à Adée qu'il ne passerait pas l'hiver. « Cinq mois encore, c'est trop long », avait-elle répliqué.

L'ivrogne alla se caler contre un de ses pruniers.

– J'supporte plus le soleil, fit-il. Ça m'coupe les jambes.

Mangin tira de sa poche revolver une flasque de rhum et la lui tendit.

– C'est ça qui réveille la bête, fit-il.

Le visage de Choisne s'éclaira. Rien ne pouvait lui faire plus plaisir.

– C'est du Saint-James, mon gars. Du blanc. C'est autre chose que ta gnôle.

– Bien vrai, reconnut Choisne.

Et il en lapa trois gorgeons. Puis Mangin lui retira sa fiole.

– Juste un cordial, sinon tu vas tomber à la renverse.

– Ah bon Dieu ! T'es un vrai camarade, mon p'tit Jess. Et moi qui voulais t'clouer au mur comme un papillon. T'souviens ? Ah ! c'qu'on peut être con, dans la vie !

Adée se tenait à une distance respectable. C'était l'attitude qu'elle avait choisie en présence de Jess. Lorsqu'ils devisaient tous les deux, entre hommes, elle avait compris que sa présence était indésirable. Dans le cas contraire, Firmin s'excitait, levait la voix. Il disait : « T'vois pas qu'on cause, garce ? Entre hommes… » Et elle s'éloignait vite pour se préserver des insultes. Elle ne supportait guère que Choisne l'insultât devant Jess. Cela la mortifiait, plus que si elle s'était trouvée seule avec son mari. Dans ces instants, elle supportait tout, les insanités, les crachats, les coups. Ce lui était égal, puisque son Jess n'était là pour voir sa détresse. De même, elle évitait autant qu'il se pouvait qu'il la marquât dans son intimité, un coup de dents aux seins, un bleu à l'aine. Elle savait, ensuite, que son Jess lui demanderait des comptes. « Tu as encore été avec lui ? Tu m'avais promis, pourtant… »

Choisne s'était laissé glisser au pied du prunier. Le dos de sa chemise avait raclé l'écorce, répandant sur lui la mousse bleue de l'arbre. Mangin s'agenouilla pour regarder ses lèvres violacées, les commissures suintant une écume blanchâtre. Il lui tapota les joues, ainsi qu'on réveille un homme évanoui. Mais Choisne n'avait pas perdu connaissance. Il possédait plus de ressources qu'on ne pouvait l'imaginer. Tout juste singeait-il la fatigue, dans ces moments où il lui fallait émouvoir son monde.

L'alcoolique aimait les attentions, toutes les attentions, que son entourage lui prodiguait. Il était parfois comme un enfant, avec une sensiblerie à fleur de peau, mais une sensiblerie réservée à sa propre personne. Le sort des autres, les souffrances d'Adée comme les interrogations de son fils, ne pouvait l'atteindre. Tant d'indifférence en un seul homme était rare. Parfois, Jess, qui en avait vu d'autres dans sa chienne de vie, éprouvait à l'observer un malêtre.

– Ecoute, Choisne ! dit-il. Tu m'entends ?

– Bien sûr que j't'entends ! rit-il. J'suis pas sourd, foutredieu.

Mangin vit son regard s'agrandir, ses yeux rouler sous les paupières lourdes. Un brin de malice pointa. Puis sa tête roula en direction d'Adée. Un sourire de contentement s'afficha sur son visage. Entre hommes, pensa-t-il. Il y avait du bonheur à voir comment il l'avait dressée, la fière Adée, réduite à sa mâle autorité.

– Je vais les faire, tes moissons. D'accord ? Avec ta femme. Elle me donnera la main.

– Elle mène bien les vaches, dit l'autre.

– Et moi, je connais bien ta faucheuse.

– Faudra ajouter les layons en bois sur la barre d'coupe, conseilla Choisne.

– Oui, dit Jess. Je sais.

– Et à chaque rang faire les javelles. Sinon…

– Oui.

Firmin ferma les yeux. Content de lui.

– T'es un frère pour moi, ajouta-t-il.

– Je ne crois pas, dit Jess.

– Oh si, j'crois. T'es un bon ouvrier. Ça oui.

Le capitaine sourit. Il lui tapota les joues en regardant Adée, dans l'éblouissement du soleil.

– Tu veux que je te remonte à la maison ? T'as plus de forces, mon pauvre Firmin.

Choisne se défendit en agitant les jambes.

– Laisse-moi donc, Jess.

Adée lui fit signe de s'éloigner. Elle trouvait qu'il en faisait trop, dans ces moments. Mais le capitaine était ainsi fait, trop humain sans doute.

Il la rejoignit, puis ils partirent vers la grange d'un bon pas.

– Tu n'y arriveras jamais, murmura-t-elle, si tu t'y prends ainsi. Faut se caréner le caractère. Sinon, Choisne t'aura au sentiment, comme il m'a eue, moi.

Maintenant qu'ils avaient atteint la haie de lauriers, il la prit par les épaules. Et quand ils furent bien à l'abri, sous l'ombre des tilleuls qui jouxtaient le hangar à bois, elle l'embrassa à pleine bouche. La main de Jess fouilla sa poitrine.

– Tu as encore envie ?

– Oui, rougit-elle. Ça ne s'arrête jamais. Même la nuit, je pense à toi. Je voudrais tant que nous soyons libres.

Ils montèrent à la grange pour préparer le matériel. Le lendemain serait un dimanche. Et Jess avait décidé que les six cents ares de blé seraient coupés dans la journée.

Le capitaine s'employa à graisser les engrenages de la faucheuse, tandis qu'Adée allait chercher les layons. Il ne fallut guère plus d'une heure pour que la machine fût prête à servir. L'aiguisage de la lame de coupe lui prit un peu plus de temps que prévu. Elle n'avait pas été utilisée depuis les foins et présentait des défauts qu'il lui fallut réparer. Cette besogne s'accomplit sans un mot.

Adée allait et venait, de la grange au cellier, rapportant les ustensiles dont Mangin avait besoin. En la voyant s'activer, l'homme pensa : c'est une abeille. Une travailleuse acharnée. De l'or, dans une ferme comme celle-ci. Et pourtant, rien ne va. Tout croule, peu à peu. Parce qu'il manque un homme digne de ce nom dans cette maison. Aucune ferme ne peut survivre sans des bras d'homme, songeait-il.

En lorgnant les toitures de la grange, il vit que nombre d'ardoises manquaient. Si bien que les pluies se répandaient sur les foins. Il en eut mal au cœur pour elle. Du côté des étables, ce n'était guère mieux. Les vitres cassées n'avaient jamais été remplacées, ni les portes refaites en bon bois de chêne. A observer les mille détails d'une ferme, on voit comment elle est dirigée, se dit-il. Et une femme, aussi courageuse soit-elle, ne peut remplir cet office. Il n'est que la cave qui se tienne à peu près bien, là où les barriques sont entreposées. Décidément, Choisne concentre le peu de force dont il dispose à son entretien.

A la montée du soir, Adée l'invita à prendre un apéritif dans sa cuisine. Le capitaine fit le timide. La présence de Choisne ne l'incitait guère à se disperser. Tout ce qu'il désirait, profondément, c'était se retrouver seul avec Adée. Et pour cela, il n'était que les heures indues, minuit passé, ou de fort bon matin, avant que le coq chante. Pourtant, sa belle maîtresse ne cherchait qu'à les mettre en présence l'un et l'autre, comme si se dessinait déjà dans sa tête le fameux scénario tragique auquel elle songeait, jour et nuit. Ainsi, plus Jess essayait de fuir Firmin, et plus Adée s'acharnait à les rapprocher. Il déclina donc l'invitation, mais elle insista :

– Ne me laisse pas seule, je t'en prie, Jess.

Le capitaine éclata de rire. En temps normal, elle eût pris ombrage de sa réaction. Cette fois, elle se fit plus chatte que jamais. Il vit briller dans ses yeux un éclat singulier de désir, ou de perversion, peut-être. Mangin ne possédait pas la psychologie aiguisée d'un Manciet pour confondre son jeu. L'ingénieur n'avait cessé pourtant de lui seriner, dans le creux de l'oreille, qu'il lui fallait se tenir éloigné de cette femme, brider ses envies. Comment résister aux œillades appuyées, aux allusions, aux caresses lancinantes ?

Il se laissa conduire dans la cuisine, comme un somnambule.

Choisne occupait le bout de la table, l'air hagard. Il avait vidé une chopine pour étancher sa soif. Du reste, il ne disait jamais « il fait chaud », comme tout le monde, mais « il fait soif ».

– On aura soif tout l'été, marmonna-t-il. Et toi, Jess, t'as soif aussi ?

Adée posa un verre devant le capitaine et lui versa un Pernod. Elle le mouilla abondamment. Mangin but aussitôt.

– Et moi, j'crève du bec ? protesta Firmin.

Lorsque sa femme fut à portée de main, il lui flanqua une claque sur les fesses. Cela n'avait rien d'affectueux. Ni de vulgaire. Ni d'outré. C'était juste sa manière de faire. De même claquait-il le cul de ses vaches, de ses veaux, avec la même rudesse débonnaire et possessive. Car Choisne, tout compte fait, était comme un seigneur, au milieu de sa cour, de sa basse-cour. Elle était peuplée d'animaux et, accessoirement, d'une femme. Lorsqu'il avait envie de se satisfaire, il ordonnait, ainsi que pour un chien qui fait le beau et ploie l'échine. Instinctivement, Jess détourna le regard. Poings serrés. Pourquoi je ne lui fiche pas une raclée ? se demanda-t-il. Adée n'attend que ça. Un peu de justice. Un brin de revanche. Comme le jour où nous nous sommes battus avec un couteau. Est-ce que je ne finirais pas, moi aussi, par m'habituer à ces horreurs ? A y prendre du contentement ? Et Adée... N'y aurait-il pas quelque plaisir pervers à se laisser ainsi traiter ?

– T'vas m'donner un Pernod, à moi aussi ? commanda Firmin.

Le bonhomme se leva, douloureusement, pour trinquer. Jess ne fit pas le moindre geste pour lui éviter de se déplacer. Il avait trop envie de le voir tomber à ses pieds. Choisne s'aida du bord de la table.

Les ivrognes sont les meilleurs équilibristes que je connaisse, pensa Jess. Le monde valse autour d'eux, et ils demeurent sur leur fil, au-dessus du vide. Comme les chats, ils retombent sur leurs pattes, sans dégâts. Celui-ci est devenu un expert.

– Oh, l'artiste, jura Mangin, reprends ta place !

Choisne repartit en marche arrière, toujours s'aidant de la table, et s'affaissa sur sa chaise.

– D'main, tout s'ra par terre, nom d'Dieu.

– En gerbes, si tu as de la ficelle.

– Bien sûr qu'j'en ai, foutredieu. La maison Choisne est bien fourbie…

– Fournie, le reprit Adée, les bras croisés sur la poitrine.

– Fourbie. Fourbie, répéta-t-il en ricanant. C't'ici le fourbi, maugréa-t-il en effaçant de la main les objets qui trônaient sur la table.

Repose-plat, casserole, couteau, quignon de pain volèrent sur le plancher. Alors qu'Adée s'apprêtait à les ramasser, Jess lui fit signe de n'en rien faire.

– C'est toi, Choisne, qui fous le bazar. M'est avis que tu devrais les ramasser toi-même.

L'ivrogne écarquilla les yeux, fronçant ses sourcils broussailleux. Et le doigt en avant, il désigna à sa femme ce qu'elle devait faire. Adée hésita. A qui obéir ? Au mari ou à Jess ? Qui donc avait l'autorité sur elle, désormais ? Choisne tapa un grand coup de poing sur la table. Le capitaine vit alors, dans le regard de la jeune femme, la peur. Jess comprit qu'Adée ne pourrait s'en libérer aisément, qu'il lui faudrait plus que la mort de la bête pour recouvrer sa sérénité. Et comme il ne supportait pas qu'on lui fît ce nouvel affront, il se baissa pour ramasser les objets, les remit sur la table, en fixant Choisne dans les yeux.

– Arrête ce caprice, Choisne. Sinon…

Firmin baissa la tête. Il avait souvenir d'une fameuse raclée.

– Toi, t'es comme mon frère, fit-il. Mais la femme, ça t'regarde pas. J'fais c'que j'veux chez moi. Ou alors, raouste...

Les imprécations de l'ivrogne étaient toujours les mêmes. Ça tournait autour d'Adée, de son autorité d'homme, de propriétaire. Parfois, il maudissait sa vieille carcasse imbibée d'alcool, ne comprenait pas qu'elle ne fût pas à ses ordres aussi. Et les ustensiles de la ferme n'étaient pas mieux traités. Pelles, tranches, fourches valsaient autour de lui lorsque la femme, comme il disait, ne se pliait pas à ses exigences. Et il cassait autant qu'il pouvait, les verres, les assiettes. De même, un poste de TSF, qui avait commis la faute de distraire sa femme.

Le capitaine, excédé, voulut quitter la cuisine. Mais Choisne le rappela à l'ordre :

– T'vas casser la graine, mon gars. Y s'ra point dit qu'un Choisne n'sait pas recevoir...

Il sembla qu'Adée n'attendait plus que cette autorisation pour se mettre en mouvement. Elle avait l'habitude. En un tour de main, elle disposa les couverts, tailla des tranches de pain. Pourtant, Jess avait réservé sa réponse. Il sortit quand même sur le perron, tandis que Firmin gueulait son aise :

– T'vas rentrer, oui ? T'entends ? Viens ici, nom d'Dieu !

Adée l'avait rejoint, le regard dur, les mains plantées sur les hanches. Les beuglements du maître faisaient une sorte de bruit de fond, comme une plainte vive, une douleur de bête blessée.

– Toi aussi, tu lui obéis ! lança-t-elle. Toi aussi, il te domine ! Ah, mon pauvre Jess, il ne suffit pas d'être une montagne de muscles et de se baguenauder avec un poignard fiché dans la botte...

Mangin voulut lui plaquer une main sur la bouche pour la faire taire aussi, mais elle le repoussa avec une vigueur insoupçonnée. Adée était au comble de la colère et de l'exaspération. Peut-être la situation n'évoluait-elle pas ainsi qu'elle l'avait tant espéré ? Peut-être s'était-elle imaginé que son amant corrigerait Choisne, une fois encore ? Peut-être pressentait-elle une connivence entre les deux hommes, une pitié bâtarde ?

– Rentre donc, ordonna-t-elle. Choisne t'appelle. N'entends-tu pas, capitaine ? Capitaine... répéta-t-elle avec un accent d'ironie dans la voix. Où as-tu gagné tes galons ?

Mangin la fixait, l'œil mouillé. Il ne savait en lui ce qui était le sentiment le plus fort : l'amour ou la compassion. Pourtant, ce n'était pas la même chose. Avec l'amour, on pouvait renverser le monde, tandis qu'avec la compassion on se résignait au silence, à la douleur d'être.

– Calme-toi, Adée, je t'en prie. Tout cela finira un jour.

– Quand ?

– Je te le promets.

A force de hurler, Choisne s'était cassé la voix. Il ne sortait plus de sa gorge qu'un souffle de serpent excité. Un sifflement guttural. Il but et rebut, du Pernod sec, du vin. Et maintenant il riait, en avalant de gros morceaux de jambon, mâchonnant sans parvenir à avaler. Et lorsqu'il en eut la pleine bouche, à s'étouffer, alors il recracha sa pitance dans le creux de sa main et la jeta dans l'âtre, comme il eût fait d'une chique de tabac.

– Demain soir, tes moissons seront terminées, promit Jess.

– Vrai ?

– Vrai.

Mangin refusa une seconde tranche de jambon qu'Adée avait taillée grossièrement.

– Du fromage ? proposa-t-elle. J'ai du caillé.

Personne ne répondit. Choisne lui fit signe de s'écarter. Elle mangeait debout, contre le placard. C'était l'usage. Il ne supportait pas de la voir assise, et encore moins participer à la conversation. Jess expliquait comment il allait s'y prendre avec la faucheuse.

– Restera le tour des pruniers, dit Choisne.

– Je le ferai à la faucille, assura Adée.

Choisne branla la tête. Un sourire de contentement creusait ses joues. Il était tel qu'il avait toujours rêvé d'être, le maître des Régâts distribuant ses ordres. Cela le ravissait d'avoir trouvé un domestique à peu de frais. Un gaillard bien bâti qui lui faisait son travail, et qui le distrayait aussi.

– Mets ce reste de jambon au garde-manger, ordonna-t-il. Pour notre Marco. Y l'mangera en rentrant.

Adée s'exécuta, aussitôt.

– Tu devrais te préoccuper de ton fils, quelquefois, dit-elle. Puisque moi je ne peux pas le faire obéir...

– Ah, mon Marco ! fit Choisne, qui avait la larme facile. C'est tout le portrait de son père. Un volontaire, çui-là. Un qu'a pas froid aux yeux.

Adée eut envie de le reprendre, mais se tut. Qu'avait-elle à prouver ? Tant d'aveuglement dépassait la raison.

– Oui, ajouta Jess. Si tu veux me le confier, je vais lui apprendre le travail.

– Toi ? Un zéro de la Compagnie...

Et il lui montra comment on se roulait les pouces, là-bas, du côté des chantiers.

– Un esclave de Manchier... renchérit-il.

Choisne avait ainsi baptisé l'ingénieur, et de même Mangin, qu'il nommait volontiers l'Engin, lorsqu'il avait le dos tourné de préférence.

– Tu devrais balayer devant ta porte, Firmin, reprit Jess. Un peu de modestie te serait profitable.

– Moi, j'ai fait mon temps. Aut'fois, je creusais des puits à la barre à mine. Même que j'm'y suis usé, à cette besogne.

Mangin l'apprit à ses dépens. Moissonner avec une faucheuse, même munie de ses râteaux battant l'air comme des ailes de moulin, n'était guère aisé. Le blé ne tombait pas aussi parfaitement qu'on l'eût souhaité, en javelles. Les tiges se brisaient ou bouchonnaient dans le tablier. Et il fallait tout arrêter, au risque de piétiner la moisson. Adée expliqua qu'il fallait au moins être trois pour ce travail : un premier au-devant des vaches pour les diriger, un second sur le siège de la faucheuse pour actionner les mécanismes, un troisième pour guider les râteaux javeleurs. Jess se défendit en prétendant qu'il pouvait aisément conduire les manœuvres de son poste. Certes, un troisième larron n'eût pas été de trop. Mais on ne pouvait compter ni sur Firmin ni sur Marco. C'étaient donc là des paroles en l'air.

Au troisième rang, et après bien des tentatives infructueuses, le capitaine finit par comprendre que la lame de la faucheuse battait à un rythme trop rapide, si bien qu'elle s'engorgeait facilement. De plus, il vit que la barre de coupe était trop basse. La coupe du blé ne nécessitait pas, comme celle de l'herbe, que le mécanisme fût rasant. Il commanda à Adée de lui trouver une clé plate de vingt-huit, ou pire une clé à molette, pour régler la roue de support. Elle revint bredouille. Choisne ne possédait dans ses réserves aucun de ces outillages.

– Qu'est-ce donc que cette ferme ? s'agaça Jess. Tout va de travers. Il n'est rien qui fonctionne correctement. Ça m'enrage, une situation pareille !

Adée baissait la tête. Elle prenait pour elle la violence de cette critique, et mesurait tout à la fois l'injustice qui lui était faite.

– Si cette affaire te chagrine, répliqua-t-elle, mettons-y un terme. Boutons le feu à cette moisson. En un rien de temps, elle partira en fumée.

Jess l'écouta, bouche bée. Tant de détermination destructrice la possédait donc, au plus profond de l'âme. Mangin ressentit aussitôt le besoin de la calmer.

– Tu es à bout, ma pauvre Adée. A bout de patience, à bout de courage, à bout de raison.

Elle se recula, dans le feu du ciel qui plombait l'air, dans l'aveuglement de la lumière. La sueur coulait à flots sur son visage, s'épanchait sur sa poitrine. La chemise de coton blanc lui collait à la peau, dévoilant ses seins nus, la pointe sombre des aréoles. Il détourna les yeux avec un sourire contrit.

– Pardonne-moi, balbutia-t-il. Je manque de discernement. Pourquoi faire ces reproches, alors que tu n'es rien, ici, qu'une flamme vacillante, qu'un rien pourrait éteindre...

– Ne te méprends pas sur moi, releva-t-elle avec orgueil. Je suis plus forte qu'il n'y paraît. Mon cher capitaine, railla-t-elle, tu ne connais rien aux femmes.

– Je n'ai pas voulu t'offenser. Bien au contraire.

– Ne me plains pas, surtout. Je ne le supporte pas. S'il le faut, tôt ou tard, j'accomplirai moi-même ce geste...

Jess s'approcha pour la prendre dans ses bras, mais elle résista. Telle était Adée, offerte ou rétive, jamais en demi-teinte. Elle pouvait reprendre en un seul instant tout ce qu'elle avait donné une heure auparavant. Si bien que Jess ne savait jamais, avec elle, à quoi s'en tenir, sinon qu'elle voulait, par ces à-coups de l'âme, le mener à son dessein. Et, pas à pas, elle le conduisait à ses buts, sans qu'il en mesurât la souterraine progression. Elle était comme ces araignées qui tissent des rets invisibles pour y prendre leurs proies, faisant de l'attente une des qualités de la chasseresse qu'elle était devenue. Il fallait que Choisne glissât dans son trou, tôt ou tard. Et qu'importent le temps, les efforts, les sacrifices, pourvu qu'ils fussent mobilisés à cette seule fin.

– Tu vas m'attendre ici, dit Mangin.

Il ne lui fallut pas plus d'une demi-heure pour récupérer les outils dont il avait besoin dans la réserve du chantier des Eaux. Et quand il eut haussé la barre de coupe et réglé sa vitesse, la besogne reprit, sans encombre. Les rangs tombaient, réguliers, sans que les épis fussent cassés ou éparpillés. En deux heures, la parcelle fut abattue. Puis on commença aussitôt à lier les gerbes. La tâche s'opéra sans un mot, sous le soleil de plomb. A peine prit-on une minute pour s'abreuver. Adée connut un coup de fatigue sur les cinq heures ; elle dut se mettre à l'ombre d'un prunier. Jess vint l'asperger d'eau, et s'en versa aussi sur la tête et la poitrine.

– Tu possèdes une sacrée force, reconnut Adée. Une puissance de travail hors du commun.

Mangin prit ces paroles pour un compliment. A la vérité, Adée fixait ses doigts épais, ses muscles bandés, ses épaules larges, et pensait qu'il ne ferait, à l'instant suprême, qu'une bouchée de Choisne. Qu'est-ce donc qui pourrait le décider à agir vite ? se dit-elle. La colère ? L'humiliation ? Elle avait joué aussi sur ces registres. Jess était resté imperturbable. Sans doute, se persuada-t-elle, il appartient à cette sorte d'hommes qui met longtemps à se décider.

Quand elle eut repris un peu de forces, Adée le rejoignit.

– Fais donc des gerbes plus grosses, conseilla-t-il. Ça nous fera gagner du temps.

– Du temps pour quoi ?

– Tu ne devines pas ?

Elle se mit à rougir. Mangin biglait ses jambes nues, sa peau brunie par le soleil. Parfois, lorsqu'elle le frôlait, il cherchait à la caresser. Une cuisse. Un sein. Subrepticement. Ainsi son désir d'elle s'aiguisait-il, malgré la besogne qu'il menait à un rythme d'enfer.

A la nuit tombante, ils formèrent en hâte des dizeaux pour protéger la récolte des oiseaux et de la pluie. Adée possédait plus de science que son voisin sur la manière d'agencer les gerbes. Elle prit le commandement des opérations. Jess courait en tous sens pour ramener les gerbes. Il en portait quatre à la fois. Et soudain, il mesura du regard ce qui restait encore à faire.

– Demain, il fera jour, soupira-t-il. Mais je ne serai pas là pour t'aider.

– Qu'importe, je terminerai toute seule.

– Et tous ces épis qu'il te faudra glaner ?

Adée faillit s'étouffer de rire. Dans la maison Choisne, on n'avait pas l'habitude de glaner les épis. On les abandonnait généreusement aux volées de pigeons. Et cela incitait même Firmin à en tirer quelques-uns pour améliorer l'ordinaire. « J'ai l'droit, disait-il, puisqu'ils viennent bouffer mon bien. » Il était même arrivé que la moitié des moissons demeure sur pied, faute d'esprit d'entreprise. A cause de la bouteille.

Jess n'aimait pas le gaspillage. Il avait connu les années de guerre, dans une ferme, comme petit domestique. Et il avait glané son aise. Son patron disait alors qu'après le passage de la machine un bon râteau à main pourrait ramener un hectolitre de grains à l'hectare. Il raconta cette anecdote à Adée.

– Tu as été si malheureux dans ton enfance ?

Jess écarta d'un geste de la main cette question. Il n'aimait pas parler de sa mère, qui était morte à la fin de la guerre, et de son père, qu'il n'avait jamais connu.

– Si malheureux, fit-il, que j'ai découvert la douceur de vivre avec un uniforme sur le dos.

– Ah oui, capitaine, s'amusa-t-elle.

– Je n'ai jamais été capitaine, avoua-t-il.

– Pourtant, tout le monde t'appelle comme ça.

Une vapeur blanche montait des vallons. Et avec elle, un peu de fraîcheur. Ils marchèrent en silence jusqu'à la grange, puis dételèrent les vaches, les ramenèrent au pré.

– Tu vas manger un morceau ? proposa Adée.

– Je n'ai pas faim.

Il ôta sa chemise et s'aspergea d'eau. Adée vint l'aider, le bouchonnant avec un chiffon comme elle eût fait d'un cheval, en lui frottant énergiquement le dos. Soudain, il la prit dans ses bras, avec force, la traîna dans le foin. Elle ne résista pas, comme si cette affaire faisait aussi partie du contrat. Avec mille précautions, Mangin essuya la sueur qui moirait sa peau, en promenant sur son corps nu une poignée de foin. Tant de délicatesse la fit mourir, instantanément.

Les amants n'entendirent pas la porte de la grange qui s'entrouvrait, délicatement. Adée haletait, Jess grognait, tout à leur plaisir. Ils ne virent pas non plus l'intrus qui s'approchait d'eux, à pas de loup.

– Qu'est-ce que tu fais, maman ?

Adée se redressa, vivement, une main agrippant en hâte sa chemise dont elle se couvrit.

– Marco ! hurla-t-elle. Tu sors immédiatement !

Le Gniaf obéit en traînant les pieds dans la poussière de foin. Jess renfila son pantalon en maugréant. Il l'aida ensuite à se rhabiller, tant l'affolement s'était emparé d'elle.

– Qu'est-ce que je vais lui raconter ? marmonnait Adée. Il me croira jamais…

– La vérité, conseilla Mangin.

– Tu en as de bonnes, toi !

Puis elle sortit de la remise à foin, d'un pas leste. Au-dehors, Adée retrouva son fils assis au bord de la citerne. Il s'amusait à jeter des cailloux dans l'eau noire.

– J'vais tout dire à papa, fit-il.

– Lui dire quoi ?

– Que t'es avec l'étranger. L'salopard. J'l'tuerai.

– Arrête donc, Marco. Il faut que je te parle…

– J'veux rien entendre. T'es qu'une truie !

Adée le gifla. Il partit en courant vers la cuisine.

Pour la fête du 15 août, Adélaïde avait accroché des lampions sur la façade de son estaminet. C'était d'un genre chinois, dragon bariolé en papier crépon et petits pétards. Elle avait trouvé tout cet attirail dans une boutique spécialisée. Mais cette féerie n'amusait que les enfants du coin, ceux qui fréquentaient son épicerie, où elle vendait des caramels mous et des rouleaux de réglisse. Passé minuit, la tenancière soufflait les bougies pour économiser la décoration. Et la façade du café semblait plus triste encore qu'à son habitude, bien que les tables et les chaises de la terrasse fussent restées en place. On y trouvait encore, parmi les verres vides et les canettes de bière abandonnées, les serpentins et les confettis d'une soirée animée.

Même Jess était rentré dans le bar, lui qui aimait surtout humer l'air du soir, le bruissement des feuilles dans les platanes. Il avait besoin de compagnie, pour se rassurer.

– T'as pas vu Choisne ? demandait-il aux poivrots de la vingt-cinquième heure.

La question finit par attirer l'attention d'Adélaïde.

– Qu'est-ce que tu lui veux ?

– Lui parler, marmonna-t-il en éclusant d'un coup un petit rhum blanc.

– C'est pas dans tes habitudes.

Jess hochait la tête.

– J'ai fait le con avec lui.

La tenancière s'approcha pour lui faire répéter.

– Je dis que j'ai fait le con avec lui.

Adélaïde se redressa avec un sourire de connivence.

– Tu veux dire que tu as fait le con avec sa femme… Mais ça, mon petit, c'est du réchauffé. Tout Rilhac est au courant de vos fredaines.

Jess faisait tourner entre ses doigts le petit verre vide.

– Je savais pas, fit-il.

– Tu es un héros, mon gars. Et comme tous les héros, tu suscites autant d'admiration que de haine. Les types ont peur en te voyant, rit-elle. Ils cachent leurs femmes. Allez, profites-en. Tu es jeune et beau...

Mangin repoussa Adélaïde d'un geste énergique.

– Tu radotes, ma vieille. Va donc me servir un petit rhum. J'ai du vague à l'âme.

Elle tendit la main pour récupérer ses cinq cents francs. Après minuit, la patronne était plutôt attentive sur la monnaie. Mais avec Jess, il n'y avait rien à craindre ; il laissait plus de pourboires que la moyenne. Et ça ne lui valait guère plus de considération pour autant. Bien au contraire, Adélaïde avait l'habitude de lui faire régler les tournées impayées de ses voisins. Mais il s'en fichait assez. C'était son côté seigneur, à lui, de dépenser sa paye sans compter.

Mangin arpenta le bar, le nez en l'air, en sifflotant. Les types s'arrêtèrent de parler.

– Tu vas nous dire pourquoi on t'appelle capitaine ? questionna un des clients.

– Et cette fois, bon Dieu, pas question de te défiler... insista son voisin.

Jess prit le rhum des mains d'Adélaïde et le but cul sec, puis reposa bruyamment le verre sur le comptoir.

– Qu'est-ce que ça peut bien vous foutre ? Puisque vous ne m'aimez pas, répliqua-t-il.

Un chœur de désapprobation s'éleva aussitôt. Et Adélaïde, elle-même, se mit de la partie en lui adressant un clin d'œil.

– Je suis pas un type ordinaire, fit Mangin. Et ça se voit.

– Nous, on voit que t'es un sacré loustic, dit un des poivrots arrimés au bar. Et qui laissera un souvenir au village, quand la Compagnie pliera ses gaules.

Mangin se mit à hocher la tête.

– Je sais pas comment je dois prendre ça...

– Allez, raconte comme t'es devenu capitaine, insista le questionneur.

Jess traversa le bar, de nouveau, de long en large. Il éprouvait de la peine à évoquer ces jours sombres.

– J'ai jamais été capitaine, fit-il. Et même si mes supérieurs avaient voulu que je le devienne, j'aurais refusé.

Un silence se dessina dans les profondeurs moites du café Brunie. Et comme Mangin ne se décidait pas à poursuivre son histoire, on entendait le zézaiement des mouches prises au serpentin de glu qui pendait du plafond.

– C'est arrivé au moment des opérations de nettoyage, dans le djebel Aïdel. Notre section a bouclé un village, suite à des informations du service de renseignements selon lesquelles s'y cachait un groupe du FLN. Nous avons donc rassemblé les habitants sur la place, tous, les mains sur la tête, y compris femmes et enfants. Ça n'a l'air de rien, mais une telle opération exige d'incroyables efforts d'investigation. Les maisons de pierres sèches avec leurs terrasses débordantes, resserrées autour des greniers collectifs et fortifiés, offraient des caches idéales. Il nous a fallu les visiter une à une, sans ménagement, fouiller sous les dépôts de grains, de fruits ou de dattes séchées, pour vérifier si ces provisions ne dissimulaient pas une trappe fermée sur un réduit obscur. L'affaire terminée, notre capitaine a fait venir le chef kabyle pour l'interroger. Ça n'avançait guère. Le type faisait semblant de ne rien comprendre. Alors, nous l'avons battu, histoire de lui délier la langue. Et faute de renseignements, nous avons continué avec les femmes, les enfants. Certains de nos gars étaient restés en position sur les terrasses. De là, ils jouissaient d'un poste d'observation idéal. Mais aussi, ils constituaient une cible parfaite. Les premiers coups de feu sont venus de la falaise voisine, qui dominait le village. Un amas de rochers aveuglant de blancheur. Nos gars ont été abattus comme à la parade. Immédiatement, une partie de notre section a gagné les ruelles hautes, en s'aidant de grenades. Les vieilles bâtisses en torchis s'écroulaient devant eux comme des châteaux de cartes. Furibard, le capitaine a fait aligner les villageois, à l'ombre de la place. Notre sergent lui a amené le chef. Et le capitaine lui a tiré, devant ses gens, une balle dans la nuque. Alors, la panique s'est emparée des villageois. Sans que le moindre ordre fût donné, nos gars ont tiré dans tous les sens, au pistolet-mitrailleur, sur les femmes, les enfants, les vieillards. Les cadavres jonchaient la place. Les murs dégoulinaient de sang. Jamais je n'ai vu une telle tuerie.

– Et toi, Jess, tu as pris part à ce massacre ? demanda Adélaïde.

Sans doute eût-elle aimé être rassurée sur cette question. Mais elle ne se faisait aucune illusion. Le retour des soldats d'Algérie avait suscité trop de mutisme et de silence dans les familles de Rilhac.

– Pas un seul d'entre nous n'a gardé l'arme au pied, reconnut-il. Nous avions la peur au ventre. Et tuer sans discernement est une manière de la conjurer. Le pire étant l'attente. L'attente d'un ennemi invisible. Car nous savions que les combattants du FLN occupaient les terrasses hautes, à l'abri naturel de la muraille de roche. Combien étaient-ils ? Une centaine, peut-être ? Et loin de nos bases, nous ne pouvions espérer le moindre appui. Du reste, le capitaine n'a pas cherché à informer ses supérieurs par la radio de notre Jeep. Il nous a dit, en désignant la falaise : « Les gars, va falloir nettoyer tout ça. » Nous avons pensé qu'il avait eu tort d'exécuter froidement le chef du village. C'était un manque de sang-froid évident. Mais, parmi les nôtres, nombreux en étaient à penser qu'il avait eu raison, et qu'il fallait désormais continuer le massacre. Ainsi, nous sommes montés, avec notre fourniment de campagne, sur les hautes terrasses. Ça tiraillait dans tous les coins. Le groupe parti en avant-garde avait été décimé. En découvrant ses hommes morts, dont trois d'entre eux égorgés, notre capitaine est devenu subitement fou. A s'agiter dans tous les sens, à hurler des ordres incohérents, à voir des ennemis partout jusque dans nos rangs. Ainsi, dans cette atmosphère détestable, le combat s'est poursuivi jusqu'au soir, jusqu'à ce que l'ennemi ait été repoussé loin dans la montagne. Mais à quel prix ? Avec de fortes pertes. Si bien que nous n'étions plus qu'une dizaine autour de notre capitaine. Que faire, alors ? Se retirer par la vallée. Et comme notre capitaine ne prenait aucune décision, et que nous ne pouvions rester au village, au risque de subir une nouvelle attaque des fellaghas à l'aube, le sergent a suggéré un ordre de repli. Nous disposions encore d'un camion en état de marche, et d'une Jeep. Mais le capitaine est entré dans une vive colère. « Plutôt crever que renoncer ! » fit-il. Et pour nous contraindre à tenir la position, il a dégoupillé sa grenade et l'a jetée sur le GMC, qui s'est embrasé instantanément. Alors, le sergent a vivement protesté, disant que c'était une folie suicidaire de rester au village. Mais le capitaine l'a mis en joue avec son pistolet d'ordonnance. Et nous nous sommes rangés derrière le malheureux en signe de soutien, pensant que l'officier n'oserait pas tirer. La confrontation a duré de longues minutes, dans le jour déclinant, à ce moment où les montagnes de l'Aurès se teintent de rose et de mauve, comme nulle part ailleurs. « A genoux ! Salopard, déserteur… » Mais le sergent est resté inébranlable, jugeant sans doute que l'officier n'était plus en état de commander. Alors, le capitaine lui a tiré trois coups de feu, en pleine poitrine. Et à ce moment, je n'ai pas compris ce qui s'est passé en moi. La rage, la peur… J'ai armé mon PM. Et sans réfléchir, j'ai tiré une rafale. Le capitaine est tombé, droit comme un *i*, le visage dans le sable. L'un de nos gars a vérifié qu'il était mort. Nous avons traîné les corps du sergent et de l'officier dans une étable à moutons, puis nous les avons aspergés d'essence.

– Et après ? insista Adélaïde.

– Les gars m'ont demandé de prendre la direction des opérations. Nous nous sommes effacés dans la nuit, au milieu des montagnes, priant le ciel de ne pas tomber sur des fellaghas. En suivant l'oued, nous avons rallié le camp de base au petit matin.

– C'est ainsi qu'on t'a nommé capitaine ? questionna Adélaïde.

– Par ironie. Et ça m'a collé à la peau, cette affaire. Notre état-major n'a jamais su ce qui s'était réellement passé dans ce village des Aurès, malgré l'enquête sommaire qui s'ensuivit. Le rapport a conclu à une embuscade. Une de plus.

– Tout de même, dit un des types du café, c'est inadmissible de tuer un de ses officiers.

Mangin reconnut alors qu'il n'avait jamais parlé de ces événements à quiconque depuis son retour dans le civil, mais que ce silence lui pesait, à la longue.

– Sur ta conscience ? questionna Adélaïde.

– J'ai pas l'impression d'avoir commis une faute. Mais plutôt d'avoir accompli un geste que personne n'osait faire parmi nous. Et après que j'ai tué le capitaine, je crois que tout le monde a été soulagé. Et personne ne s'est interrogé lorsque nous avons brûlé les corps.

– Pourquoi brûler les cadavres ? demanda l'un des paysans.

– Pour faire disparaître les preuves. Les services du renseignement auraient vite compris, à l'examen des blessures, que nous nous étions entre-tués. Nos balles de PM sont du neuf millimètres. Et les fellaghas ne possédaient pas ce calibre.

Adélaïde resservit un rhum à Mangin. Puis ce dernier commanda une tournée générale.

– Maintenant que je vous ai raconté cette histoire, je comprends que vous me détestiez, dit Jess. Avant vous ne m'aimiez pas, et désormais vous me haïssez. Mais je m'en fiche. Je n'attends rien de personne. Parce que cette guerre infâme m'a détruit, comme elle a détruit nombre de petits Français qui n'étaient pas préparés à ces combats douteux. Tous ceux qui furent au feu vous diront la même chose. Et tous ceux qui se taisent sur ces événements n'en pensent pas moins.

Les gens du café Brunie baissaient la tête. Aucun ne ressentait le besoin d'approuver Jess. Pour eux, il avait tué un capitaine et en avait usurpé le grade. Et la détestation s'ajoutait à l'exécration que Mangin leur avait inspirée, déjà, comme amant d'Adée.

– La faute, reprit Jess, elle vient de l'officier, lorsqu'il a exécuté froidement le chef du village. Ce geste a libéré parmi les hommes qu'il commandait toute retenue. Nous avons suivi son exemple. Et l'odeur fade du sang, l'alignement des cadavres sous les nuées de mouches, l'odeur de mort qui a envahi le village, tout cela a fini par nous rendre fous, nous aussi.

A cet instant, il ne se découvrit aucune voix pour l'absoudre. Même Adélaïde détourna son regard de lui, avec dégoût. Alors, le capitaine paya son dû et se retira en hochant la tête, comme s'il avait toujours su qu'il n'existe aucun pardon sur la terre.

15

Armande ne redoutait, des jours et des nuits qui passent, que la sonnerie du téléphone. Chaque fois, elle tintait, lugubre, comme un glas suspendu au clocher de l'église.

– Tu ne pourrais pas répondre, toi ? reprochait-elle à Emile.

– Je ne pourrais jamais, disait-il en se prenant la tête dans les mains. J'ai tant peur du mot fatal. Qu'il retentisse à mes oreilles. Pourtant...

Et il se taisait. Armande n'avait pas le courage de poursuivre sa phrase. Elle eût voulu dire, haut et fort, que la vie, quand elle court à sa fin, n'approuve aucun sursis. Mais elle n'en avait la force. Pendant ce temps, Cyril se cloîtrait dans sa chambre, malgré la chaleur, malgré les petits cailloux de Violette sautant à la vitre, malgré la vie qui réclame ses flambants coursiers pour traverser le jour. Il avait envie de jeux, de baisers volés, de caresses furtives. Mais l'été radieux ne voulait point de lui, ou plutôt rien ne l'autorisait à en jouir. Le moindre sourire, le plus petit éclat de rire étaient comme une trahison. Dans ses moments de douleur, l'enfant s'agenouillait devant le portrait de sa maman. Et il se disait : Apprends donc à vivre sans elle, puisque les dieux en ont décidé de la sorte…

Parfois, grand-père visitait sa chambre et trouvait encore le courage de l'emmener dans sa serre. Le vieux possédait tant de trésors en réserve. Mais la vie, en ces heures amères, se refusait à lui accorder un répit. Cyril versait en lui-même des larmes sèches. C'était comme un torrent d'effroi qui ne trouvait pas la force de déchirer le barrage qui le contenait. Mais cet instant de catastrophe, il le savait inéluctable. Qui pourrait alors en freiner le flux ravageur ?

Lorsque le médecin de la Salpêtrière annonça le compte à rebours, Armande parut soulagée. Il faut bien que ça finisse… se dit-elle. Et aussitôt, elle se reprocha une telle pensée. Tu devrais prendre le premier train pour Paris, te rendre à son chevet afin de lui tenir la main, jusqu'au bout. Tu le faisais bien, jadis, quand ta petite Florence avait de la fièvre ou couvait une angine. Et pourquoi ne le fais-tu pas, aujourd'hui ? Est-ce donc le courage qui te manque ? Car il est un regard que tu redoutes, c'est le sien, une dernière fois, posé sur toi. Elle le connaissait, au fond d'elle-même, le sens de ce regard ultime. Elle l'avait entendu dans ses prières. Vois-tu, dirait-il, ce pauvre regard crucifié par la maladie, j'ai donné tout ce que j'ai pu. Mais il faut me rendre, désormais. A la terre. A la nuit. Au doute. A l'espérance, peut-être.

Quand Armande eut reposé le combiné téléphonique sur son socle de bakélite, elle sut que ce serait pour le jour prochain. Elle monta rejoindre Cyril dans sa chambre et lui dit d'aller jouer. L'enfant ne posa pas de question. Cela signifiait peut-être que les doigts du malheur avaient desserré leur emprise. Mais il ne voulut pas savoir. Tout n'était plus désormais, entre eux, que sous-entendus, gestes ambigus, signes incertains. Le mal allait son chemin, les vivants professaient l'illusion.

Violette le conduisit en son royaume, où tout était jeu : les arbres, les sentes, les rivières. Elle en était la princesse et la gardienne. Pour montrer que son règne n'était guère contesté, elle s'était ceint le front d'une guirlande de liserons blancs. Et de même avait tressé à son prince une couronne de bleuets. A ces petits plaisirs, ses doigts fins et agiles étaient passés maîtres. Et bien que son ami fût triste, Violette ne voulait croire à l'ombre funeste qui planait sur sa tête, comme un grand oiseau dans les replis des nuages. Ils s'enfoncèrent dans une cavée, où la fraîcheur ne mollissait jamais. Sur les bords, dans les fractures de roche suintant leur sirop, les petites fougères semblaient suspendues comme des orchis. Violette alla en cueillir quelques brins.

– C'est coupant comme du verre, dit-elle.

Ils s'amusèrent à détacher les rangées de sporanges agglutinées au revers des feuilles. Puis Cyril en chercha des plus communes, comme celles qui poussent dans les sous-bois, et dont les pointes nouvelles ressemblent à des crosses d'évêque. A les dérouler sous les doigts, elles se cassent en exsudant un suc amer.

– Ne goûte pas, surtout, c'est du poison ! défendit Violette.

Elle courut vers les églantiers et les buissons noirs.

– Je connais un endroit où il y a des prunes sauvages.

Cyril la suivit dans l'herbe haute desséchée par le soleil, où elle se faufilait comme une couleuvre. Ils montèrent à la bordure d'un pré. Les prunes rouges gavaient la terre de leurs sucs à l'odeur aigre.

– Ne les ramasse pas. Elle sont pourries. Regarde, fit-elle. Attaquées par les fourmis, les abeilles et les guêpes.

En effet, ça bourdonnait d'insectes alentour. Cyril s'accroupit pour les observer.

– Y a même des fourmis volantes. C'est signe d'orage. Ça se déplace en nuage. Ça envahit tout. Et puis, aussi vrai que je te le dis, ça disparaît par enchantement.

– Des nuages de fourmis, fit Cyril, rêveur.

Il en chassa quelques-unes qui s'étaient posées sur son bras.

– On pourrait se faire dévorer, dit-il.

– Mais non. C'est sans danger. Agaçant, tout au plus, rit Violette.

Elle s'était juchée sur une branche pour la faire ployer de son seul poids.

– Allez, dit-elle, cueilles-en une poignée.

Cyril en grappilla quelques-unes, indifféremment, avec les feuilles et les rameaux. Il avait vu son grand-père à l'œuvre dans un cerisier du jardin, sectionnant au sécateur une grosse branche fournie pour ne pas avoir à les cueillir. Il en goûta plusieurs et resta sur sa première impression, que ces prunes sauvages ne valaient rien, surtout quand il tomba sur une qui était verte et amère. Il jeta sa poignée dans le roncier voisin.

Sur sa branche, Violette en dévora quelques-unes, de préférence celles qui étaient molles et suintaient le sucre. Puis elle se lâcha sur le pré, tomba fesses par-dessus tête. Cyril l'aida à se relever.

– C'est tout juste bon à faire la gnôle, dit-elle.

Le garçon se souvint qu'Emile en avait une sacrée réserve dans la petite cave. Et pas seulement de l'eau-de-vie de prune, mais aussi de la poire, de la framboise, de la cerise. Il faisait distiller lui-même, à la morte-saison, grâce à l'acquis d'un vieux paysan. A quoi pouvait-elle lui servir, au juste, cette réserve, puisqu'il n'en buvait jamais ? Tout au plus en offrait-il au facteur. Et à Armande, qui en baptisait ses flognardes.

Violette tempêta contre elle-même, parce qu'elle avait sali sa robe en chutant sur les fruits surs épandus au sol.

– Je connais un endroit où il y a des reines-claudes. Tu verras, c'est autre chose…

Le garçon haussa les épaules. Il avait beau être parisien, il connaissait toutes les variétés de prunes qui avaient cours dans le pays. Surtout les mirabelles, dont Armande faisait des tartes succulentes. Et la bleue à la chair consistante. Ils suivirent un chemin jusqu'aux plantations Gerbier. C'était un des gros paysans de Rilhac, qui avait l'arboriculture dans la peau. Toutes ses terres, exposées plein sud, il les avait converties en fruitiers. Ses rangées de reines-claudes alternaient avec des poiriers et des cerisiers. C'était une manière de conjurer les maladies, les attaques d'insectes.

– C'est de la bavay, jugea Cyril.

Violette parut dubitative.

– Pour moi, c'est de la reine-claude.

– Peut-être, c'est la même chose.

Les prunes étaient mûres à point, craquelées autour de l'attache. Ils s'en dégoûtèrent assez vite. Trop sucrées, sans doute.

– Ça donne soif, dit Cyril.

– Ça donne surtout la courante, rit Violette.

– Comme quand on mange de la confiture chaude.

– Tu fais ça, toi, mon petit Cyril ? Ça m'étonne pas.

Le garçon s'approcha pour l'embrasser. Violette cracha un noyau. Elle raconta que les Dénicheurs en faisaient des concours. A qui les expulserait le plus loin.

– Et pas seulement les noyaux, ajouta-t-elle. Les garçons du village sont un peu bêtes.

– Qu'est-ce qu'ils font, aussi ?

Violette se mit à rire.

– Ce que nous ne pouvons pas faire, nous, les filles...

– Comment cela ?

– C'est à qui pissera le plus loin...

– Et j'imagine que le Gniaf gagne toujours.

– Il triche, surtout.

Ils s'observèrent en silence. Les guêpes, les frelons menaient sarabande autour d'eux, dans un bourdonnement incessant. La lumière était si vive, si blanche, que Cyril ne parvenait pas à garder les yeux ouverts. Le ciel était bleu-blanc, et le paysage alentour brûlé par la chaleur. Les couleurs des collines, des bois et des champs semblaient atténuées par un fin voile lacté. La terre rendait au ciel le peu d'eau qu'elle possédait encore dans ses replis d'ombre.

– On va aller aux vignes, proposa Violette.

Cyril passa un bras autour de la taille de son amie. Ils prirent une sente ombragée de sureaux, humèrent l'odeur entêtante qui embaumait autour d'eux. Puis ils s'assirent sous un néflier, à contre-talus. L'ombre apportait un peu de fraîcheur. C'était tout ce qu'ils désiraient, avant de monter vers les vignes, goûter le silence et la fraîche caresse de l'air.

– On est bien tous les deux, dit Violette.

– Oui, reconnut Cyril. J'ai beaucoup de chance de te connaître.

Il ne vit pas sur son visage le rouge monter, et disparaître aussi vite. Elle appuya sa tête contre son épaule.

– Tu es gentil, complimenta-t-elle. Et tu ne fais pas des histoires pour rien.

– Je t'aime beaucoup, ajouta-t-il.

Elle lui prit la main, glissa ses doigts entre les siens. Cyril inclina la tête pour l'embrasser, chercha ses lèvres. Son baiser fut furtif, égaré même. Tant de maladresse la fit sourire.

– Tu sais faire, avec la langue ? dit-elle.

Cette fois, elle s'appliqua. Et ils recommencèrent, cœurs battants.

– Je vais te faire goûter des pêches de vigne, proposa-t-elle.

Violette courut devant lui, jusqu'à disparaître de sa vue. Mais il ne se résigna pas à ce jeu. Il avait trop envie de penser à elle, à ce qu'ils deviendraient tous deux, après les vacances. Resterait-il à Rilhac ? Ou repartirait-il à Paris ? Son bonheur fut entaché par ces questions. Une voix s'obstinait en lui à répéter : Ne pense pas à l'avenir. Goûte l'instant présent.

Elle lui montra comment faire avec les petites pêches de vigne.

– Tu serres la pêche à l'endroit où elle est fendue. Et regarde... Ça se sépare en deux.

Elle détacha le noyau, tendit une moitié à Cyril. Il la prit en bouche pour lui faire plaisir, car il était gavé, déjà.

– J'aime ça, fit-elle avec un sourire de gourmandise.

Le jus dégoulinait sur son menton, surtout lorsque le noyau ne se détachait pas de la chair. Alors, elle engouffrait la pêche à pleine bouche, submergée par l'excès de pulpe et de jus.

– Comme tu es gourmande, Violette, dit-il.

– Toi aussi, tu le deviendras.

– Je ne suis pas assez heureux pour ça.

Le visage de son amie se figea. Elle savait ce qui le rendait triste, à cet instant. Mais elle ne voulait pas en parler. Tant de mots lui faisaient défaut. De courage, aussi.

Cyril ramassa une pêche qui avait roulé sous l'arbuste et en chassa les fourmis qui l'avaient attaquée. Quelques-unes se répandirent sur sa main.

– Je connais un endroit où il y a un nid énorme. De grosses fourmis, précisa-t-elle. Tu donnes un coup de pied dedans, et ça s'agite dans tous les sens. Une heure plus tard, tout le mal est réparé.

– C'est comme pour la cabane, dit Cyril. Ils l'ont reconstruite aussitôt. Les Larrons sont des fourmis. Ensemble, tous réunis, ils sont forts et entreprenants, mais, séparés, ils ne peuvent rien. C'est pourquoi ils ont cru utile de nous chasser, croyant que sans eux nous ne serions rien, ma pauvre Violette.

La comparaison amusa la fillette.

– Moi, je me fiche de leur cabane dans l'arbre. Et je me fiche aussi du château du Gniaf. Ce sont des idiots, ceux qui veulent toujours faire la guerre. Un jour, expliqua-t-elle, j'ai proposé qu'on joue aux grandes personnes. Mais ils n'ont pas voulu. Une idée de fille.

– C'était quoi, ce jeu ?

– Nous y jouons en ce moment, non ?

– Tu veux dire, ajouta Cyril, un jeu où l'on applique les règles des grandes personnes ?

Elle acquiesça de la tête.

– On s'aime, on se trompe, on se dispute, on se réconcilie. C'est comme ça la vie, non ?

En retournant à la maison Ponchelle, le cœur battant de ce premier amour, Cyril ne savait pas encore que son âme allait entrer de plain-pied dans un long hiver. Il s'endormit aussitôt après avoir déposé un baiser sur la photo de sa mère, comme il le faisait tous les soirs. Pour rien au monde il n'eût manqué ce rituel, par superstition sans doute. Les rêves de sa nuit furent tous hantés par le fin visage de Violette. Elle était devenue, dans ses songes, une petite mère, prévenante et protectrice. Et lorsque leur barque chavira sur la Sévère, c'est elle qui le remonta à la surface, et de même l'empêcha de courir sur le mur étroit du château, avant que les pierres vinssent à crouler dans un nuage de poussière. Pour une fois, le visage de Florence demeura absent de son rêve, même si Violette portait une robe qui ressemblait à celle de sa mère. Il en est ainsi de nos cauchemars. Par d'absurdes combinaisons, ils assemblent nos espoirs et nos craintes. Ils leur prêtent un visage, un décor, et toujours se résolvent sans qu'on y puisse imprimer la moindre emprise.

Au matin, l'enfant descendit au jardin pour y rejoindre Emile. Il fut à peine surpris de ne pas trouver sa grand-mère fidèle au poste dans sa cuisine. Il contourna la maison par l'allée où serpentait un tuyau de caoutchouc. Grand-père avait arrosé ses fleurs, de bon matin. Y compris les rosiers, les lys, les arums. La terre sentait bon l'humus. Il se dirigea dans la serre, poussa la porte en verre cathédrale. Emile lui tournait le dos, assis dans un fauteuil d'osier. Il observait, à travers la verrière, les rayons du soleil jouant dans les feuillages du tilleul.

Au premier bruit de pas sur les dalles d'ardoise, le vieux s'extirpa de son siège et prit Cyril dans ses bras.

– Tu veux bien faire une promenade avec moi ? demanda l'enfant.

Emile ne répondit pas. Cyril sentit, à fleur de peau, que son grand-père n'était pas décidé. Cela lui arrivait quelquefois. Il disait : « C'est la pleine lune qui me met les nerfs en pelote. »

– Oh non, répondit le vieux. Pour cette fois, la lune n'y est pour rien.

Cyril sentit une douleur qui croissait dans son ventre. Elle lui était venue à la seconde où Emile l'avait serré contre lui. Il n'était pas habituel qu'il se comportât ainsi, avec autant de précipitation, et qu'il mît autant de force à le tenir contre lui, dans ses bras.

– Je regardais la lumière folâtrer dans l'arbre, fit-il. Et je me disais : c'est un bonheur précieux que de voir le jour se lever. Nous n'y prêtons aucune attention, le plus souvent. Pourtant, mon petit, il nous faudrait assister à ce spectacle avec dévotion, comme le faisaient les Egyptiens du temps des pharaons. Le soleil était leur dieu. Et, à tout bien réfléchir, qu'est-ce qui symbolise le plus la vie, éternellement recommencée, que la montée du soleil dans le ciel ?

– Tu songeais à tout ça, grand-père ?

Le vieux ne répondit pas. Il avait la même douleur au ventre que son petit-fils. Pourtant, personne n'était autant résigné que lui, à cet instant, et plus désespéré. Ma propre vie, quelle importance, pensait-il. Je l'aurais donnée en échange... Maintenant, elle est jouée. Engagée sur sa pente déclinante. Et il n'est rien de plus douloureux que de regarder, impuissant, tout le malheur du monde s'accomplir par une belle journée d'été.

Il tira de sa poche la montre de gousset, consulta l'heure machinalement. L'ongle du pouce grattait le verre, comme s'il voulait ainsi ralentir la course saccadée de la trotteuse.

Cyril attira son grand-père au-dehors. Il y avait un petit vent qui soufflait du sud. C'était signe de beau temps. Signe de chaleur, aussi. Ils remontèrent l'allée, marchant dans les petites flaques d'eau que les mauvais raccordements du tuyau d'arrosage avaient créées sur le pavage de schiste. Les papillons, les taons, les guêpes, tout un petit peuple d'insectes assoiffés s'en venait se désaltérer. Cyril s'amusa du spectacle. Surtout des papillons. Car le grand-père les connaissait tous et pouvait nommer les espèces sans se tromper, rien qu'à leur manière de danser dans l'air. Les bleu pâle étaient les plus nombreux, s'égayant dans les hortensias.

– Ce sont des argus, fit Emile. Ils adorent nos lierres qui couvrent le garage.

Il en montra aussi des jaunes, aux ailes si fines qu'elles paraissaient transparentes, qui virevoltaient dans les rangs de haricots.

– Des piérides, fit-il, l'index en avant.

– Je rêverais d'en capturer des grands, dit Cyril. Mais pas comme ceux qui viennent se cogner à ma lampe de chevet, la nuit. Ils sont laids, ceux-là, gris et poussiéreux.

Le vieil homme l'écoutait en plissant des yeux.

– Un monarque, par exemple ? suggéra-t-il. Aurons-nous la chance d'en apercevoir un ? Un seul ?

– Comment est-il, celui-ci ?

– Sept à dix centimètres d'envergure, expliqua Emile, avec des ailes de couleur brune, ou plutôt tirant sur le rouge cuivre, avec des taches blanches et noires en bordure des ailes. C'est une espèce qui nous vient d'Amérique du Nord, à ce que je crois.

– Comment ont-ils fait pour traverser l'océan ?

Le vieux prit un air dubitatif.

– Tu ne me réponds pas ?

– Est-ce que je sais, moi ? Ce sont les larves ou les chenilles qui voyagent dans la soute des bateaux. Et à quai, dans un climat plutôt hospitalier, le miracle s'accomplit. Le monarque sort de sa chrysalide et prend son envol. Mais peu parviennent à s'accommoder de nos climats continentaux. Fort heureusement, il faut courir le monde, les contrées les plus inhospitalières, pour les capturer. Ce qui fait la rareté de certains papillons.

Armande les trouva, ainsi, en pleine discussion. Cyril et Emile baissèrent le regard en l'apercevant. La tristesse sur son visage, la chevelure sommairement ramassée, la mise, plutôt négligée, ne trompaient pas. Elle leur tendit un panier d'osier. Sans un mot. Cyril s'en empara. Au fond du panier, il y avait la liste des courses. C'était inhabituel qu'Emile dût faire les emplettes. D'ordinaire, la tâche était dévolue à Armande. L'étalage des aliments, des denrées, lui donnait des idées pour la confection des repas. Et elle aimait bien converser à l'épicerie, chez le boucher. C'était une de ses rares sorties. Mais, aujourd'hui, il y avait une raison impérieuse. L'attente d'un coup de téléphone. Fatale annonce du destin. Elle ne vivait plus que pour cette sonnerie d'alarme. Ce saut dans la nuit. Toutes les larmes avaient été versées. Toutes les crises passées. Il restait à entendre la confirmation. Ensuite, gérer le temps, dans la douleur, le souvenir et le chagrin. Elle s'était préparée à l'épreuve. Et il lui semblait, alors, que les jours seraient vides de sens, livrés à la déchirure. Il n'était plus qu'un gramme de secondes qui la séparait de cet état. Un souffle d'attente vaine. Et par cette pensée elle communiait avec sa fille, si loin et si proche. La douleur sourde qui lui rongeait le ventre la renvoyait à ce jour lointain où elle l'avait mise au monde, sa petite Florence. La meurtrissure était ce qui les séparait, toutes deux, de la vie et de la mort. Ce qu'elle ressentait, en elle, dans sa chair, était comme un accouchement à l'envers. Ce qui lui avait été donné jadis, le destin le lui reprenait.

Emile prit la liste des commissions et la consulta avec attention.

– Des sardines, encore des sardines, protesta-t-il.

Armande haussa les épaules. La réflexion lui parut dérisoire.

– Au premier orage, nous irons pêcher une friture de gardons, fit le vieil homme en pinçant la joue de Cyril.

Armande se retint de répondre : Les prochains jours, nous aurons autre chose à penser, mon pauvre Emile. Comment peux-tu être aussi inconscient ? Peut-être est-ce sa manière de se défendre contre le malheur...

A l'épicerie Spar, près de la mairie, le grand-père envoya son petit-fils dans les rayons. Il connaissait les lieux, mieux que lui, l'agencement des articles. En quelques minutes, le panier fut rempli.

– Vous n'avez pas le carnet de bons ? demanda l'épicière.

Emile se tourna vers Cyril.

– Ces timbres idiots qu'on colle à la suite ?

– On peut gagner des verres et des assiettes en pyrex, ajouta la patronne.

– On s'en fiche de ces babioles, nous, répondit Emile. C'est tout juste bon à attraper les simples d'esprit.

La bonne femme, dans son tablier blanc, dodelina de la tête. C'était bien une réflexion d'homme. Car ses fameux bons avaient du succès. On se battait pour en rabioter quelques-uns en sus.

– Comme vous voudrez, monsieur Ponchelle.

Mais le vieux était d'humeur bougonne, surtout en présence de Cyril. Il voulait montrer à son petit-fils qu'il surpassait d'une tête ces médiocrités matérielles.

– Vos timbres, madame, vos timbres Spar ou Tartempion, c'est tout juste inventé pour pousser à la consommation. Cyril et moi, nous n'achetons que le nécessaire. Si tu veux rester libre, mon garçon, éloigne le superflu, ajouta Emile.

Le vieil homme était fier de sa répartie, fier de disposer sous la main d'un petit-fils aussi attentif à ses conseils de patriarche. L'époque manque de bons professeurs, pensait-il. Et si les maîtres font défaut, qui donc donnera l'exemple aux générations futures ? Il ne suffit pas de savoir bien compter, même si les temps nouveaux exigent des comptables en toutes matières. Penser ouvre les fenêtres sur le vaste monde, prépare les cœurs à aimer son prochain, plutôt qu'à le dominer ou l'écraser, comme on le voit si souvent dans la société mercantile.

Tout en cheminant par les ruelles de Rilhac, Emile dispensait ses leçons avec force gestes. Et Cyril se sentait porté par la force qui émanait de son grand-père. Avec de si belles et nobles idées, se disait-il, jamais tu ne seras seul, quoi qu'il arrive.

A la boucherie, ils complétèrent leurs achats. Le vieux discuta la qualité de la marchandise, pour le principe. Il cultivait volontiers son côté enquiquineur chez le commerçant. Avec d'autant plus de conviction que le petit Cyril l'observait, les yeux arrondis de surprise.

– Armande ne fait jamais les courses avec moi.

– Pourquoi ?

– Elle a honte. Honte de mes discours. C'est ainsi. Toute une affaire d'éducation. Payer donne des droits. Tandis qu'elle croit, naïvement, que c'est une faveur que nous font ces commerçants en nous volant sur la marchandise.

Cyril éclata de rire. Il lui arrivait souvent d'admirer la mauvaise foi d'Emile. Il mentait avec une assurance déconcertante. Sa mère avait hérité de ce trait de caractère, lorsqu'elle traitait quelques affaires bancaires. Florence l'avait quelquefois emmené à son bureau de la banque Worms. Le client parti, elle se sentait le besoin de se justifier. « Mentir fait partie de mon métier. » Et elle ajoutait, invariablement : « Le pire sans doute est de se mentir à soi-même. » Cyril percevait dans cette réflexion, somme toute banale, une pointe de tristesse, comme si elle jugeait un peu son existence sans qu'il y parût. Peut-être s'était-elle menti à elle-même sur l'idée du bonheur avec Guillaume ? Peut-être avait-elle voulu croire que les serments d'amour sont éternels, comme les diamants ?

– Et toi, grand-père, demanda Cyril, est-ce que tu te mens ?

– Jamais, jura Emile en plaquant sa main sur sa poitrine. Le bonheur ne transige pas. Il faut se connaître, et jauger ses justes capacités. Sinon, on poursuit des rêves inaccessibles. Et lorsqu'on situe ses ambitions trop haut dans les nuages, le destin avec un mal acharnement les foudroie comme l'orage.

L'enfant comprit qu'Emile avait enseigné, autrefois, cette profonde vérité à Florence et qu'elle en avait sans doute tiré profit, sauf avec Guillaume. Nul n'est donc infaillible devant les pièges de la vie ? Les fautes se payent cruellement, pensa-t-il.

Emile poussa la porte de la cuisine d'un pied ferme. Elle grinça sur le carrelage, de tous ses gonds. Cent fois il l'avait entendu, ce reproche, selon lequel il devait la raboter, pour ne s'en souvenir qu'à l'instant même où retentissait le grognement sinistre. Armande sursauta comme si elle venait elle-même d'être laminée par ce bois rétif.

– Oh mon Dieu ! s'écria-t-elle. Mon pauvre petit.

Et avant que Cyril eût posé le panier au sol, elle le serra contre elle.

– Notre Florence... C'est fini.

– Quoi ? s'exclama Emile en cherchant une chaise où il s'abandonna en gémissant.

– J'ai eu ce pressentiment, poursuivit Armande. Je voulais prendre le train pour Paris...

Sa voix s'étouffa dans sa gorge. Puis elle reprit, peu à peu, le cours de sa respiration, péniblement, en se tenant les côtes.

– L'accompagner, au moins, jusqu'à...

Cyril avait plaqué les mains sur son visage. Tu ne dois pas pleurer, se répétait-il. Elle te regarde. Elle ne voudrait pas que tu pleures. Elle qui disait qu'un homme ne pleure jamais.

Il courut aussitôt vers l'escalier et monta dans sa chambre. Florence était là, à côté de lui. Il sentait sa présence, comme un souffle d'air qui agite les rideaux. C'était un peu plus doux que d'habitude. A la différence qu'elle ne fléchissait pas, cette respiration des âmes envolées. Mais l'impression qu'il éprouva, toute rassurante qu'elle fût, sembla se diluer dans le silence qui était, à cette seconde, comme une blanche étendue. Les murs de sa chambre s'étaient écartés de lui, et la lumière entrait à gros bouillons, aveuglante. Cyril fixait, yeux grands ouverts, l'astre solaire qui donnait à travers le rideau, jusqu'à l'éblouissement, jusqu'à ce qu'il ne vît plus du monde que de vifs éclats de lumière se télescopant. Il ferma les paupières, la course des couleurs s'enchaîna longtemps encore dans sa tête. Tu voudrais mourir que tu ne le pourrais pas, pensa-t-il en bloquant sa respiration.

Cyril entendit une main qui grattait le bois de sa porte. Grand-père prononça quelques mots qu'il ne comprit pas. Puis renonça aussitôt. Et le bruit des pas décrut sur les marches de l'escalier. Alors, l'enfant ouvrit le petit tiroir de sa table de nuit et en tira la bougie qu'il avait conservée précieusement pour cet usage. Il alla la poser devant le portrait de Florence, gratta une allumette. Et les paroles douloureuses d'une secrète prière s'enchaînèrent dans sa tête.

– Cette petite lumière pour toi, ma bonne maman, que la vie m'a ôtée... Peut-être la vois-tu ? Peut-être pas. Tu es si loin, désormais, perdue, seule...

16

Au sortir de l'estaminet, le capitaine alla se planter au pied du platane. Il y pissa son aise, avec ravissement. Quand il eut terminé, sa main s'attarda sur la peau rêche de l'arbre. L'écorce s'en détachait facilement, formant des taches jaunes à l'endroit de la mue. Pour une fois, il eût voulu l'étreindre, ce platane centenaire, comme une belle femme, et lui parler, sans doute. Puisque les hommes ne pouvaient l'entendre, désormais, sans colère ni haine.

Mais cette idée l'abandonna aussitôt. Si je ressuscite un jour, je voudrais être un arbre, un platane ou un chêne, pensa-t-il. Ça donne une certaine hauteur, cette force lente qui gravit les étages du ciel. Et là-haut, foutredieu, que le monde est petit et stupide. Les hommes, marmonna-t-il, que sont-ils, en définitive ? Des fourmis qui s'agitent, en vain. Je vous vois, ô fourmis humaines, et je n'éprouve aucune pitié pour vous, car vous ne le méritez point. Malgré la science, le savoir, la connaissance, l'homme n'est rien à côté de la mémoire d'un arbre. Sous ses ombrages, des générations défilent. Et la terre que les hommes foulent, l'espace d'une vie, est heureusement fort accueillante, douce à la mort et à la pourriture. Ce qui se défait de l'argile humaine, qui peut en expliquer le sens ? A brève contemplation, rien ne transpire du dessein secret de la terre fertile. Et la comédie des vivants, et la tragédie des vivants, et tout le saint-frusquin, qui ronge l'espèce humaine dans ses gloires futiles et ses rêves insensés, ne valent pas tripette dans le terreau nourricier.

Jess farfouilla sa braguette rétive pour rajuster les boutons dans leurs œillets. L'urine avait coulé entre ses jambes et dessiné sur le pavé gris un long serpent luisant. Il se recula au milieu de la chaussée, poussa un grognement rauque d'animal. Combien de fourmis s'étaient-elles noyées dans son pissat ? Les dieux ont la férocité inconsciente de leur puissance. Et de même, nous, sinistres conquérants, en avons-nous ratissé, des fourmilières, pensa-t-il. O mon beau capitaine, récita-t-il, que de victimes expiatoires pour la grandeur de l'empire ! Passé la raison, on ne compte plus, mon beau capitaine...

Mangin gagna d'un pas alerte les lisières de Rilhac, là où les jardins fleurissent derrière les murets étroits. Au passage, il glana des prunes tombées sur la route, en mangea quelques-unes pour éteindre l'acidité des alcools. Ce n'est rien de boire, pensa-t-il. Au contraire, l'âme se disperse dans les vapeurs. Et toutes les angoisses fondent comme neige au soleil. Mais, ensuite, il faut payer la facture. Etouffer les lancinants reflux des sucs gastriques.

A la seconde, Jess eut une pensée compatissante pour Choisne. Diable, ce qu'il doit endurer, l'animal ! Avec tout ce qu'il avale. Le gosier passé à la toile émeri. Si bien qu'il en faut encore, toujours plus, pour anesthésier le martyre. O saint Choisne, prions pour lui. Prions pour qu'à l'avenir les vinasses lui soient doucereuses au palais !

A la serve, Jess trouva le calme de la nuit, dans sa fraîche respiration d'haleine putride qui montait du bas-fond des voilures de brume. Il s'allongea au milieu des grenouilles qui chantaient les amours. Un concert flûté, mêlé aux stridulations des grillons. Un orchestre pastoral. Pour l'heure, un héros repentant ne pourrait rêver meilleure compagnie. Jess contemplait le ciel noir et les lointains mondes. Il se sentait, plus que jamais, fourmi minuscule. Et s'il en va de ma destinée, comme je le crois, pensa-t-il, je ne fuirai pas le pas du géant qui se posera sur moi, sans y songer. Car la vie des hommes est soumise aux mêmes règles que celle des insectes. Le temps et la force sont comptés.

Le désir le prit pour la femelle triste qui se dandinait sous les tilleuls. Il fit assez de vacarme pour l'attirer vers lui. Pourtant, elle le reçut sans surprise. C'est l'histoire ordinaire des couples que de s'attirer et se repousser. La sienne était rétive dans ses heures de nuit où elle ne trouvait pas le repos. Il l'appela en sifflotant, comme il eût fait pour un animal. Car sa voix, trop grave et forte, était proscrite, en ces heures dangereuses où le rival veillait sur son territoire.

– Choisne ne dort pas, murmura-t-elle. Et j'ai peur.

Jess vit qu'elle se détournait ostensiblement de lui.

– Viens à la serve, ordonna-t-il.

Elle ne répondit pas. Elle respirait fort. C'était signe de désir. Ou de peur. Il voulut savoir et approcha, encore. Sa chevelure était emmêlée, désordonnée, jusque sur le visage.

– Que caches-tu ?

Mangin surprit une plainte. Non, ce n'était pas là musique ordinaire. De celles qui attirent le mâle. Mais sa main s'enhardit à dégager les cheveux. Il y avait du sang sur les pommettes. Déjà séché. Et des bleus. Des tuméfactions douloureuses.

– Il t'a battue ? Le salaud !

Adée possédait trop d'orgueil en elle, et d'amour aussi, pour se plaindre. Mangin se tut, pour ne pas ajouter à sa colère.

– Ça finira un jour. Rassure-moi, Jess... Est-ce que toutes ces horreurs trouveront une fin ?

Ils s'allongèrent au bord de la serve, dans laquelle se reflétait l'âme de la lune. Il suffisait d'un saut de grenouille pour que l'image se brouille dans le cloaque. Puis elle se recomposait aussitôt, en son précaire équilibre.

– Tu manques de courage, reprocha Adée.

– Le mal me dévore comme un cancer, dit Jess.

– Je me suis trompée sur ton compte.

– Comment peux-tu dire ça, moi qui ne rêve qu'à ta délivrance ?

Adée inclina la tête contre l'homme qui gisait auprès d'elle, raidi par la colère et la haine. Elle avait réussi à lui communiquer cette force. Mais qu'était-ce donc qui pourrait encore la faire jaillir comme une épée de flammes ? Vengeresse et exterminatrice...

– Je t'aiderai s'il le faut, promit-elle.

– Non, défendit-il. Tu ne dois pas te salir, ni t'avilir. Il faut que tu restes pure. Moi, ça n'a plus d'importance. Le mal est en moi. Je croyais qu'il m'avait quitté, par l'oubli et le silence.

Mais je sais, désormais, ô mon capitaine, que tu es perdu, se dit-il d'une voix douloureuse.

Elle ne comprit pas ce qu'il voulait dire, ni quelle sorte de langage il adressait au ciel. Adée ne songeait qu'à sa délivrance, et à la main du héros qui porterait l'estocade. Elle la caressa, cette main, longuement. Parfois, la colère s'en éloignait, parfois, elle s'en revenait. Et secrètement, sur le bord des lèvres, elle murmurait une prière à ce dieu étrange qui approuvait les crimes, et qui n'avait d'autre autel que l'âme torturée des vivants.

Longtemps, ils demeurèrent immobiles, comme des gisants de pierre. Tout désir s'était éloigné d'eux, avec la plainte des ombres qui les entourait. Peut-être eussent-ils pleuré sur leur sort, si la rage et la colère ne les avaient possédés. La myriade d'étoiles sur leurs têtes semblait les apaiser. Ils avaient besoin du silence des immensités pour espérer que leur destin ne soit que la répétition de tant d'autres, aussi ordinaire et commun que celui des amants.

Peut-être avaient-ils fini par s'endormir, pour donner corps à leurs rêves. Et sans doute les doigts glacés de l'aube auraient-ils fini par les réveiller si le sort en avait décidé autrement. Mais ce fut, cette nuit-là, comme dans l'ancienne chanson de geste, l'irruption brutale du mari sur le théâtre des amours maudites.

Choisne poussa son cri rauque d'animal blessé, en bottant durement dans le corps assoupi d'Adée. Elle se dressa, vivement, et courut vers les ajoncs. La nuit de pleine lune traçait distinctement le contour de l'intrus. Il porta son fusil sur l'amant immobile. Le canon vint à se poser sur sa tête. Adée plaqua les mains sur ses oreilles pour ne pas entendre la dénotation qui allait déchirer l'air. Après, pensa-t-elle, ce sera ton tour. Mais, à l'instant où la flamme incendiait la nuit d'un flash, le capitaine roula sur lui-même. La terre jaillit alentour. Choisne voulut réarmer son arme pour achever l'ouvrage. Plus prompt à la défense, Jess s'en empara par le canon. Et le second coup se perdit dans les airs.

– Marco m'avait prévenu ! Des chiens. V'n'êtes que des chiens. J'vas vous crever à la seconde !

Le capitaine tenait Choisne à pleines poignes, tandis qu'il gigotait comme un pantin ridicule. C'était simple. Il lui suffisait de tirer de son ranger le poignard coupant comme un rasoir. Mais la simple idée de faire jaillir du sang chaud sur sa main l'épouvantait, tout autant que le regard fou de Choisne. Le mari ne pouvait croire qu'il allait mourir, tant la perspective du triomphe le ravissait à l'avance. Et ses gestes désordonnés, ses invectives, ses écumantes fureurs n'avaient pour seuls témoins que Jess et Adée, soudainement unis dans l'angoisse et la torpeur.

– J't'avais pas cru salaud à c'point ! cria Firmin.

– Tue-le ! Tue-le ! hurlait Adée en trépignant.

– Entends-la, Jess ! La chienne ! Entends-la !

Les doigts serrés du capitaine tenaient fermement sa proie à la gorge. Plus Choisne hurlait et plus Mangin serrait, jusqu'à ce qu'il ne sentît plus le voyage de la glotte sous sa paume. Il desserra son emprise, un court instant, pour le laisser reprendre son souffle. Choisne profita de cette goulée d'air pour jeter à nouveau tous les mots orduriers qui lui venaient à l'esprit. C'était surtout à Adée qu'il en voulait. Et sans doute avait-il commis une erreur en ne la visant pas en premier. Une fois sa femme morte, il eût été facile, à ses yeux, de convaincre l'amant de lâcher prise. Mais, singulièrement, c'était Jess qu'il avait voulu abattre en premier. Dans la préparation de sa vengeance, il s'était dit : Tuons le plus dangereux des deux. Le reste sera un jeu d'enfant.

La main de Choisne s'agrippa au visage de Mangin, en déchira la chair. Ongles noirs et épais, comme des griffes de putois. Jess en éprouva une horreur physique. La même sorte de répulsion incompréhensible et irraisonnée qu'on ressent à frapper un serpent. C'était aisé de tuer Firmin Choisne, comme ce l'était aussi pour une vipère. Pourtant, il lui semblait que ce geste fatal allait exiger de lui des ressources infinies.

Adée s'était rapprochée, prudemment. La peur que lui inspirait Choisne ne se pouvait dissoudre tant qu'il s'agitait. Et peut-être, au sol, brisé, piétiné, finirait-il par l'apeurer tout autant ? Néanmoins, il fallait que la vengeance atteigne son but, sans faillir. Et ses cris d'excitation n'avaient d'autre but qu'empêcher la fureur meurtrière de Jess de mollir d'un pouce. Les corps mêlés s'affaissèrent parmi les roseaux. Adée en suivit la progression jusqu'au cloaque, ne sachant comment prêter main-forte à son champion.

D'une poigne ferme et résolue, le capitaine enfonça la tête de son rival dans l'eau noire, où il la maintint, malgré la résistance qu'on lui opposait. Une odeur putride s'élevait de la serve, que le combat avait ravivée. Choisne n'était plus qu'une masse gluante entre ses mains. Et de tout son poids Jess pesait sur la masse sombre pour la plaquer dans les fonds vaseux. C'était là, dans le cloaque, que la vie du putois s'éteindrait. Et tandis qu'imperceptiblement la force de sa proie s'amenuisait, Jess se disait : Quel amour invoques-tu pour justifier ton crime ? Et qu'en adviendra-t-il au moment du châtiment ?

Le capitaine se dressa sur la masse sombre qui gisait à ses pieds. Se reculant, il poussa de grands cris de rage.

– Vois ! Tu as fait de moi une horreur.

Adée le saisit au torse, enfouissant sa tête contre la poitrine du géant qui venait de lui rendre l'espérance. Mais Jess la repoussa. Il se sentait sale, anéanti, aussi anéanti qu'après avoir tiré sur le capitaine dans les Aurès.

– Je vais te laver, mon bel amour. Faut effacer tout ça, ces saletés...

Il ricana en titubant.

– Tu peux toujours essayer. Je suis sale jusqu'au trognon. Mon âme est damnée. Pourquoi faut-il que nous nous soyons rencontrés ? J'ai su, dès le premier jour, que notre amour serait maudit. Pourtant, je n'ai rien fait pour t'écarter de moi. Rien. Malgré les conseils de Manciet.

Adée ne comprenait rien à ces propos. Elle avait éprouvé toutes les saletés du monde, sans jamais soupçonner que la crasse de Choisne pût atteindre son désir de pureté. Au contraire, elle avait bataillé pour la préserver, cette lumière intime, le dernier cercle où son âme se trouvait retranchée. Et Choisne avait eu beau cracher sur elle tous les venins du monde, toutes ses fielleuses insanités, en vain. Elle avait survécu à l'ordure, comme la chicorée blanche sur le fumier.

– Il faut laisser Choisne dans le marigot, proféra-t-elle. Qu'il y pourrisse ! Que les vers le dévorent !

Jess l'observa avec pitié.

– Tu ne peux pas dire ça d'un mort, reprocha-t-il. Celui-là mérite un peu d'égards. Et si tu ne peux le considérer, désormais, misérable et déchu, sans indifférence, alors tu t'insultes toi-même.

Adée l'observa en hochant la tête. Elle ne pouvait en effet se résigner à voir, dans la fin de Choisne, l'accomplissement d'un malheur qui finirait par détruire leur amour. Peut-être se croyait-elle plus forte qu'elle ne l'imaginait, avec son puissant désir de vivre libre. Plus intouchable que jamais, en ses hautes espérances. J'ai sauvé en moi l'essentiel, l'amour, pensait-elle. Lui ne rêvait que de m'avilir, de me rabaisser au rang de la bête... J'ai triomphé. Désormais, me voilà quitte.

Le capitaine se demandait pourquoi Adée avait nourri autant de haine, toutes ces années, sans rien tenter pour la fuir... Et plus il contemplait cette exaltation qui la possédait, plus il songeait que Choisne avait fini par la détruire aussi, à faire d'elle, à la longue, une chienne enragée. N'était-ce pas là sa véritable victoire ?

– Ce n'est pas moi que tu aimes, dit-il. Moi, Jess Mangin. Mais l'assassin superbe. Pour toi, je ne serai plus que ça, le bourreau de Choisne. L'exécuteur de tes haines. Crois-tu que notre amour survivra à ça ?

Elle parut déconcertée.

– Personne ne le saura. Jamais, assura-t-elle. Ce sera un secret entre nous. Firmin Choisne était ivre. Il a chuté dans la mare, où il s'est noyé.

Jess ricana encore. C'était pour cela, cette sinistre comédie, qu'il avait renoncé à lui planter son poignard dans la poitrine.

– Personne ne sera dupe, répliqua le capitaine. Et qu'importe si nous sortons blanchis de cette affaire. Puisque ce cadavre est désormais entre nous deux, comme une tache indélébile. Chaque fois que nous ferons l'amour, le rictus de Choisne viendra s'interposer. Peut-être même l'entendrons-nous geindre ? Encore et toujours. Comme j'entends, encore et toujours, les cris des femmes et des enfants que des salauds, dont j'étais, ont exécutés dans les Aurès.

Après qu'ils eurent fait l'amour, leurs corps nus glissèrent le long de la meule de foin. Ils avaient fini, tous deux, par oublier le cadavre qui gisait dans la serve. La nuit le cachait honteusement. La nuit tressait sur les collines des écharpes funèbres. Ils savaient que le sursis serait de courte durée. En attendant, ils pouvaient chanter et rire, s'abandonner aux caresses.

Adée commençait à tirer des plans sur l'avenir. Sur ce terrain hasardeux, elle avançait à pas timides. Elle ne voulait pas effrayer son amant.

– Il faudra ne plus nous voir. Au moins pendant un mois, dit-elle. Le temps que l'enquête finisse.

Jess ferma les yeux en l'entendant. Il lui semblait revivre le conciliabule des soldats perdus, et leur pacte secret. La liberté ne s'accorde jamais avec les mensonges, pensa-t-il.

– Personne ne croira à l'accident.

– Tu es un idiot.

– Personne ne croira à l'accident, à Rilhac, reprit-il, parce que tout le monde sait que nous sommes amants.

Il sentit qu'elle ne se résignerait jamais à la vérité. Désormais, elle avait besoin de croire au bonheur, et que s'éteignent à jamais les années d'infortune.

– Plus tard, tu me reviendras, mon Jess. Sur ma terre, dans ma maison. Et nous y vivrons heureux.

– Je voudrais tellement que tu dises vrai, fit-il d'une voix triste. Mais Marco… As-tu pensé à Marco ?

– Quoi, Marco ?

– Ton garçon me hait.

– Je le dresserai, fit-elle. Et sans son père, il me sera dévoué, enfin. C'était lui, tu le sais bien, qui l'enrageait contre moi.

Le capitaine ne répondit pas. Tout lui paraissait accompli, jusque dans le détail. Et il savait qu'au jour nouveau, ce serait une autre histoire qui commencerait sur les décombres de la nuit.

17

La petite flamme courageuse mourut dans la nuit, épuisant jusqu'à la fin ses réserves de stéarine. Elle mourut, amenuisée, comme le souffle des agonisants, alors que Cyril s'était déjà endormi. Pourtant, l'enfant s'était juré de tenir, le plus longtemps possible. Mais sans doute avait-il présumé de ses forces, à moins que le souffle de lumière qui l'enveloppait, et dans lequel il avait cru discerner le poids infini des âmes, n'ait eu pitié de lui en le délivrant de sa promesse.

A l'aurore, il poussa un grand cri en voyant la chandelle morte.

Oh ma pauvre petite maman, je n'ai même pas eu la volonté de te veiller... se reprocha-t-il.

Le chagrin le reprit. Il sentit, confusément, que Florence s'était éloignée de lui, alors qu'il l'avait perçue si proche au début de la nuit. Ce sentiment d'abandon le paralysa, anéantissant en lui toute envie d'émerger de sa couche. Il fallut que son grand-père insistât pour entrer dans la chambre.

– Tu dois être courageux, dit-il d'une voix monocorde.

Ces paroles sonnaient plutôt creux. Elles ne lui ressemblaient pas. Grand-père ne savait être qu'enjoué ou coléreux. Du reste, il passait alternativement d'un état à l'autre avec une aisance déconcertante.

– Ne te force pas, grand-père. J'ai compris.

– Tu as compris quoi ?

– Que je devrais désormais vivre sans maman.

– Tu te souviens de ma promesse ?

Cyril hocha la tête. Et le vieux pleura dans ses gros doigts plaqués sur son visage. L'enfant ne parut guère impressionné. Au contraire, il éprouva le besoin de lui montrer, à cet instant, qu'il pouvait être aussi fort que lui.

– Je voudrais que nous n'en parlions plus, dit-il.

– Comment peux-tu dire ça ?

L'enfant s'habilla en hâte. Avant de quitter sa chambre, il rangea le petit portrait de sa mère dans le tiroir de la table de nuit, avec le reste de bougie morte. Il passa en coup de vent dans la cuisine. Armande avait négligé de lui préparer son petit déjeuner. Ce n'était pas si grave. Même, il en sourit. Les grandes personnes ne sont pas plus courageuses que les enfants.

– Ta grand-mère est partie à l'église. Pour prier, ajouta Emile.

– Moi, je n'ai pas besoin de ça pour être avec maman ! lança-t-il.

Cyril monta aux remparts avec l'idée d'y trouver Violette. Il resta longtemps à contempler la marelle qu'elle avait tracée à la craie sur la route. Dans un demi-cercle, elle avait écrit *Ciel*. Et il pensa que les jeux des enfants sont aussi étranges que ceux des adultes. De la terre au ciel, il n'y a que quatre ou cinq pas à cloche-pied, se dit-il. On y pousse son âme. Et si l'on manque le trajet, il faut recommencer.

Puis Cyril redescendit vers la rivière, par le raccourci que Violette lui avait appris. Il courut, courut, par l'étroit sentier encombré de cailloux. Il se faufila entre les sureaux, sous l'ombre des frênes, sauta par-dessus les branches mortes d'acacia. Cyril voulait éprouver, ainsi, les limites de son souffle. Et sentir son cœur battre. Je suis comme un cheval sauvage, pensa-t-il. Je veux reconquérir les grandes prairies, celles qui n'ont plus d'horizon, comme la mer.

C'était une aube sans nuages, de vent sec, où la terre allait encore souffrir. Il atteignit le pont romain, qu'il traversa d'un pas léger.

– Je cherche Violette, demanda-t-il à un paysan qui chargeait du sable dans un tombereau. Vous ne l'avez pas vue ?

L'homme poursuivit sa besogne, comme si de rien n'était. On n'était guère causant à Rilhac. Surtout pour rendre service à un étranger. Mais Cyril ne le quittait pas du regard. Et le paysan finit par lui faire signe d'approcher, les mains posées au sommet du manche de sa pelle.

– Qui es-tu, toi ?

– Le petit-fils des Ponchelle, répondit Cyril.

– Ce bon vieux Emile ! s'exclama l'homme. Un bien brave gars, ton grand-père.

– A quoi ça sert, tout ce sable ? demanda Cyril.

L'eau tombait en pluie à travers le plancher et les ridelles du tombereau. Les chevaux attelés s'impatientaient en battant du sabot.

– Je profite que la Sévère est basse pour tirer le sable, expliqua le paysan. J'ai du mortier à faire pour consolider mes étables. Et surtout une dalle en ciment. C'est plus facile pour les curer ensuite. Tu comprends ça, toi ?

Le type se remit à la tâche.

– Je ne sais pas où elle est, ta petite Violette. Regarde voir du côté du bois de Vidale. C'est là que tous les galapiats se rassemblent.

Il s'arrêta pour reprendre son souffle. Le sable, gorgé d'humidité, était lourd à lever. Surtout lorsqu'il piochait trop en profondeur. C'était une bouillasse instable qui rechignait à se laisser embarquer.

– Elle est gentille, Violette ?

Cyril rougit un peu.

– Au début, les filles sont toutes gentilles. Après, ça devient des garces, ajouta l'homme. C'est comme la femme de Choisne. Tu les connais, les Choisne ?

– Non, dit Cyril.

– Le pauvre vieux a fini par se foutre à l'eau. Même que les gendarmes se sont déplacés. Un noyé, ça fait poser des questions. Ah, quel remue-ménage, dans le village ! On parle que de ça. Du pauvre Choisne…

Le paysan posa sa pelle, vint s'adosser à son tombereau. La sueur dégoulinait sur son visage.

– Tu connais peut-être le fils de Choisne… Marco ?

– Non, dit Cyril.

– Il a un surnom. Je suis sûr que ça te dira. Le Gniaf.

Cyril hocha la tête.

– Tu vois qui je veux dire ? insista le paysan.

– Oui, dit Cyril.

Et sur l'instant, le garçon éprouva un sentiment de pitié pour le Gniaf, bien qu'il fût tout compte fait son pire ennemi. Il faut être apaisant et charitable avec ses adversaires dans le malheur, pensa Cyril. Comme les empereurs romains. Il est un temps pour la guerre, un temps pour la paix, un temps pour le chagrin.

Revenu sur le pont, Cyril se décida à retourner dans le village. Il n'avait pas envie de retrouver les Larrons dans le bois de Vidale. C'était un territoire dont on l'avait chassé. Et un chevalier ne recouvre pas les faveurs, à faire amende honorable. Au contraire, il s'humilie. Nul ne sera charitable et apaisant avec moi parce que le malheur m'a frappé, pensa-t-il. C'est une loi qui n'a pas cours à Rilhac, où l'on ignore tout de la grande chevalerie.

Cyril trouva enfin Violette près de l'église. En l'approchant, il ne put réprimer ses larmes. Et elle comprit, aussitôt.

– Tu ne me diras rien, toi ?

– Non, répondit-elle en le prenant par le cou et en le serrant contre elle.

Puis ils descendirent dans la fosse profonde, où les ouvriers avaient coulé les fondations du château d'eau. Les armatures de ferraille se dressaient en couronne, comme les épieux d'un camp fortifié. Ils se placèrent en son centre, là où le capitaine avait délogé le trésor.

– Crois-tu qu'il en reste encore ?

– Quoi donc ? demanda Cyril.

– Des pièces d'or.

L'ingénieur fit appeler son conducteur d'engins, tandis qu'il dégustait une tasse de café. Sa Thermos ne le quittait jamais, même par les plus chaudes journées. Chacun son style de vie, se disait Manciet. Pour moi, la canicule ne change rien. On boit chaud, et de l'excitant, de préférence. Il aimait le café serré, boueux même, comme en Turquie, dans les bouges de la place Taksim d'Istanbul, où il aimait séjourner.

Lescurat partit à la recherche de Mangin, sans poser la moindre question. Les hommes œuvraient, pour l'heure, sur la grosse canalisation qui traversait les collines du Fauchet. On tirait la tranchée, en ligne droite, sans se préoccuper des accidents de terrain. Il n'était rien qui pût résister à la pelle du Caterpillar, talus, fondrières, bosquets. Le progrès allait son chemin, sans entraves. Il fallait que le secteur fût mis en eau avant l'hiver. Et qu'importe si la construction du château d'eau tardait à cause des fouilles. On travaillerait jour et nuit, s'il le fallait, en doublant les équipes. Il était assez de maçons portugais sur le marché pour remplir les contingents.

En attendant son conducteur d'engins, l'ingénieur se replongea dans « L'Enfer » de *La Divine Comédie*, dans le septième chant, où les damnés roulent leurs rochers. Il lisait et relisait les vers de Dante, sans parvenir à fixer son attention. C'était le destin de Mangin qui l'occupait tout entier. Est-il un seul homme, ici, hormis moi, qui ait pressenti l'événement ? se demandait-il. Comme quoi il n'est point de héros, lorsque la guerre de Troie n'a pas lieu. Mais je suis de l'espèce pessimiste, de la lignée des dieux qui préparent les drames dans leur marmite infâme. Le monde n'aurait de sens s'il n'était conçu pour la tragédie. Il est toujours une Hélène pour jeter la discorde sur les tristes pentes de la destinée.

Manciet emplit sa tasse de porcelaine de ce fort café qui lui bousculait les neurones. Il le but d'un trait, en grimaçant. Sans sucre. Comme il sied aux vrais amateurs. Machinalement, il palpa son pouls. C'était un rythme de fol alezan. Du cent pulsations par minute, au moins. Même l'opium ne parvenait pas à ce prodige. L'opium, dont il usait volontiers, était plutôt abrutissant. Son usage ne lui conférait guère de plaisir, sinon un bienfait anesthésiant sur les turpitudes de l'âme. Le café fort, bu sans retenue, deux litres par jour, était comparable aux amphétamines. Une accélération de la fonction cérébrale.

Mangin parut enfin, dans son bleu de chauffe. Il avait les mains sales, graisseuses. L'ingénieur lui ordonna d'aller les laver dans le réduit de la mairie. Il revint, aussitôt, la lippe grave.

– Vous connaissez la nouvelle ? dit Manciet.

Le capitaine s'assit devant le bureau. L'ingénieur referma son livre d'un geste sec. Puis il s'occupa tout aussitôt à observer son conducteur, avec une insistance douteuse.

– Quoi donc ? Suis-je payé pour m'intéresser aux affaires du village ?

Manciet eut un sourire vague, presque détaché.

– Ne faites pas l'idiot, Mangin.

– Vous voulez parler de Choisne ?

– En effet. Nos ouvriers l'ont trouvé dans la mare. Croyez-vous qu'on puisse se noyer dans un mètre d'eau ? D'autant, mon vieux, que l'individu n'était guère porté sur ce breuvage...

Jess fixait ses mains, les contours noirs de ses ongles.

– En effet. C'est une triste fin. Boire cette tasse-là...

– Vous avez une explication, disons, plus rationnelle ?

– Pourquoi en aurais-je une ? Je ne suis pas l'ange gardien de Choisne.

– Ange gardien, non ! s'exclama Manciet. Mais ange exterminateur, peut-être...

Le capitaine détourna la tête. Il n'avait pas envie de subir l'œil insistant de son patron, et encore moins ses réflexions désobligeantes.

– Ce pauvre homme était ivre, du matin au soir. Il sera tombé dans sa mare. Voilà l'explication la plus plausible, dit-il négligemment.

Manciet caressait le cuir de son ouvrage. C'était une belle édition, illustrée par Gustave Moreau.

– Je n'en crois rien, murmura l'ingénieur.

Jess haussa des épaules.

– Croyez ce que vous voulez.

– Je suis chargé d'âmes, fit-il. Et la vôtre m'a toujours intéressé. Je ne voudrais pas qu'il vous arrive des désagréments. Immanquablement, ceux-ci retomberaient sur la Compagnie.

Le capitaine ne put s'empêcher de ricaner, et cette réaction déplut fortement à l'ingénieur.

– Certes, reconnut aussitôt Jess, je suis l'amant d'Adée. Ça ne fait pas de moi, automatiquement, un meurtrier.

– A d'autres ! Vous me devez la vérité.

– Pourquoi ? Le fait que je sois votre employé ne vous donne pas le droit de m'interroger.

Mangin se dressa sur sa chaise. Il avait envie de rompre là toute discussion. Manciet le connaissait trop bien pour ruser avec lui.

– En Algérie, j'ai subi les interrogatoires de mes supérieurs pour une sale affaire dans les Aurès. Ils n'ont rien obtenu de moi. Et je puis vous dire, monsieur, que c'était autre chose, les sbires des services du renseignement. Pendant une semaine, j'ai été traité comme le pire des chefs du FLN.

L'ingénieur parut s'impatienter. Les démêlés de son conducteur d'engins dans les Aurès ne lui importaient guère. Sur cette question, il avait été plutôt « Algérie française » au début, puis était devenu gaulliste après le putsch des généraux.

– Vous n'avez pas compris, Mangin. Je ne suis pas contre vous. Au contraire. La mort de Choisne, je m'en fiche. Mais il reste que vous l'avez tué. De vos mains. Et cela risque d'être démontré, tôt ou tard.

Le capitaine le fixait droit dans les yeux, pour lui montrer qu'il n'éprouvait aucune crainte, quels que fussent ses soupçons.

– J'aurais pu le tuer, en effet. Mais je ne l'ai pas fait, protesta Mangin.

– J'ai toujours su que vous le tueriez, ce misérable, reprit l'ingénieur. Rappelez-vous notre récente conversation. Que vous ai-je conseillé ? De fuir cette femme, au plus vite. C'est elle qui vous a entraîné dans cette tragédie. Et vous serez, au bout du compte, le seul à payer.

– Vous ne savez rien d'Adée…

– Détrompez-vous. Au premier regard, je l'ai jugée. C'est une fort jolie créature, pour laquelle un homme pourrait se damner.

Mangin éclata de rire. Un rire un peu forcé, au demeurant. Car l'ingénieur continuait à le fixer, gravement, ainsi qu'un docteur annonçant une fin prochaine à laquelle le patient ne veut croire.

– Il est une violence et une haine en vous, mon cher. Une haine noble, j'entends bien. Une haine contre vous-même, autodestructrice. Adée Choisne a perçu ce qu'il y avait à percevoir, que vous étiez prêt à ce sacrifice pour rétablir un semblant de justice. Mais, à la vérité, qu'est-ce qui est vrai, en elle ? Sa détestation d'un homme avec lequel elle a choisi de vivre ? Croyez-vous que les gens vivent ensemble par hasard ? Peut-être l'a-t-elle aimé, son Choisne ? Et pourquoi cet amour est-il devenu une guerre entre eux ? Elle a voulu qu'il meure, pour prouver quoi ? Alors qu'il eût été plus simple qu'elle vous suive. Le divorce n'est pas fait pour les chiens. Voici des questions que vous eussiez dû vous poser…

Plus l'ingénieur argumentait et plus le capitaine s'enfonçait dans le silence. Nous avons là un beau ténébreux taciturne, pensa Manciet, que rien ne peut ébranler.

– Connaissez-vous lady Macbeth ? Ce personnage de Shakespeare qui initie son pauvre mari au crime pour la conquête d'un pouvoir illusoire. C'était une âme noble que celle du pauvre Macbeth. Mais la folie de sa femme l'entraîna aux pires tourments.

– Moi, je ne suis pas une âme noble, dit Mangin. Je suis tout le contraire. Mon histoire est celle d'un soldat perdu qui s'est fait piéger par les folies de l'histoire.

– Qu'y avait-il de commun entre le capitaine fou des Aurès et le misérable Choisne ?

Mangin baissa la tête.

– Je ne sais pas, dit-il.

L'autopsie du corps de Firmin Choisne, pratiquée par un médecin légiste à la demande du procureur de la République, releva de nombreuses traces d'ecchymoses à la base du cou. Il fut démontré que, ce fameux soir, la victime n'avait guère plus de deux grammes d'alcool dans le sang. L'explication de sa femme, selon laquelle son mari s'était noyé accidentellement dans la serve, souleva quelques doutes parmi les enquêteurs.

Le chef de gendarmerie Bonneau, flanqué de ses hommes, n'eut qu'à recueillir les rumeurs qui circulaient dans le pays. Toutes se recoupaient. Il y a du vrai même dans les pires médisances, se disait le gendarme.

C'était un homme intelligent, capable de trier le bon grain de l'ivraie. Il n'était pas l'homme buté et borné qu'on se plaît d'ordinaire à peindre dans cette corporation. Au contraire, il avait connu l'expérience du crime dans son premier poste, à Vienne. Une histoire de chauffeur de taxi assassiné pour quatre malheureux sous. Et bien avant, il avait eu aussi à enquêter sur les règlements de comptes à la Libération. Somme toute, l'affaire de Rilhac était assez simple, trop simple même. Mais n'était-ce pas la loi du genre, celui du crime passionnel, de n'offrir que de pitoyables assassins ?

Pourtant, bien que son intime conviction fût faite, et ce dès la première heure, Bonneau avança prudemment, sans brusquer les événements. Aussi, son premier rapport, transmis à l'autorité judiciaire, ne fit que mentionner la liaison entre Adée Choisne et un conducteur d'engins de la Compagnie des Eaux, sans tirer aucune conclusion hâtive.

Les gendarmes entendirent aussi le petit Marco. Ce dernier raconta dans quelles circonstances il avait surpris sa mère dans les bras de Mangin.

Pourtant, Bonneau hésitait à appréhender Jess. Les déclarations de l'enfant ne lui suffisaient pas, et encore moins la rumeur persistante. Le gendarme détestait comme la peste les assertions de la vox populi. Mangin ressemblait trop à un coupable parfait. Du reste, les convictions du chef de gendarmerie furent quelque peu ébranlées lorsque se dessina le portrait de la victime. Firmin Choisne était notoirement connu, dans le pays, comme un homme brutal et cruel. On n'évoquait que cela, à Rilhac, les sévices infligés à sa femme. Et le premier interrogatoire d'Adée conforta l'enquêteur à lui reconnaître quelques circonstances atténuantes.

A la vérité, le chef Bonneau aurait voulu que la dame Choisne fût l'auteur du meurtre. Un acte désespéré pour en finir, enfin, avec un mari alcoolique et violent. Cependant, le rapport d'autopsie s'entêtait à démontrer que les coups avaient été portés par un individu robuste.

Avant d'adresser ses conclusions au procureur, Bonneau voulut entendre Manciet. Ce dernier le reçut dans une salle de la mairie. L'ingénieur se borna à défendre son conducteur d'engins.

– Je ne peux croire qu'il ait tué ce paysan, s'éleva-t-il. Mangin est une forte tête, mais sensé.

Le chef de gendarmerie n'aimait guère Manciet. Il se souvenait de l'affaire des fouilles. Tant d'aplomb et d'arrogance avait créé une détestable impression.

– N'est-ce pas vous qui avez insisté pour que Mangin obtienne l'autorisation de signer la convention ?

– En effet.

– N'aurait-il pas mieux valu que vous vous en chargiez ?

– Le paysan était prêt à faire parler la poudre. Et de mon point de vue, Mangin avait les épaules assez larges pour impressionner ce fier-à-bras.

– Mangin dut affronter le fusil de Choisne, n'est-ce pas ?

– Tout cela s'est dégonflé comme une baudruche. A la vérité, Mangin l'a convaincu. Et ils devinrent, à ce que j'en sais, plutôt bons camarades.

Bonneau notait les réponses à ses questions, scrupuleusement, dans un petit carnet, avec un crayon à mine de graphite, qu'il suçotait de temps à autre. Cela amusait l'ingénieur. Il se disait : avec Mangin, ils n'ont pas fini d'en baver, les pandores.

– Saviez-vous que votre employé était l'amant de la femme de Choisne ?

– Peut-être que oui, peut-être que non. En tout cas, mon conducteur lui prêtait la main, à la ferme, pendant ses jours de congé.

– Sans contrepartie ?

– Choisne ne se vantait-il pas d'avoir un domestique à la maison ? Un domestique qui ne lui coûtait rien. Cela en dit long sur le personnage. Sans offenser la mémoire de la victime, poursuivit Manciet, c'était un drôle d'individu. Un type plutôt méprisable, toujours entre deux vins. Et passant ses colères sur sa femme. Des coups vachards. Je l'ai vu lui jeter du fumier à la figure. Il la traitait, cette pauvre Adée, comme une bête de somme. Et je crois que Mangin a été sensible à cette situation. Il a voulu lui venir en aide, en tout bien tout honneur.

Le chef se mit à opiner de la tête avec un petit sourire en coin.

– Vous êtes plutôt en bons termes, avec votre conducteur d'engins. Que ne diriez-vous pas pour assurer sa défense ?

– Et vous, mon cher monsieur le gendarme, vous ne l'aimez pas. Ça vous ferait un assassin idéal. Allez donc lui passer les fers. Interrogez-le.

– Je ne suis pas partisan à ce point-là, monsieur Manciet. Bien au contraire. Je cherche la vérité. Je cherche l'assassin, reprit-il. Quoi qu'on pense, les uns et les autres, de la victime, et malgré le peu de sympathie qu'elle inspire, la justice doit passer.

L'ingénieur accueillit la réplique de Bonneau avec un froncement de sourcils. Sans doute avait-il sous-estimé les qualités du gendarme. Et soudain, un certain mutisme s'empara de lui. Il jugea sans doute qu'il en avait trop dit, que la situation de Mangin était désespérée, et qu'il lui fallait s'effacer sur la pointe des pieds.

Le soir même, les gendarmes de Rilhac appréhendèrent le capitaine. Sans ménagement. Il opposa néanmoins peu de résistance. Jess possédait, comme l'avait flairé Manciet, une piètre opinion de lui-même. Et prétendre qu'il était victime de la rumeur publique lui paraissait indigne de lui.

Tandis qu'on le transportait au siège de la gendarmerie, Mangin se disait : ils n'obtiendront rien de moi. Pas un mot. Et quelques larmes lui vinrent lorsqu'il entrevit Adée. Elle semblait abattue, vaincue, dans ses rêves et ses espérances. Nous nous étions promis le bonheur, se dit-il, et nous ne connaîtrons que le châtiment. Tout cela à cause de ce Choisne. Bon Dieu, oui, j'aurais dû le tuer, proprement, avec une savante mise en scène. Pourquoi ai-je agi ainsi, comme un enfant de chœur, sous l'emprise de la haine ? N'aurait-il pas fallu attendre que l'alcool fasse son œuvre ? Quitte à pousser un peu sur la chopine. Ce Choisne se laissait alcooliser comme l'on gave les oies.

Au terme d'une bonne heure d'interrogatoire, Jess ne reconnut qu'un fait : aimer Adée. Il ne pouvait se mentir à ce point. C'était son honneur, et celui de sa maîtresse. Quant au reste, les enquêteurs n'obtinrent rien qui vaille.

– Crime passionnel, argua Bonneau. Cela se défend devant un jury.

– Moi ? Tuer cet enfant de putain ? Vous rigolez ou quoi ? J'ai trop l'estime de ma personne pour porter la main sur ce débris.

Il écopa de quelques gifles. On le bouscula. On le piétina un peu. Broutilles. Pure intimidation. Jess en avait vu d'autres, en Algérie.

– Pourquoi assassiner Choisne ? L'alcool ne se chargeait-il pas de le détruire à petit feu ? Qu'aurait-il vécu ? Deux ans, peut-être...

C'était un argument qui en valait un autre.

– Parfois, insista Bonneau, le temps presse. Et visiblement, la boisson tardait à faire son œuvre. Bien que vous ayez participé à ses beuveries, payant de votre poche. C'est ce que dit Adélaïde.

– Choisne était assez grand pour savoir ce qu'il avait à faire.

– Reconnaissez, tout de même, que vous ne l'appréciiez guère. Il rudoyait sa femme. Et cela, vous ne le supportiez plus. Surtout depuis que vous étiez devenu intime avec elle.

– Sur ce point, les mauvais coups, demandez-lui. Elle seule peut vous répondre. Moi, ça ne me regardait pas.

Bonneau voulut confronter les amants. C'était ce que Jess appréhendait le plus, qu'elle parlât à tort et à travers. En effet, Adée raconta, par le détail, qui était Choisne et comment il la traitait, jour après jour. Pendant ce temps, Mangin demeurait absent. Indifférent, même. Et cette attitude surprit Adée, tant et tant qu'elle se crut abandonnée à son sort. Il ne pense qu'à s'en sortir, pensait-elle. A échapper à son destin. Alors que nous nous étions juré de rester, l'un et l'autre, comme les cinq doigts de la main. Minée par ce désespoir, elle flancha subitement, s'accusa du crime :

– Oui ! C'est moi... moi qui ai tué Choisne. Pour me défendre. Sinon, il m'aurait étranglée.

En entendant ces aveux, le capitaine se leva pour la prendre dans ses bras. L'un des gendarmes voulut le faire asseoir, de force. Bonneau fit signe de n'en rien faire. C'était tout ce qu'il attendait, cette seconde où la passion l'emporte sur la raison.

– Qu'est-ce que tu racontes ? fit Jess. Ma pauvre Adée, tu n'as rien à voir avec tout ça. Tuer ce porc, tu en étais bien incapable !

– C'est vous, alors ? insista Bonneau.

– Je ne veux pas qu'elle aille en prison. Sa vie a été assez dévastée comme ça. Quant à moi, que m'importe. Tout est fini depuis longtemps, marmonna-t-il.

S'éleva alors de sa poitrine un long soupir de lassitude.

J'en connais un qui sera déçu, pensa-t-il. Manciet ne comprendra jamais…

– Ne dis rien ! Ne dis rien, s'interposa Adée. O mon pauvre amour…

– Vous l'avez tué, alors ? reprit le chef.

Jess acquiesça d'un mouvement de tête.

18

Autant Armande avait vécu le martyre, dans l'attente de l'événement, autant elle se révélait, désormais, soulagée. Emile ne comprenait pas où elle puisait son énergie pour faire face à la situation. En l'observant, à sa tâche, comme à l'habitude, allant et venant, le vieil homme reconnut que les femmes possédaient plus de force et de ressort que tous les hommes réunis. Et il se disait, un peu triste : elle m'enterrera avec cet aplomb-là, débitant sur mon lit de mort les même phrases convenues. Car il ne se sentait guère, le pauvre Emile, avec la perte de sa fille, désireux de la prolonger, cette vie absurde qui se dessinait devant lui. Plus vite nous tirerons la révérence et mieux ce sera. Mais il s'en voulut aussi vite d'une telle pensée, lui qui avait promis à Cyril de ne jamais l'abandonner.

Tandis qu'Emile Ponchelle errait, l'âme en peine, entre ses serres et la chambre de son petit-fils, tantôt cédant au désespoir, aux larmes et aux cris, tantôt se raisonnant avec de fermes résolutions, Armande briquait la maison. Je le fais comme pour un jour de fête, se disait-elle en réprimant ses spasmes nerveux. Ainsi accueillerons-nous notre fille, dignement. Je ne veux pas qu'il soit dit que j'ai manqué à mon devoir... Elle avait déjà décidé qu'on déposerait la dépouille dans la salle à manger. La grande table familiale fut déménagée, ainsi que la moitié des chaises qui l'encombraient. Puis elle couvrit les miroirs avec un drap blanc. C'était une coutume ancienne. Une superstition.

Intrigué par le chambardement, Cyril descendit de sa chambre, vit avec horreur les préparatifs mortuaires.

– Pourquoi tu fais ça ?

– Pour accueillir ta maman, mon petit.

– Mais je ne veux pas ! protesta-t-il.

– Tu ne veux pas ? reprit Armande, qui avait déjà revêtu le noir.

– Je ne veux pas la voir. Je ne veux pas qu'elle vienne ici.

Et il repartit en courant s'enfermer à double tour dans sa chambre. Emile, qui faisait les cent pas dans l'allée des rosiers, accourut aussitôt.

– Qu'est-ce qui se passe ?

– Le petit ne supportera pas de voir sa mère.

Emile inclina la tête. Il était un peu plus voûté que d'habitude, pâle et tremblant. Et Armande, en l'observant, se demandait s'il ne couvait pas quelque chose, lui aussi.

– Comme je le comprends, marmonna-t-il.

– Ma petite Florence a droit à des funérailles. Et comment se pourrait-il que son Cyril ne l'accompagne pas ? Allons ! Ça dépasse l'entendement !

– On ne peut pas lui imposer ça. Cet arrachement... fit-il en posant les mains sur son visage.

Armande le fit entrer dans la salle à manger, en le tirant par la manche. Puis elle lui dit, d'une voix chuchotante :

– Ce sera bien assez pénible qu'il ne soit pas là, aussi...

– Qui donc ?

– Son mari.

– Qu'est-ce qui te prouve que Guillaume ne viendra pas ?

– Pas un seul coup de téléphone, rien, protesta Armande. Tu trouves ça normal, toi ? Ils l'ont bien fait ensemble, cet enfant. Certes, ils étaient séparés. Mais devant la mort, tout s'efface. Tout.

Emile s'abandonna au fauteuil qui trônait près d'un secrétaire. Il bataillait pour reprendre sa respiration. Cette triste réalité l'éreintait comme un chien, il se sentait épuisé, vidé. Il releva la tête vers elle, d'un regard interrogateur.

– D'où tiens-tu cette force ? Moi, je suis au bord de l'agonie. Je pense tout le temps à elle. Et mille reproches m'assaillent. Ai-je été le père qu'elle attendait ? L'ai-je suffisamment aimée ? Et je me dis : maintenant, c'est trop tard !

Les larmes le renversèrent en arrière. Son corps tout entier fut saisi de tressaillements. Chaque pore de sa peau exsudait la douleur. Elle fulminait dans sa chair. Son esprit bouillait de rage. Armande demeurait devant lui, droite et immobile. Elle était déjà la veuve qu'elle serait plus tard, rigide et desséchée. Il eût tant voulu qu'elle s'approchât de lui, pour le prendre dans ses bras. Mais elle restait figée, comme si le peu d'amour qu'elle avait porté en elle s'était évaporé d'un coup, avec la disparition de sa fille.

– Tu y crois, toi ? demanda-t-il.

Ses doigts caressaient l'accoudoir, nerveusement.

– De quoi veux-tu parler ?

– De Dieu.

– Oui, fit-elle.

– Tu penses que nous la retrouverons ?

– Oui, je le pense. La vie n'est qu'un passage.

Le matin même, elle s'était entretenue avec l'abbé Brochier, afin de préparer la cérémonie, mais aussi pour se conforter. Le curé de Rilhac était un homme fort convaincant. Et son regard limpide transpirait la foi.

– Comment peux-tu être si sûre ? Moi, je doute, fit-il.

Armande se détourna aussitôt. C'était la première fois de leur existence commune qu'ils évoquaient cette question. Les gens heureux n'ont point besoin de croire. Tout est dû, le jour qui se lève, le flamboiement des aurores, le bonheur du temps qui passe… Si le malheur et ses souffrances ramènent à Dieu, alors qu'est-ce donc, la signification du paradis ? Est-elle juge d'elle-même, cette âme, ou affligée ou abandonnée ? Qui le dira ? Trop de bonheur terrestre peut-il vous envoyer en enfer ? Et s'il en est ainsi, de la morale éternelle, alors pourquoi l'épreuve de la vie ?

– En tout cas, notre petite Florence sait, elle, en ce moment.

– Je n'ai jamais douté, moi, releva Armande.

Le vieux se mit à hocher la tête. On vit cinquante ans avec une femme et on ne la connaît pas encore, pensa-t-il. Tandis que je plaisantais les allégories bibliques à notre table, elle faisait des prières, secrètement, dans sa tête, pour effacer mes blasphèmes.

– Tu as vu le curé ?

Elle acquiesça fermement.

– J'en ai éprouvé un grand soulagement.

– Je le vois, dit Emile.

– Et le docteur Labussière est venu aussi, hier, pour m'expliquer de quoi elle est morte, notre petite Florence, et ce qu'elle a ressenti jusqu'à la dernière seconde.

– Tu as eu besoin de savoir tout ça ?

Armande ne répondit pas. Il était entre eux une étanche cloison qui les séparait. Et l'avenir la rendrait encore plus hermétique, puisqu'il ne pouvait la rejoindre sur ce terrain, et qu'il ne croyait en rien. La mort est un néant absolu, pensait-il. Un infini absolu. Il ferma les yeux, longuement, comme pour imaginer cette nuit des morts.

Dans sa chambre, claquemuré, Cyril guetta longtemps l'arrivée de sa mère. Il ne voulait pas voir, ni assister à ces manigances, celles des employés des pompes funèbres. Lorsque le camion noir vint se ranger sur le trottoir, l'enfant alla enfouir son visage dans les draps. Il pensa alors qu'elle était si proche, sa petite maman, mais ça ne ressemblait à rien quand même. C'était une affaire absurde, comme seules les grandes personnes savent les inventer. Pourquoi ne l'avait-on pas menée directement au cimetière ? Puisqu'il ne voulait pas la voir, ainsi… afin de conserver d'elle une belle image.

Je lui parlerais, pensait-il, et elle ne m'entendrait pas. Je l'embrasserais et elle ne ressentirait rien. Et sa main se mit à caresser le petit réveil qui lui avait appartenu.

– Cette chose est plus vivante qu'elle, murmura-t-il.

Cyril entendit un grand remue-ménage dans la salle à manger du bas, des raclements de pieds de chaise sur le dallage. Puis le silence reprit ses domaines. En prêtant attentivement l'oreille, il surprit encore des voix chuchotées, des pas feutrés, des pleurs aussi. Cela formait une diffuse musique du monde des vivants, comme s'il était passé, lui aussi, de l'autre côté du miroir, et qu'il en percevait encore la rumeur lointaine. Cette douce et tendre pensée l'emporta dans le sommeil.

Grand-père le réveilla en sursaut, par des coups répétés sur sa porte. Cyril comprit aussitôt ce qu'on voulait de lui. Et il refusa tout net.

– Je comprends ! Je comprends ! répéta Emile. Mais ouvre-moi, je t'en supplie.

Cyril libéra la serrure. Le grand-père entrouvrit doucement la porte, craintivement même. Que redoutait-il ?

– Je ne veux pas la voir ! hurla l'enfant en se réfugiant dans son lit. Je ne veux pas la voir comme ça, ma petite maman !

Emile s'assit sur le bord de la couche. Sa main chercha dans les draps la chevelure de Cyril. Doucement, il se mit à la caresser.

– Je sais ce que tu ressens. Mais elle aurait voulu que tu viennes la voir une dernière fois.

L'enfant se retourna vivement, le visage en larmes.

– Comment sais-tu ce qu'elle aurait voulu ? Vous ne savez que mentir, vous, les grandes personnes ! Ça fait des semaines que vous saviez que maman allait mourir et vous ne m'avez rien dit...

Le vieil homme resta interdit. Il ne savait que répondre. Si peu, déjà, le culpabilisait, dans son âme et dans sa conscience. Il reconnut ses fautes. Mais son propos sonnait faux. Pour un sourire de l'enfant, il se fût damné. Et cette colère, bien qu'elle lui parût injuste à son encontre, il la comprenait mieux que quiconque.

– Ta grand-mère et moi, nous avons espéré jusqu'au bout. Nous ne voulions pas t'alarmer. Peut-être, aussi, ne savions-nous pas comment nous y prendre...

Cyril fixait les lambris du plafond. Il comptait et recomptait les lames. Chaque fois, il en perdait le décompte avant de parvenir à la frise. Et il recommençait, sans se lasser.

– Pourquoi tu ne dis rien ? insista Emile.

L'enfant avait envie de revoir Violette. Ils s'étaient quittés, la dernière fois, plutôt bizarrement. Il voulait vérifier ce qui l'avait, soudainement, fâchée.

Pourquoi ai-je dit, se reprocha-t-il, que je ne resterais pas à Rilhac au-delà de l'été ?

Emile se mit à déambuler au milieu de la chambre. Au passage, il ramassa quelques revues, des illustrés. C'était plus fort que lui, il ne supportait pas de voir les choses en désordre. Cyril, lui, n'avait qu'une envie, tout saccager, de rage et de colère.

– Je vais te porter à manger, puisque tu ne veux pas descendre.

– Je n'ai pas faim.

Le vieil homme s'approcha de la fenêtre et écarta les rideaux. Le soleil était bas et rasant, à cette heure. Les ombres des maisons apportaient de la fraîcheur. Un petit vent aigrelet s'était levé, portant des odeurs de vieilles caves.

– La cérémonie est pour demain, dit Emile. Demain matin. A l'église et au cimetière, précisa-t-il.

L'enfant ne répondit pas. Mais ses mâchoires se crispèrent. Il avait appris à dominer le flux des larmes. Sa main happa le petit réveille-matin en porcelaine, et il actionna la sonnerie pour six heures. Puis il porta l'objet contre son oreille. C'était rassurant, le battement régulier du mécanisme.

La sonnerie retentit, sous l'oreiller qui en étouffait le tintement. C'était une sage précaution, pour éviter d'alarmer les Ponchelle. Puis il sauta du lit, aussitôt, s'habilla. Il vérifia une dernière fois le contenu de ses poches. Tous ses trésors, il les emportait avec lui : le couteau suisse que lui avait offert sa mère, la photo de Florence, le brin de bougie qui l'avait veillée, et encore un petit rouleau de ficelle. Sans bruit, il se glissa au-dehors par l'étroite fenêtre des toilettes. Elle donnait sur la treille. C'était un jeu d'enfant que de venir s'y pendre. Puis il chuta sur les dalles de l'allée. A peine s'était-il éraflé la peau au bois de la vigne. Cette brûlure lui parut bien salvatrice. Elle annonçait qu'il était plus déterminé que jamais à son projet. Un exploit ne se peut accomplir sans une goutte de sang, pensa-t-il.

A cette heure matinale, il n'était que les chiens et les chats à rôder dans Rilhac, les chiens et les chats querelleurs. Comme Larrons et Dénicheurs, se dit Cyril.

Il gagna la ville haute pour déposer un message dans la boîte aux lettres de Violette. C'était la seule qu'il pouvait mettre dans la confidence, et bien qu'ils se fussent quittés contrariés, il ne pouvait croire qu'elle lui en voulait. Puis il prit la route des remparts, assuré qu'à cette heure il ne ferait pas de mauvaise rencontre. Depuis la mort tragique de monsieur Choisne, le Gniaf était invisible dans son repaire. Il semblait que la triste nouvelle avait démantelé la bande tout entière. Il poussa la curiosité jusqu'à visiter la cave où les Dénicheurs l'avaient retenu prisonnier. Il y trouva des bâtons, des lance-pierres, des arcs et des flèches, des collets, des cages à oiseaux, et même le drapeau des Larrons que la bande avait chipé en pillant le refuge du Vidale. Cyril monta verser ces trésors ennemis dans les oubliettes. Me voilà bien vengé, se dit-il en se frottant les mains. Néanmoins, il conserva l'emblème pour le remiser au sommet du chêne, comme il se devait. Nul doute que ce coup d'éclat lui vaudrait un retour en grâce, malgré l'aversion de Moineau et les ricanements de Solange.

Il s'attarda un moment sur la corniche qui dominait la cité. L'aube était si claire, l'air si pur, qu'il n'était aucun détail invisible, au plus loin que portait le regard. Ni brume ni ouate passagère, sur les méandres de la Sévère. En ses parties dégagées des verdures qui la bordaient, on distinguait les fonds de galets blancs. Et ailleurs, dans les zones étroites où la rivière était profonde, l'eau était d'une couleur d'opale, translucide comme un joyau. Son regard visita aussi les épaulements des collines, jaunies par la sécheresse. Les bois, les haies, les bosquets paraissaient en contraste plus verts. Et le ciel bleu-blanc vibrait déjà de cette douceur matinale qui annonce une journée d'intense chaleur.

Cyril descendit vers la Sévère par le chemin que lui avait montré Violette. Il croisa les premiers troupeaux que les paysans menaient aux champs. Quelques chiens abâtardis vinrent lui flairer les mollets. C'était une visite de routine pour ces gardiens attentifs. Il suffit de leur parler, comme disait grand-père. Et il calma ainsi les aboiements qui le poursuivaient.

Dans la zone des trembles, le chemin se montrait moins abrupt. De même, son pavage avait résisté aux afflux d'eau ruisselante. La fraîcheur de la proche rivière se signalait déjà, avec l'odeur persistante des sureaux. Cyril dérangea les merles et les grives qui habitaient ces fouillis impénétrables. Il y avait là de la pitance pour tout l'été, mûres de ronce, cynorhodons d'églantier, drupes noires de l'hièble. Mais à peine eut-il quitté la zone ombragée des haies que l'armada s'en revint occuper son domaine. Ça ferait des proies faciles pour les lance-pierres des Dénicheurs, pensa-t-il.

Afin d'éviter la route, Cyril coupa à travers prés. Il n'était que les clôtures pour ralentir sa marche. Mais ce jeu lui plaisait assez : se faufiler sous les barbelés sans accrocher sa chemise. Il le préférait à l'enjambement des fils. Ceux-ci se détachaient souvent des piquets, sous le poids du corps, et les ronces déchiraient cruellement la peau.

Il parvint enfin à la rivière, près du pont romain. En cette saison, il était plus plaisant de la traverser à gué. Les rives sablonneuses étaient agréables à fouler. Et peu d'embâcles gênaient le cours de la Sévère.

Il sauta d'une pierre à l'autre, en choisissant ses points de chute. Maintenant, se dit-il, je suis un vrai campagnard. Si Violette me voyait… Chaque fois qu'il songeait à elle, des frissons le parcouraient. Rien ne l'émouvait plus que l'odeur de ses cheveux, le goût de sa peau, la douceur de ses lèvres.

Il agrippa quelques racines de frêne que le ravinement avait déterrées, se hissa dans les fougères. Puis il abandonna les bords de la rivière et sa végétation opulente. Il lui restait encore un champ à traverser avant d'atteindre la lisière du bois de Vidale. C'eût été plus simple, sans doute, de suivre le chemin, sous les grands chênes. Mais il avait envie de prendre, pour une fois, le sentier des écoliers, comme s'il craignait qu'un regard ennemi ne le surprît.

Se cachait-il, en vérité ? Cyril avait quitté la maison pour échapper aux cérémonies, au point du jour. C'était plutôt bien calculé. On ne s'apercevrait de sa fuite qu'à huit heures, au moins, lorsque Emile s'en viendrait frapper à la porte de la chambre. Il fixa le soleil dans le ciel, jugea qu'il était à peine sept heures. On ne le rechercherait pas encore.

Il entra dans le bois par la sente des buissons noirs. Paradis des lapins de garenne. Peut-être en dérangea-t-il quelques-uns, batifolant dans le serpolet et les carottes sauvages ? Du moins, il ne leur prêta guère l'attention propre aux véritables chasseurs. Il n'était qu'un campagnard d'occasion, un promeneur solitaire. Et seules les odeurs des arbres et du sous-bois captaient son intérêt. La lumière du jour commençait à s'insinuer dans le couvert végétal, marbrant le sol d'ocelles flamboyants. En levant les yeux, là où l'épaisseur des feuillages s'avérait minime, le vert était aussi translucide que l'eau de la Sévère. Mais, à s'enfoncer dans la forêt, les contrastes s'accusaient de plus en plus. On passait du sombre à la clarté, brutalement. Et l'œil, peu à peu, s'accommodait à ce clair-obscur des voûtes végétales. C'était là que régnaient les grands chênes, dont les hautes ramures caressaient le ciel.

Cyril n'avait plus qu'un désir, se fondre dans les profondeurs de la forêt, se laisser gagner par le silence. Il traversa la clairière, en suivant les passages que les Larrons avaient tracés dans les fougères et les mousses, durant leur incessant va-et-vient.

Par l'échelle, le garçon accéda au premier palier. Alentour, la forêt bruissait d'ailes et de chants d'oiseaux. C'était au matin, tôt, qu'il chantait, le petit peuple des forêts. Et rien, pas même sa présence, n'interrompait le concert. Cyril s'amusa de ces conversations qui se poursuivaient d'un arbre à l'autre. Machinalement, il se mit à siffloter, lui aussi. Mais il se trouva fort maladroit à cet exercice.

Enfin parvenu dans les hauteurs du vieux chêne, sur le plat-bord, Cyril reprit son souffle. Il s'était épuisé à grimper vite, comme s'il avait été poursuivi par un ennemi imaginaire. Il sortit de sa chemise le drapeau des Larrons, monta aussitôt à la fourche pour le remiser au vent.

Sa mission accomplie, le garçon revint à la cabane. Les Larrons en avaient poursuivi l'aménagement pour la rendre confortable. Ainsi avaient-ils fabriqué des sièges avec les planches de la masure Petit-Jean, un hamac en bonne ficelle de lieuse tressée, et quelques autres commodités, comme une roue de hache-paille avec son volant, qui servait désormais de monte-charge. Toutes les armes, des arcs et des flèches et leurs carquois de toile, de fines rapières taillées dans le noisetier, des lance-pierres façonnés dans le caoutchouc des chambres à air, étaient remisées dans un coffre à pain. Il y avait aussi des fruits secs, des petits tonnelets garnis d'eau, deux tourtes de pain rassis, du fromage sec emballé dans des feuilles de châtaignier, de la confiture, aussi, chipés dans les réserves familiales. De quoi tenir un siège.

Les Larrons avaient suspendu dans les pièces principales de leur maison des lampes-tempête.

Dans un recoin, un réchaud à pétrole servait sans doute à faire chauffer quelques mixtures. Solange et Lucie avaient l'art des tisanes, des préparations à l'orge ou aux glands de chêne. Des goûts infects qui faisaient le délice des flibustiers. Cyril dénicha même le fameux calumet, dont chacun parlait avec des airs de conspiration. On y avait fumé surtout de la barbe à maïs et de la feuille de tabac grossièrement hachée.

Cyril se désaltéra, grignota des noix et des noisettes. Avec son couteau, il se tailla une tartine sur laquelle il mit un peu de confiture de prune. Cette collation sommaire le ravigota suffisamment pour qu'il entreprît une promenade vers les falaises. C'était le pays de toutes les aventures. Celui des escalades et des chasses giboyeuses. Là, les Larrons avaient amoncelé les traces de leur passage, en construisant des huttes en genêts, coniques comme des tipis.

A proximité, il découvrit un foyer en gros galets plats. On y avait festoyé. Et le mur voisin, de rocher abrupt, portait les signes de jeux de piste. Des flèches. Des figures souvent mystérieuses, que seuls les initiés pouvaient interpréter. Cyril visita ces vestiges plutôt tristement. Pourquoi s'était-il privé de ces moments de liberté ? Pourquoi avait-il fui les Larrons ? Maintenant, il se découvrait disponible pour tous les jeux possibles. Et, tout compte fait, prêt à revenir dans la bande, si on voulait encore de lui. Grand-père n'avait-il pas dit que personne ne peut vivre loin de la société, et que l'isolement est source de toutes les folies ?

La première règle est de se faire accepter, songea-t-il. Moi, je n'ai pas su. Parce que je viens de la ville ?

Le garçon s'en retourna à la maison dans les arbres, le pas traînant. Et lorsqu'il fut installé sur le plat-bord, la chaleur peu à peu commençait à gagner la forêt. Il flottait sous la voûte végétale une moiteur lourde qui incitait à la somnolence. A dire vrai, Cyril n'était guère habitué à se lever aussi tôt. Et il en avait été perturbé. Mais qu'importe, le temps, désormais, n'avait plus d'importance. Il était celui que la forêt imposait, dans la solitude et le silence. Nulle contrainte, nulle obligation. Il suffisait de se laisser porter par les heures montantes, comme un nuage. Jusqu'à tout oublier. L'existence ancienne et ses conforts douillets. Ses blessures, aussi.

La fêlure, il la retrouva intacte, soudain, par le battement lancinant des cloches de Rilhac. Elles sonnaient à l'unisson, dans un bourdonnement funèbre. Lointaine et incertaine, selon que le vent portait, cette musique réveilla le visage de sa mère. Il tira de sa poche le petit portrait et le posa devant lui, dans la lumière jade. La photographie représentait une Florence jeune, en robe fourreau et socquettes blanches, comme on les portait dans les années d'avant-guerre. Sa chevelure opulente retombait sur ses épaules.

Cyril pensa qu'il ne l'avait jamais connue avec cette coiffure. Mais plutôt apprêtée à la garçonne. Cela faisait femme d'affaires, tout en donnant des aises. Un sourire vague se dessina sur son visage.

– Ma pauvre petite maman… murmura-t-il.

Et il comprit enfin, à cette seconde, qu'il allait désormais devoir grandir sans plus jamais entendre sa douce voix. Pourtant, il sut qu'elle serait toujours à côté de lui, dans l'éther. Il sut qu'elle se manifesterait par des signes secrets. Un nuage qui passe, un souffle de vent brutal, ou un murmure intérieur.

A l'angélus de midi, Cyril sut que tout était accompli. Et il monta vers les falaises où les cris des Larrons retentissaient.

– Regardez qui arrive ? s'écria Moineau.

Toute la bande s'immobilisa, comme pétrifiée sur place. C'était une sacrée surprise. Un événement inattendu. Solange fut la première à s'avancer vers le visiteur.

– Que fais-tu là, Cyril, tu n'es pas à…

Elle s'interrompit devant la mine grave de l'étranger.

– Non, fit-il en fixant la pointe de ses chaussures, je me suis sauvé de chez moi.

Moineau voulut renchérir, mais le chef des Larrons lui fit signe de se taire.

– Tu as fait comme tu as voulu, dit Maximo. On n'a pas à juger, n'est-ce pas, les gars ?

Il se fit un grand silence. Puis Solange voulut dire qu'elle était triste pour lui, que la nouvelle avait bouleversé toute la bande, sans exception.

– Je ne veux plus qu'on m'en parle, rétorqua Cyril.

Les Larrons se regardèrent tous, médusés.

– Comme tu voudras, conclut Maximo.

Et les activités reprirent, comme si de rien n'était. Lucie fit visiter les huttes à Cyril, qui avait l'air absent. Seule Solange le surveillait, du coin de l'œil.

– Je n'ai pas de nouvelles de Violette, s'inquiéta le Parisien.

Lucie dit qu'elle ne l'avait vue. Et Solange ajouta un petit mot gentil pour le rassurer. Puis elle lui fit signe de l'accompagner vers les genêts. Ils contournèrent un bosquet et trouvèrent un endroit ombragé où s'asseoir.

– Si tu veux me parler de ma mère... protesta Cyril.

Mais Solange posa aussitôt un doigt sur ses lèvres.

– Non. Rassure-toi.

Le garçon lui rendit son sourire. Il l'aimait bien, au fond, cette grande fille aux allures de sauvageonne, mais en second, après Violette. Il se souvenait comment elle l'avait repoussé, et il lui en voulait encore.

– Que vas-tu faire, maintenant ?

Cyril coupa un brin d'herbe et se mit à le mâchonner.

– Je ne sais pas, dit-il.

– Tu ne pourrais pas retourner à Paris ?

Le garçon haussa les épaules.

– Qu'est-ce que tu crois, je ne suis pas orphelin.

Solange sentit qu'il y avait beaucoup de détresse dans cette réflexion. Elle voulut lui prendre la main, mais Cyril la retira vivement.

– J'ai mon père, murmura-t-il.

– Celui qui vit en Amérique ?

Il acquiesça d'un mouvement de tête.

– En attendant, je resterai chez mes grands-parents Ponchelle.

– Ça veut dire que tu nous rejoindras dans notre école ? fit Solange.

Le Parisien parut décontenancé. C'était un aspect du problème auquel il n'avait songé. Lui faudrait-il aussi perdre ses amis de l'école Paul-Bert ? Et ne plus jamais remettre les pieds rue Vavin ? Désormais, il n'y avait plus aucune raison de garder l'appartement où son enfance s'était déroulée. Cyril sentit l'angoisse s'emparer de lui.

– Non, jura-t-il. Je ne resterai pas ici. Tu verras. Tu verras, Solange…

– C'est tout vu, fit-elle tristement. Et puis, quoi, bon Dieu, on est bien à Rilhac. Tu seras des nôtres, désormais, un larron comme nous…

Cyril partit sans un mot de plus. Il ne nous aime pas, pensa-t-elle en le regardant s'éloigner, parce que nous ne sommes pas des Parisiens comme lui. Pourtant, il lui faudra bien s'y faire, de gré ou de force. Solange le suivit jusqu'au bois de Vidale, dix pas en arrière. Soudain, Cyril s'arrêta net, comme un chien d'arrêt.

– Je vais à la cabane, dit-il. Pour y être seul, de préférence. J'ai besoin de réfléchir.

Et Solange rebroussa chemin.

– Où est-il ? lui demanda Maximo.

– Il ne sera jamais des nôtres, jeta Solange. Il est trop orgueilleux pour ça.

Maximo haussa les épaules.

– Cyril possède le même caractère que Violette. Ces deux-là ne se sont pas trouvés par hasard.

Un toupet de fumée blanche montait des falaises. Le garçon grimpa aussitôt à la fourche du vieux chêne. Ils font boucaner de la viande, se dit-il. Ces chers pirates ! Comme je voudrais que notre île soit déserte, au cœur des alizés. Mais ce village, là-bas, quelle peste ! Oh ma chère maman ! Fais que les rugissants m'emportent vers de nouvelles aventures. Ici, je vais mourir.

Il redescendit sur le plat-bord, fourra la tête dans ses bras repliés. Il avait besoin de faire taire la lumière autour de lui, d'y cacher son chagrin comme un joyau précieux. Car les larmes d'amour élèvent notre conscience, pensa-t-il. Il n'est aucun autre moyen d'échapper à son enfance que de déchirer la chrysalide qui nous y enferme, à belles dents. Et il songea au papillon d'Amérique, qui était venu en Europe dans la soute d'un bateau. Se pourrait-il que le même bateau m'emporte au loin, maintenant que cette terre maternelle m'est devenue insupportable ? Cyril sentit dans sa chevelure le souffle d'un vent qui faisait palpiter alentour les feuillages du vieux chêne. Il dressa la tête. Souvent, les fantômes… pensa-t-il. Sa pensée s'étrangla dans sa gorge. Tant d'émotion, tant d'angoisse et de peur vous étouffent, parfois.

Une petite voix montait des profondeurs. Elle disait :

– Ohé, flibustier ! Ohé ! Ohé !

Il reconnut celle de Violette. Et aussitôt courut aux cordages pour quitter le grand hunier. Terre ! Terre ! pensa-t-il. C'est comme cela, dans les grands romans d'aventures. Alors que tout semble perdu, la vie suspendue à la faim, à la soif, voici la terre ! Salvatrice. Et l'espoir renaît. Les chants et les cris des équipages. Il lui semblait que cent bonshommes l'accompagnaient dans sa descente magique vers le salut.

Les derniers mètres qui le séparaient de la terre ferme, il les passa d'un bond. Et boula dans la fougère.

– Vois qui je t'amène ! s'écria Violette.

Le visiteur se tenait à dix pas, dans l'écrin de feuillages. La lumière douce atténuait les teintes de vert et de jaune qui ruisselaient comme les larmes du ciel.

Oh, maman ! Est-ce un mirage que tu m'envoies ?

– Mon petit Cyril. Comme tu as grandi. Tu es un vrai petit homme, maintenant.

Le garçon hésita. Pourtant, il ne rêvait pas. Le vent magique, qui emporte les papillons par-delà les mers et les continents, avait conduit son père jusqu'à lui. Il courut vers les bras qui s'ouvraient.

– Mon fils ! Comme tu dois m'en vouloir !

– Papa Guillaume ! Papa Guillaume ! pleurait Cyril. Je croyais que tu ne viendrais jamais.

– Je l'avais promis à ta mère, mon petit... Je voulais la voir avant que la mort nous sépare, mais, hélas, je suis arrivé trop tard...

Son bras enveloppa l'enfant, encore et encore, l'emportant vers la lisière de la forêt. Cyril semblait marcher sur les eaux. Violette aussi agrippait la main de son ami.

– Elle est plutôt bien, cette Violette, non ? questionna le père. C'est elle qui m'a conduit ici, dans ton royaume. C'est merveilleux, tout ça. Après tant de jours de peine…

Ils parvinrent au pont romain, sans un mot, cherchèrent un coin d'ombre où s'arrêter.

– Je veux partir avec toi, dit Cyril.

Violette baissa la tête, attristée.

– Je savais, murmura-t-elle, que je finirais par te perdre.

Cyril la regarda aussi avec tristesse.

– Voyons ça ! Que d'inquiétude, soudain ! La vie est plus simple, rassura Guillaume. J'ai décidé de m'installer en France. Tu reviendras voir Violette quand tu voudras. Le monde n'est pas si vaste. Et puis nous sommes attachés à Rilhac, désormais. Un petit coin de terre, ici, nous est si cher, à l'un et à l'autre…

– Je veux te suivre, papa, où que tu ailles. Tu m'as tellement manqué.

– Je sais, fit-il. Mais je réparerai mes fautes.

Ils prirent le chemin du village, alors qu'un petit vent du sud s'était levé, caressant et chaud comme l'espérance.

PRODUCTION JEANNINE BALLAND

Romans « Terres de France »

Jean Anglade
Un parrain de cendre
Le Jardin de Mercure
Y a pas d'bon Dieu
La Soupe à la fourchette
Un lit d'aubépine
La Maîtresse au piquet
Le Saintier
Le Grillon vert
La Fille aux orages
Un souper de neige
Les Puysatiers
Dans le secret des roseaux
La Rose et le Lilas
Avec le temps...
L'Ecureuil des vignes
Une étrange entreprise
Sylvie Anne
Mélie de Sept-Vents
Le Secret des chênes
La Couze
Ciel d'orage sur Donzenac
La Maîtresse du corroyeur
Un horloger bien tranquille
Jean-Jacques Antier
Autant en apporte la mer
Marie-Paul Armand
La Poussière des corons
Le Vent de la haine
Le Pain rouge
La Courée
  tome I *La Courée*
  tome II *Louise*
  tome III *Benoît*
La Maîtresse d'école
La Cense aux alouettes
Nouvelles du Nord
L'Enfance perdue
Un bouquet de dentelle
Au bonheur du matin
Le Cri du héron
Victor Bastien
Retour au Letsing
Henriette Bernier
L'Enfant de l'autre
L'Or blanc des pâturages
Françoise Bourdon
La Forge au Loup
La Cour aux paons
Le Bois de lune
Le Maître ardoisier
Les Tisserands de la Licorne
Patrick Breuzé
Le Silence des glaces
La Grande Avalanche
Nathalie de Broc
Le Patriarche du Bélon
La Dame des Forges
Annie Bruel
La Colline des contrebandiers
Le Mas des oliviers
Les Géants de pierre
Marie-Marseille
Jean du Casteloun
Les Amants de Malpasset
Michel Caffier
Le Hameau des mirabelliers
La Péniche Saint-Nicolas
Les Enfants du Flot
La Berline du roi Stanislas
La Plume d'or du drapier
Jean-Pierre Chabrol
La Banquise
Alice Collignon
Un parfum de cuir
Didier Cornaille
Les Labours d'hiver
Les Terres abandonnées
La Croix de Fourche
Etrangers à la terre
L'Héritage de Ludovic Grollier
L'Alambic
Georges Coulonges
Les Terres gelées
La Fête des écoles
La Madelon de l'an 40

L'Enfant sous les étoiles
Les Flammes de la Liberté
Ma communale avait raison
Les blés deviennent paille
L'Eté du grand bonheur
Des amants de porcelaine
Le Pays des tomates plates
La Terre et le Moulin
Les Sabots de Paris
Les Sabots d'Angèle
La Liberté sur la montagne
Les Boulets rouges de la Commune
Yves Courrière
Les Aubarède
Anne Courtillé
Les Dames de Clermont
Florine
Dieu le veult
Les Messieurs de Clermont
L'Arbre des dames
Le Secret du chat-huant
Paul Couturiau
En passant par la Lorraine
Annie Degroote
La Kermesse du diable
Le Cœur en Flandre
L'Oubliée de Salperwick
Les Filles du Houtland
Le Moulin de la Dérobade
Les Silences du maître drapier
Le Colporteur d'étoiles
La Splendeur des Vaneyck
Les Amants de la petite reine
Alain Dubos
Les Seigneurs de la haute lande
La Palombe noire
La Sève et la Cendre
Le Secret du docteur Lescat
Marie-Bernadette Dupuy
L'Orpheline du bois des Loups
Les Enfants du Pas du Loup
Elise Fischer
Trois Reines pour une couronne
Les Alliances de cristal
Mystérieuse Manon
Le Soleil des mineurs
Laurence Fritsch
La Faïencière de Saint-Jean
Alain Gandy
Adieu capitaine
Un sombre été à Chaluzac
L'Enigme de Ravejouls
Les Frères Delgayroux
Les Corneilles de Toulonjac
L'Affaire Combes
Les Polonaises de Cransac
Le Nœud d'anguilles
L'Agence Combes et Cie
Suicide sans préméditation
Gérard Georges
La Promesse d'un jour d'été
Les Bœufs de la Saint-Jean
L'Ecole en héritage
Michel Hérubel
La Maison Gelder
La Falaise bleue
Tempête sur Ouessant
Le Démon des brumes
Denis Humbert
La Malvialle
Un si joli village
La Rouvraie
La Dent du loup
L'Arbre à poules
Les Demi-Frères
La Dernière Vague
Yves Jacob
Marie sans terre
Les Anges maudits de Tourlaville
Les blés seront coupés
Hervé Jaouen
Que ma terre demeure
Au-dessous du calvaire
Les Ciels de la baie d'Audierne
Guillemette de La Borie
Les Dames de Tarnhac
Jean-Pierre Leclerc
Les Années de pierre
La Rouge Batelière
L'Eau et les jours
Les Sentinelles du printemps
Un amour naguère
Hélène Legrais
Le Destin des jumeaux Fabrègues
La Transbordeuse d'oranges

Louis-Jacques Liandier
Les Gens de Bois-sur-Lyre
Les Racines de l'espérance
Jean-Paul Malaval
Le Domaine de Rocheveyre
Les Vignerons de Chantegrêle
Jours de colère à Malpertuis
Quai des Chartrons
Les Compagnons de Maletaverne
Le Carnaval des loups
Les Césarines
Grand-mère Antonia
Dominique Marny
A l'ombre des amandiers
La Rose des Vents
Et tout me parle de vous
Pascal Martin
Le Trésor du Magounia
Louis Muron
Le Chant des canuts
Henry Noullet
La Falourde
La Destalounade
Bonencontre
Le Destin de Bérengère Fayol
Le Mensonge d'Adeline
L'Evadé de Salvetat
Les Sortilèges d'Agnès d'Ayrac
Michel Peyramaure
Un château rose en Corrèze
Les Grandes Falaises
Frédéric Pons
Les Troupeaux du diable
Les Soleils de l'Adour
Jean Siccardi
Le Bois des Malines
Les Roses rouges de décembre
Le Bâtisseur de chapelles
Le Moulin de Siagne
Un parfum de rose
La Symphonie des loups
Jean-Michel Thibaux
La Bastide blanche
Le Secret de Magali
La Fille de la garrigue
La Colère du mistral
L'Homme qui habillait les mariées
La Gasparine
L'Or des collines
Le Chanteur de sérénades
La Pénitente
Jean-Max Tixier
Le Crime des Hautes Terres
La Fiancée du santonnier
Le Maître des roseaux
Marion des salins
Brigitte Varel
Un village pourtant si tranquille
Les Yeux de Manon
Emma
L'Enfant traqué
Le Chemin de Jean
L'Enfant du Trièves
Le Déshonneur d'un père
Blessure d'enfance
Louis-Olivier Vitté
La Rivière engloutie
Colette Vlérick
La Fille du goémonier
Le Brodeur de Pont-l'Abbé
La Marée du soir
Le Blé noir

Récits « Terres de France »

Albine Novarino
George Sand ou l'Amour du Berry

Collection « Sud Lointain »

Sylvie Anne
L'Appel de la pampa

Jean-Jacques Antier
Le Rendez-vous de Marie-Galante

Marie-Galante, La Liberté ou la Mort
La Dame du Grand-Mât
Erwan Bergot
Les Marches vers la gloire
Sud lointain
tome I *Le Courrier de Saïgon*
tome II *La Rivière des parfums*
tome III *Le Maître de Bao-Tan*
Rendez-vous à Vera-Cruz
Mourir au Laos
Jean Bertolino
Chaman
Fura-Tena
Anne Courtillé
Le Mosaïste de Constantinople
Paul Couturiau
Le Paravent de soie rouge
Le Paravent déchiré
L'Inconnue de Saigon
Les Amants du fleuve Rouge
Le Pianiste de La Nouvelle-Orléans
Alain Dubos
Acadie, terre promise
Retour en Acadie
La Plantation de Bois-Joli
Elise Fischer
L'Enfant perdu des Philippines
Hubert Huertas
L'Orque de Magellan
Hervé Jaouen
L'Adieu au Connemara
Eric Le Nabour
Orages sur Calcutta
Sonia Marmen
La Vallée des larmes
La Saison des corbeaux
Dominique Marny
Du côté de Pondichéry
Les Nuits du Caire
Cap Malabata
Juliette Morillot
Les Orchidées rouges de Shanghai
Michel Peyramaure
Le Pays du Bel Espoir
Les Fleuves de Babylone
Bernard Simonay
Les Tigres de Tasmanie
La Dame d'Australie
Jean-Michel Thibaux
La Fille de Panamá
Tempête sur Panamá
La Pyramide perdue
Colette Vlérick
Le Domaine du belvédère

Romans

Alain Gandy
Quand la Légion écrivait sa légende
Hubert Huertas
Nous jouerons quand même ensemble
La Passagère de la « Struma »
Denis Humbert
Un été d'illusions
Dominique Marny
Mes nuits ne sont pas les vôtres
Michel Peyramaure
Les Tambours sauvages
Pacifique Sud
Louisiana
Le Roman de Catherine de Médicis
Jean-Michel Thibaux
Le Roman de Cléopâtre

Composé par Nord Compo
à Villeneuve d'Ascq

Achevé d'imprimer en février 2007
sur les presses numériques de Bookpole
BP 12 - ZI Route d'Etampes 45330 Malesherbes
http://www.imprimerie-bookpole.com

pour le compte de Place des Éditeurs
12, avenue d'Italie
75627 Paris Cedex 13

N° d'édition : 7323 - N° d'impression : A07/10311U
Dépôt légal : novembre 2005
suite du premier tirage

Imprimé en France